ROSE SNOW

Acht Sinne
BAND 10 DER GEFÜHLE

Diesen Band widmen wir unseren treuen Lesern.
Vielen Dank, dass ihr uns auf dieser magischen
Reise begleitet habt.

Bibliografische Information der Deutschen Nationalbibliothek
Die Deutsche Nationalbibliothek verzeichnet diese Publikation in der Deutschen
Nationalbibliografie; detaillierte bibliografische Daten sind im Internet über
http://dnb.dnb.de abrufbar.

Herstellung und Verlag:
BoD - Books on Demand, Norderstedt
Umschlaggestaltung und Satz: Rose Snow
Umschlagsmotiv: Alexander Kopainski

ISBN: 9783746062365

Besucht uns im Internet:
www.rosesnow.de

Oh Schwesterlein, oh liebes Glück
Vor mir vergeh, ein Augenblick
Löscht meine Welt, schickt mich hinfort
Mein Herz gehört noch diesem Ort
Ohne ihn will ich nicht sein
Ohne ihn bin ich allein
Weh mir, von mein zu dein

Oh Schwesterlein, oh liebes Glück
Ich nehm, was mein, mir schnell zurück
Was mir gehört, soll bei mir sein
Magie haucht mir das Leben ein
Auch wenn der Fluch dadurch entfacht
Mein Herz hat schier unendlich Macht
So soll es sein
Nicht mehr allein
Von dein zu mein

Kapitel 1

„Die Angst ist nichts, wovor man sich fürchten muss", sagte der Träger mit dem grauen Bart. „Denn sie hält ihre schützenden Hände über uns, sie sorgt sich um uns. Ohne sie würden wir Gefahren nicht sehen, ohne sie wären wir impulsiv, rücksichtslos und dumm." Seine tiefe Stimme hallte weithin hörbar über das Felsplateau, auf dem wir standen.

Majestätische Berge des violett schimmernden Panikgebirges erhoben sich rings um diesen Ort und die regelmäßig herüberwehenden Schreckenslaute mischten sich in die Rede des Beerdigungsmeisters. Kurz blickte ich hinauf in den nachtschwarzen Himmel. Lavendelfarbene Wolken zogen darüber hinweg, die sich zu den unterschiedlichsten Schreckensgestalten formten. Ich erkannte gezackte Köpfe mit spitzen Zähnen und scharfen Klauen, die sich in noch grässlichere Wolkengebilde mit hässlichen Fratzen verwandelten, um einen Herzschlag später mit dem nächsten Windhauch wieder zu verschwinden.

Es war das erste Mal, dass ich einer Trauerzeremonie der Angstträger beiwohnte, und ich war überrascht, wie viele Sinnträger sich um den grauen Steinsarg versammelt hatten, da Damien ja keine besonders lange Amtszeit beschert gewesen war. Dennoch schien das Land der Angst aufrichtig um seinen Gestalter zu trauern. Die Gesichter der Anwesenden wurden vom Schein der violetten Fackeln erhellt, die auf der Plattform so angeordnet worden waren, dass sie aus der

Vogelperspektive ein Pentagramm ergaben. Ich hatte mir sagen lassen, dass es sich bei der Fackeldarstellung von Damiens Gesichtszeichnung um seinen eigenen Wunsch gehandelt hatte.

Langsam ließ ich meinen Blick über die anwesenden Träger schweifen. Es waren weit über hundert und einige von ihnen zitterten, als hätten sie Sorge, selbst in den Tod zu stürzen. Andere standen mit geradem Rücken da und lauschten der Ansprache, während ihre violett strahlende Gesichtszeichnung Damien die letzte Ehre erwies. Die Neue Acht stand mit uns Achtsamen in der ersten Reihe vor dem Sarg, der von dem Beerdigungsmeister umrundet wurde. Dabei schwang er seine glühende Rede.

„Damien war ein besonderes Mitglied unserer Gesellschaft, geschätzt und bekannt für seine heroischen Taten. Bis zuletzt hat er das Wohl der Sinnlichen Welt über sein eigenes gestellt. Er hat uns durch die dunklen Zeiten geführt und sich geopfert, damit wir in eine bessere Zukunft sehen. Selbst diese Rede hat er vorausschauend in seiner Weisheit verfasst, um uns mit seinen letzten Worten zu begleiten und uns den Sinn der Angst näherzubringen."

Ben räusperte sich neben mir. „Ich kotze gleich. Und aktuell empfinde ich wirklich Angst. Angst, dass dies hier niemals zu Ende gehen wird."

Ich schmunzelte leicht und versuchte, nicht an den Zukunftsspiegel aus dem Kubus zu denken, der uns bereits gestern einen Teil der Trauerfeierlichkeiten in der Bunten Stadt gezeigt hatte. Seit unserer Ankunft im Angstland hatte sich mein sorgenvolles Gefühl noch weiter verstärkt und es kostete mich ganz schön viel Kraft, mich nicht dieser Emotion hinzugeben.

„Es kann nicht mehr lange dauern, wir werden doch gleich zu der Verkündigung und dem Feuerwerk erwartet."

Ben schnaubte. „Glaubst du, dass Damien das aufhalten würde? Ich meine, wer verfasst schon ein Testament, das den genauen Ablauf seiner Beerdigung festlegt?"

Ich hob eine Augenbraue. „Jemand, der Angst vorm Sterben hat?"

„Mit dieser schrecklichen Trauerfeier würgt uns der Arsch sogar nach seinem Tod noch eins rein."

Ich war froh, dass Ben so leise sprach, dass nur ich seine Worte verstehen konnte. „Das hatten wir doch heute schon mal. Er ist tot und wir sind auf seiner Beerdigung. *Arsch* ist vielleicht nicht die richtige Bezeichnung für ihn."

Ben nickte und ein dunkles Funkeln schlich sich in seine Augen. „Stimmt. Hinterlistiger Arsch ist treffender."

Im nächsten Moment hob der Beerdigungsmeister die Hände in den Himmel. „Möge dein Licht für immer leuchten, Damien!", schrie er und seine Worte wurden von den Bergspitzen des Gebirges tausendfach zurückgeworfen, bis plötzlich alle Fackeln auf einen Schlag erloschen und der steinerne Sarg in einer violetten Feuerflamme verbrannte.

„Das war ja eine Veranstaltung", schnaubte Simeon, als wir wenig später gemeinsam durch die Bunte Stadt streiften. Ihre farbenfrohen Fassaden waren mit Fahnen und Wimpeln geschmückt und große lilafarbene Banner zierten die Hauswände, auf denen der verstorbene Damien zu sehen war.

Ich schluckte bei diesem Anblick.

„Das muss nichts bedeuten", sagte Ben, der meinen Blick bemerkt hatte.

„Aber genau so hat uns der Spiegel die Zukunft vorhergesagt."

Simeon schüttelte den Kopf und strich sich über seine dunkelgrüne Uniform, die bei der Berührung leise knisterte. „Lee, wir setzen alles daran, herauszufinden, was es mit dem Spiegel auf sich hat. Wer weiß, ob er wirklich die Zukunft vorhersehen kann oder ob er nur verschiedene Varianten einer *möglichen* Zukunft preisgibt."

Ben straffte die Schultern. „Habt ihr denn schon irgendetwas herausgefunden?"

„Wir haben den Spiegel erst gestern entdeckt, wir hatten nicht unbedingt wahnsinnig viel Zeit, um ihn zu untersuchen." Simeon rollte kurz mit den Augen und trotz seines Bartes und seiner wichtigen Position erinnerte er mich mit der Geste wieder an jenen Simeon, den ich im Sternensaal das erste Mal getroffen hatte.

Ben zuckte mit den Schultern und schob sich die Hände in seinen schwarzen Anzug, der ihm wie immer ausgezeichnet stand. Unter dem dunklen Stoff zeichneten sich seine Muskeln ab und die Farbe passte perfekt zu seinen braunen Haaren, die ihm verwegen in die Stirn fielen. „Du bist vielleicht zu langsam."

„Und du bist vielleicht zu aufmüpfig, *Achtsamer*", erwiderte Simeon. „Darf ich dich erinnern, dass ich dich erst vor Kurzem von deiner Kubus-Verantwortung befreit habe? Das lässt sich auch wieder rückgängig machen."

Ben verzog keine Miene. „Meine Position als dein

Achtsamer lässt sich auch wieder rückgängig machen. Schließlich ist das nicht der einzige Job, den es hier gibt."

Simeon kniff die Augen zusammen. „Du bluffst doch."

Ben betrachtete den Erstaunensträger reglos. „Tu ich das?"

Wir bogen um die Ecke und steuerten auf den Marktplatz zu, dessen leuchtender Schimmer bis in die geschmückte Seitenstraße reichte.

Simeon kratzte sich an seinem hellblonden Bart. „Will dich tatsächlich jemand abwerben?"

„Jemand? Mich wollen ganz viele abwerben."

„Jungs", ging ich dazwischen. „Wir haben jetzt wirklich Wichtigeres zu erledigen. Immerhin soll doch gleich der neue Angstgestalter verkündet werden und danach das Feuerwerk zu Ehren Damiens stattfinden."

„Also ich habe Damien heute genug Ehre erwiesen, indem ich mir den ganzen Schwachsinn von dem Beerdigungsmeister anhören musste", bemerkte Simeon.

Ben nickte. „Zumindest hier sind wir uns einig."

Ein paar Sinnträger überholten uns und die Klänge einer beschwingten Melodie wehten vom Marktplatz zu uns herüber.

„Weiß man denn schon, wer als neuer Angstgestalter infrage kommt?", fragte ich.

Simeon schüttelte den Kopf. „Wir haben selbst keine Ahnung, denn durch die Einführung des neuen Wahlsystems wird der Gestalter direkt von den violetten Trägern über die Nachrichtenwürfel gewählt – genial, oder? Dadurch können wir nicht nur Manipulationen ausschließen, sondern haben auch den Vorteil eines absolut demokratischen Wahlprozesses."

Ben grinste. „Und warum wendet ihr den nicht auch bei euch selbst an?"

Simeon rümpfte die Nase. „Es würde für enorme Unruhe sorgen, wenn wir alle Gestalter noch einmal wählen lassen würden. Wir sind noch immer mit Wiederaufbaumaßnahmen beschäftigt und die Sinnliche Welt braucht jetzt eine starke, transparente Führung. Wenn wir nun wieder mit Neuwahlen anfangen, bringen wir das ganze System in Gefahr."

„Und somit auch deine Stellung als Erstaunensgestalter", zog Ben ihn auf. Auch wenn er es niemals offen zugegeben hätte, wusste Ben, dass Simeon in seiner Position einen guten Job machte.

„Darum mache ich mir keine Sorgen", winkte Simeon ab, doch ich erkannte an seinem Gesichtsausdruck, dass das nicht ganz der Wahrheit entsprach. „Wieso pochst du auf generelle Neuwahlen? Willst du dich denn als Schwarzer Gestalter aufstellen lassen?"

„Nein, das überlasse ich lieber anderen." Bens Miene fror einen Moment lang ein und mir war bewusst, woran er dachte. Er machte sich noch immer Vorwürfe, was den Tod der Macht der Acht anbelangte.

Ich nahm seine Hand und drückte sie.

„Was ist denn, wenn der vom Volk gewählte Angstgestalter die Aufgabe nicht übernehmen will? Immerhin hat er sich nicht für den Job beworben."

Ein breites Grinsen legte sich auf Simeons Gesicht. „Und genau das ist das Gute daran. Versteh doch, du kannst jeden wählen, den du möchtest, wodurch all jene, die sich nur aus politischem Eigeninteresse aufstellen lassen würden, gar nicht erst zur Debatte stehen."

„Und was macht ihr, wenn der Gewählte die Position ablehnt?"

Simeon zuckte mit den Schultern. „Glaubst du wirklich, dass jemand, der von seinem Volk gewählt wurde, um sie in eine bessere Zukunft zu führen, sich diesem Auftrag widersetzen kann?"

Ben schnaubte verächtlich. „Du redest wirklich schon wie ein echter Politiker."

„Das nehme ich mal als Kompliment", erwiderte Simeon und gab Ben einen freundschaftlichen Klaps auf die Schulter, was der mit einem finstern Blick quittierte.

Wir erreichten nun den Marktplatz, auf dem schon reger Trubel herrschte. Rund um den neu eröffneten Mahnmahl-Pavillon in der Mitte scharten sich jede Menge bunter Stände, die neben verschiedenen Köstlichkeiten aus der Sinnlichen Welt auch magisches Kunsthandwerk anboten. Eine Trauerträgerin verkaufte schimmernde Skulpturen aus gefrorenen Tränen und gleich daneben stellte ein Wutträger diverse Gegenstände aus Flammenmagie aus. Ich ließ meinen Blick weiterschweifen und entdeckte eine Bude voller leerer Vogelkäfige. An einem Käfig lehnte ein Schild, auf dem „Nur für Menschverbundene" stand.

„Sympathisch", bemerkte Ben, der meinem Blick gefolgt war.

„Seit dem Krieg ist der Graben zwischen den Mensch- und Tierverbundenen leider noch größer geworden", seufzte Simeon, als ein schlaksiger Angstträger, der seine Zeichnung auf der rechten Wange trug, zu dem Stand ging.

„Was verkaufst du denn?", fragte er die dralle Ladenbesitzerin flüsternd.

„Magische Wünsche", antwortete die Erstaunensträgerin mit den kurzen blonden Haaren lächelnd und öffnete einen goldenen Käfig. „Streck die Hand aus und sag mir, was du dir wünschst", wies sie den violetten Träger an.

Die Zeichnung des Angstträgers leuchtete auf. „Ich wünsche mir, dass ich heute nicht der neue Angstgestalter werde", wisperte er inbrünstig.

„Die Sorge braucht er nicht zu haben", ätzte Ben, während ich konzentriert die ausgestreckte Handfläche des Typen fixierte. Ein kleiner Vogel wurde darauf sichtbar, der sich kurz das violette Gefieder putzte, bevor er den Kopf leicht schief legte.

„Ein hübscher Wunsch", sagte die blonde Ladenbesitzerin lächelnd. „Nun wirf ihn in den Himmel, die Sinnliche Welt wird dich erhören."

„Wirklich?", fragte der Angstträger zweifelnd und sie nickte bestätigend. „Nun gut", murmelte der schlaksige Typ und schleuderte den lila Vogel hoch in die Luft.

„Denk ganz fest an deinen Wunsch", befahl die Erstaunensträgerin. Währenddessen flatterte der Vogel immer höher. Ich blinzelte kurz, als plötzlich die Konturen des violetten Federtiers verschwammen und sich eine Schar weiterer Vögel aus dem geflügelten Wunsch des Angstträgers schälte. Sie stoben in die verschiedenen Richtungen des dunklen Nachthimmels, bevor sie mit einem leisen Knall unsichtbar wurden und verschwanden.

„Die Magie trägt deinen Wunsch jetzt in die entlegensten Winkel der Sinnlichen Welt und sorgt dafür, dass er in Erfüllung geht", sagte die dralle Erstaunensträgerin. Dann streckte sie die Hand aus.

„Das macht fünf Währungsblätter."

„Funktioniert so etwas wirklich?", fragte ich Simeon, als wir weiterschlenderten.

Unzählige Sinnträger tummelten sich auf dem Platz, der von einigen Nachrichtenwürfeln umrundet wurde. Trotz Damiens Tod herrschte hier eine fast schon ausgelassene Atmosphäre – was vielleicht auch daran lag, dass wir endlich im Besitz von allen Büchern der Macht waren.

„Wunschvögel sind anerkannte magische Geschöpfe", gab Simeon zurück. „Wobei ich die Wirksamkeit dieser Vögel hier natürlich nicht bestätigen kann. Ganz im Gegensatz zu der starken Magie, die in meinem Kunstwerk steckt."

„Was für ein Kunstwerk? Für mich sieht der neue Marktplatz aus wie immer", sagte Ben trocken.

„Sag das nicht! Siehst du nicht mein Meisterwerk?" Simeon deutete auf den geschlossenen Mahnmal-Pavillon, der sich wie ein bunt leuchtendes Karussell drehte und sein Licht strahlend in den Nachthimmel warf.

Ben fuhr sich durch seine dunklen Haare. „Das Ding hat mir schon beim letzten Mal nicht gefallen."

Gekränkt schüttelte Simeon den Kopf. „Wie kannst du so etwas sagen? Immerhin wird das Mahnmal künftige Generationen davor warnen, die Macht der Bücher zu missbrauchen."

Bens Mundwinkel zuckten nach oben. „Ich glaube eher, dass das Mahnmal künftige Generationen davor warnen wird, seine Gestalter nicht selbst zu wählen."

In diesem Augenblick ertönte eine laute Fanfare und die fliegenden Nachrichtenwürfel ordneten sich so an, dass sie gemeinsam ein dreidimensionales Bild vom Gesicht der Vertrauensgestalterin Vandora in den Nachthimmel warfen. Ihre schneeweißen kurzen Haare leuchteten im Licht der Projektion und bildeten einen starken Kontrast zu ihrem dunklen Teint.

„Werte Sinnträger, es ist mir eine Ehre, euch das Ergebnis der ersten absolut demokratischen und nicht manipulierbaren Wahl zu verkünden."

Simeon verschränkte die Hände hinter dem Rücken. „Wir fanden es am besten, wenn eine Trägerin des Vertrauens die Botschaft übersendet", erklärte er uns leise. „Immerhin ist es das erste Mal, dass die Wahl auf diese Art und Weise durchgeführt wurde."

„Die Angstträger haben gewählt", donnerte Vandoras Stimme über den Platz und ihre dunklen Augen zeigten keinerlei Gefühlsregung. „Das Ergebnis ist eindeutig, der Gewählte hat acht Stunden Zeit, um die Wahl anzunehmen oder die neue Position abzulehnen. Wobei ich darauf vertraue, dass er das Richtige tun wird."

Auf dem Platz wurde es mucksmäuschenstill und die Spannung war deutlich spürbar. Einige Angstträger sahen sich sorgenvoll um, als hätten sie wie der Typ vom Wunschvogelstand Panik, zum nächsten Gestalter gewählt zu werden.

„Der potenzielle Nachfolger von Gestalter Damien ist …", Vandora machte eine kunstvolle Pause, „der geschätzte Angstträger *Alfonsus*."

Mein Herz machte einen Satz, als ich den Namen hörte, und auch Ben warf mir einen langen Blick zu, bevor frenetischer Jubel über den Platz rollte. Vor allem die Angstträger jubelten und klatschten voller Begeisterung.

„Bei einer Wahlbeteiligung von 99 Prozent ist

Alfonsus mit 77 Prozent der Stimmen gewählt worden. In acht Minuten starten wir das Feuerwerk in Gedenken an den alten und in Vorfreude auf den neuen Gestalter der Angst." Vandoras hell geschminkte Lippen verzogen sich kurz zu etwas, das wie ein Lächeln aussah, bevor die Projektion endete und die heitere Musik wieder einsetzte.

„Hat sie soeben gelächelt? Ich habe sie noch nie lächeln gesehen", sagte Simeon stirnrunzelnd.

Ben sah mich noch immer intensiv an. „Alfonsus. Ist es nicht seltsam, dass gerade der Erfinder der Nachrichtenwürfel bei einer Wahl via Nachrichtenwürfel zum nächsten Angstgestalter gewählt wird?"

Ich nickte gedankenversunken und dachte daran, dass ich Alfonsus vor Kurzem noch verdächtigt hatte, der Schwarze Meister zu sein.

Simeon schüttelte den Kopf, während der Minutencountdown für das Feuerwerk begann. „Die Wahl konnte von ihm nicht manipuliert werden, wir hatten wirklich hohe Sicherheitsvorkehrungen – fast so hoch wie beim …" Er hielt mitten im Satz inne.

„Wie bei was?", fragte ich.

Simeon sah sich kurz um und zog uns dann in eine kleine, etwas abgelegene Ecke. „Wie beim Sicherheitsturm der Bücher der Macht. Aber mehr darf ich darüber nicht erzählen, da ich laut den Statuten der Neuen Acht meines Amtes enthoben werden könnte, wenn ich mit euch darüber spreche."

„Ernsthaft?", fragte Ben. „So wenig vertraust du uns?"

Simeon warf einen schnellen Blick über die Schulter und seufzte. „Okay, nur so viel: Der Turm ist wirklich der sicherste Ort auf der Sinnlichen Welt, das könnt ihr mir glauben."

„Das ist auch gut so", erwiderte Ben kühl. „Denn ich habe keine Lust, die verdammten Bücher noch einmal zu suchen."

Simeon lächelte breit. „Das musst du auch nicht. Das Problem haben wir ein für alle Mal gelöst."

Absolute Selbstsicherheit klang aus seiner Stimme und ich fragte mich unwillkürlich, welche Sicherheitsvorkehrungen die Neue Acht getroffen hatte, als meine Gedanken wieder zu Alfonsus drifteten.

Simeon schnaubte. „Jetzt macht nicht solche Gesichter. Wir sollten es feiern, dass die Neue Acht morgen schon wieder komplett ist. Ich kann euch garantieren, dass keiner die Wahl beeinflussen konnte. Schließlich habe ich die Nachrichtenwürfel höchstpersönlich mit einem speziellen Zauber belegt, der sicherstellt, dass jeder seine Stimme abgeben kann."

Er sagte es mit einem seltsamen Unterton und ich blickte ihn intensiv an. „Kann oder muss?"

Simeon rieb sich über den Nacken. „Ich verstehe die Frage nicht ganz."

„Kann es sein, dass dein Zauber dafür gesorgt hat, dass so ungefähr jeder Angstträger wählen gehen musste? Eine Wahlbeteiligung von 99 Prozent kommt mir doch recht hoch vor."

Simeons grüne Augen funkelten. „Es ist im Sinne der Demokratie."

„Was hast du gemacht?", fragte Ben kühl.

„Ich habe die Nachrichtenwürfel so adaptiert, dass sie die notwendigen Stimmen eingeholt haben und erst dann lockerließen, wenn man seine Wahl getroffen hatte."

„Das heißt, du hast die Wahl erzwungen?"

„Erzwungen ist ein hartes Wort, Lee", gab Simeon zurück. „Ich habe lediglich dafür gesorgt, dass jeder seine Stimme abgeben konnte. Also abgegeben hat. Also die, die via Nachrichtenwürfel erreichbar waren – deswegen waren es keine 100 Prozent."

Ich musste daran denken, wie nervig die Oktaeder schon ohne Simeons Magie sein konnten, und schüttelte den Kopf. „Aber du kannst doch nicht einfach die Leute dazu zwingen, wählen zu gehen."

„Warum nicht? Es gibt so viele Stimmen, die sich über die politischen Vorgänge aufregen, denen die Wiederaufbaumaßnahmen nicht schnell genug voranschreiten oder die sonst etwas zu meckern haben – dann sollen die eben selbst mal aktiv werden. Die Möglichkeit, wählen zu können, ist ein wichtiges Gut unserer Gesellschaft und davon muss man auch Gebrauch machen." Er hielt kurz inne. „Spürt ihr das auch?"

Ben legte den Kopf leicht schief. „Dass du ablenkst?"

Simeon streckte die Hand aus. „Nein – den Schnee."

Ich blickte auf seine offene Handfläche, in der sich tatsächlich eine Schneeflocke befand.

„Das ist aber nicht Teil des Feuerwerks, oder?", murrte Ben und im nächsten Augenblick begann es tatsächlich, zu schneien. Dicke Flocken schwebten auf den bunten Platz, während sich der Nachthimmel innerhalb weniger Herzschläge erhellte und der Tag anbrach. Dann verlief die Zeit plötzlich wieder rückwärts und der Schnee fiel aufwärts zurück in den Himmel, bevor er wieder seine Richtung änderte und der Tag ein zweites Mal anbrach.

Ben schnaubte. „Dieser verdammte Kubus. Ich bin froh, wenn ihr dieses Ding endlich wegsprengt."

Ich legte meinen Kopf in den Nacken und schielte nach oben, wo sich mittlerweile ein hellblauer Himmel über uns spannte. „Habt ihr auch das Gefühl, dass die Wetterkapriolen und Zeitanomalien stärker werden?"

„Der Kubus ist einfach schon zu lange hier", sagte Simeon und blickte in Richtung Stadtrand. Selbst von hier aus konnte man das hässliche Relikt der Totaa sehen, das bedrohlich über jener Stelle schwebte, wo sie die Leichen der Menschverbundenen verbrannt hatten.

„Die Chancen stehen gut, dass mit der Entfernung des Spiegels auch seine dunkle Macht gebrochen werden kann."

Ben klang zuversichtlich, doch seiner Stimme haftete etwas Seltsames an. Automatisch kniff ich die Augen zusammen und fragte mich, ob er vielleicht etwas über den Spiegel wusste, das er mir verheimlichte.

„Sobald es möglich ist, sprengen wir das Ding weg. Also nicht wir, sondern Kafflan, der neue Kubus-Beauftragte. Außer du willst deinen alten Job für kurze Zeit wieder, um dem Ding den Garaus zu machen?", fragte Simeon herausfordernd.

Noch bevor Ben antworten konnte, ertönte ein kräftiger Knall, der von vielen weiteren begleitet wurde. Der Countdown war zu Ende und das Feuerwerk startete. Die groß angelegten Explosionen gingen nur leider im Tageslicht unter, sodass man Damiens Antlitz nur mit viel Fantasie am Himmel erkennen konnte.

Ben rieb sich über die schwarzen Zacken an seinem Hals. „Ist er das wirklich?"

Simeon nickte. „Ja, das ist Damiens Gesicht, in

überdimensionaler Größe." Er atmete geräuschvoll aus. „Das war ebenfalls eines der Dinge, die er in seinem Testament verankert hatte, und wir wollten einem Mitglied der Neuen Acht seinen letzten Wunsch – beziehungsweise seine letzten Wünsche – nicht verwehren. Gleich sehen wir auch eine Auswahl seiner heroischsten Taten. Wobei – vielleicht sehen wir sie auch nicht, schließlich war das Feuerwerk für die Nacht gedacht."

Ben blickte in den Himmel. „Dann können wir dem verdammten Kubus zumindest für eine Sache dankbar sein."

Ich, Bastardo, spreche mich hiermit gegen die Wahl des neuen Angstgestalters aus. Die Wahlen wurden manipuliert und die Wähler wurden hinters Licht geführt! Es wurde zu meinen Ungunsten betrogen!

Ich bin der rechtmäßige Erbe von Damiens Vermächtnis, denn er hat mich in seinem Testament auserwählt und der Neuen Acht mehr als nahegelegt, mich zum neuen Gestalter zu wählen – so wie sie sich selbst gewählt haben. Die Angstträger brauchen eine starke Führung, jemanden, der sich ihrer Ängste bewusst ist und der die Größe des Landes zu verteidigen weiß. Denn natürlich gieren die anderen Länder danach, uns unserer Vormachtstellung zu berauben. Wegnehmen wollen sie uns am liebsten alles, alles, alles! Aber das werde ich nicht zulassen, ich werde eine neue Ära der Angstbürger einleiten.

Möge die Angst mit uns und unseren Feinden sein.

Aus dem Manuskript „Meine Vision", unveröffentlicht

Kapitel 2

„Ben? Alles okay?", fragte ich und richtete mich gähnend in unserem Bett auf.

Ich war aufgewacht, weil er sich stöhnend von einer Seite zur anderen gewälzt hatte. Dabei schien er im Schlaf gegen jemanden zu kämpfen und ich duckte mich schnell, als er mir mit seiner Faust beinahe einen Schlag ins Gesicht verpasste.

„Ben! Du musst aufwachen!", drängte ich und rüttelte an seinen Schultern, bis er mich endlich ansah. Das Licht des violetten Mondes fiel durchs Fenster und verlieh seinen Augen einen eigenartigen Glanz.

„Was ist passiert?", fragte er erschrocken. Kleine Schweißperlen bedeckten seine Stirn und sein Atem ging schnell und unregelmäßig.

Ich strich ihm sanft über die Wange. „Du hast schlecht geträumt."

Ben setzte sich auf, dabei schimmerte sein Oberkörper im Mondlicht und seine Bauchmuskeln zogen sich bei der Bewegung zusammen. „Habe ich irgendwas gesagt?"

„Im Traum?" Ich schüttelte den Kopf. „Aber du hättest mir fast eine verpasst."

„Verdammt", murmelte er und fuhr sich mit beiden Händen durch seine dunklen Haare, bevor er mich besorgt anblickte. „Lee, wir dürfen nicht mehr miteinander schlafen."

Ich hob eine Augenbraue. „Meinst du das ernst?"

„Nicht so", sagte er rau und musste selbst kurz

lächeln. „Ich meine, dass wir besser nicht zusammen in einem Bett schlafen sollten." Er schlug die Decke zurück und machte Anstalten, aufzustehen, doch ich hielt ihn zurück.

„Nicht, Ben. Mach das nicht. Unser Leben ist schon kompliziert genug. Ich möchte nicht, dass du die Nacht auf der Couch verbringst."

„Und ich möchte nicht, dass du mit einem Veilchen rumläufst, nur weil ich schon wieder einen von diesen verdammten Albträumen hatte", gab er zurück und sah mich intensiv an. Dabei hatte ich für einen Moment den Eindruck, eine tiefe Dunkelheit in seinen Augen zu erkennen.

Stur schüttelte ich den Kopf. „Ich lasse es dennoch nicht zu. Das ist nur der erste Schritt in die falsche Richtung. Wie besprochen, werde ich nicht akzeptieren, wenn du dich von mir distanzierst. Egal, in welcher Form."

Er presste die Zähne zusammen. „Und wenn es besser für dich wäre?"

„Für mich ist es am besten, wenn du bei mir bist." Ich griff nach seiner Hand. „Wir haben schon so viel gemeinsam durchgestanden, Ben. Ich werde mich nicht vertreiben lassen, nur weil ich deine Seelenverbundene bin. Denn als deine Seelenverbundene ist es meine Pflicht, mich nicht vertreiben zu lassen. Auch nicht von dir."

„Ist es das?"

„Ja, das ist es", sagte ich inbrünstig. „Glaube ja nicht, dass du mich irgendwie loswerden kannst, denn das wirst du nicht. Du hast nicht den Hauch einer Chance."

Ben lachte leise. „Ich liebe dich."

Mein Herz begann bei seinen Worten schneller zu schlagen und ich atmete automatisch tief ein, als er sich zu mir beugte. Dabei umfing mich sein verführerischer Duft und ich wünschte mir nichts mehr, als dass er die letzten Zentimeter zwischen uns überwand und mich endlich küsste.

„Du bist einfach unwiderstehlich", hauchte er gegen meine halb geöffneten Lippen und bedeckte danach meinen Hals mit sanften Küssen. „Du bist stur und dickköpfig, wie von der ersten Minute an." Sein Dreitagebart kratzte über meine Haut und ich stöhnte leise, da es sich so gut anfühlte. „Langsam sollte ich mich daran gewöhnen, dass du deinen Kopf einfach immer durchsetzt."

Ich nickte benommen. „Das solltest du."

Ben strich mir eine dunkle Haarsträhne aus dem Gesicht. Seine Berührung war unglaublich liebevoll und ich musste daran denken, was wir schon alles durchgemacht hatten.

„Ben, wir bekommen das hin. Wir werden uns vom Schwarzen Meister nicht unterkriegen lassen. Du bist nicht wie er."

Bens Blick verdunkelte sich und er zog sich ein Stück zurück. „Hoffentlich."

„Wovon hast du denn geträumt?"

Er rieb sich über die Augen. „Es sind dunkle Sequenzen, die sich in meine Träume schleichen. Ich nehme alles nur verschwommen wahr und sobald ich aufwache, kann ich mich nicht mehr genau an den Inhalt erinnern, aber an die Gefühle. Und ich fühle ganz viel Hass. Dunklen, schwarzen Hass."

Ich schluckte und versuchte, mir meine Unruhe nicht anmerken zu lassen. „Glaubst du, dass du seine

Gefühle wahrnimmst?"

Ben ließ sich nach hinten fallen. „Ich kann es dir nicht sagen. Vielleicht ist es wie beim Kubus, bei dem ich die dunkle Präsenz des Schwarzen Meisters fühlen kann, vielleicht gibt es diese Verbindung auch in meinen Träumen. Vielleicht ist es aber auch etwas ganz anderes."

„Und was?"

Ben zögerte einen Moment, bevor er antwortete. „Vielleicht sind es auch meine eigenen Gefühle, Lee. Was ist, wenn es mein dunkles Herz ist, das aus meinen Träumen spricht? Wenn die Dunkelheit einfach in meiner Blutlinie begraben liegt?"

„Aber warum sollte sie das sein?", fragte ich. „Wir haben uns deine Vergangenheit doch angesehen, wir haben deine Vorfahren aufgesucht. Keiner von ihnen war hervorstechend gut oder böse, es waren einfach Menschen. Denk doch nur an den Jungen Karl, der von diesem schrecklichen Hasso so stark misshandelt wurde."

Bei der Erwähnung der beiden Namen spannte sich Bens ganzer Körper an. „Wenn es sich bei Karl tatsächlich um den späteren Tom handelte, hatte er allen Grund, Hass zu empfinden."

Ich dachte an die furchtbaren Bilder aus der Scheune. „Ich weiß. Und selbst Tom könnte man den Hass nicht übel nehmen – schließlich wurde er von Victoria nicht nur um das Violette Buch der Macht betrogen, sondern auch um seinen Seelenverbundenen gebracht."

In dem Moment ertönte ein Knall von draußen, gefolgt von vielen weiteren. Es hörte sich an, als würde im Nachthimmel etwas explodieren.

Ben schwang sich aus dem Bett und stellte sich ans riesige Fenster unserer Räumlichkeiten. Als er nach draußen blickte, wurde sein Gesicht in violettes Licht getaucht. „Es ist ein Feuerwerk. Offensichtlich ein Feuerwerk der Angstträger", bemerkte Ben. „Anscheinend hat Alfonsus die Wahl angenommen." Einen Moment lang starrte er noch nach draußen, bevor er sich wieder zu mir umdrehte. „Lass uns versuchen, noch ein wenig zu schlafen."

Ich nickte zustimmend. „Allerdings nur, wenn du wieder ins Bett kommst."

Ben zögerte kurz, bevor er zurück unter die Decke schlüpfte. Dann zog er mich fest an sich und ich seufzte behaglich, bevor ich die Augen schloss und wieder einschlief.

Überall in der Stadt sah ich Wimpel und Fahnen, auf denen Alfonsus' Gesicht zu sehen war. Der neue Gestalter mit dem grau melierten Haar nickte mir auf den Bannern freundlich zu und ich lächelte unwillkürlich zurück. Dann folgte ich den Straßen, bis ich den Stadtrand erreichte. Der hässliche Kubus der Totaa schwebte noch immer da draußen, doch das surrende Magienetz, das die Erstaunensträger um ihn gespannt hatten, nahm ihm etwas von seiner Schrecklichkeit. Ich zählte acht Magiebegabte, die mit erhobenen Händen kreisende Bewegungen ausführten und damit die silbernen Sprengkapseln dirigierten, die ringsum an den Kubus andockten. Die Magiebegabten erhielten ihre Anweisungen direkt von Kay und Ben, die neben ihnen standen und ihnen genau sagten, wo sie welchen Sprengkörper zu platzieren hatten.

In dem Moment geriet eine der silbernen Sprengkapseln außer Kontrolle und schoss wie ein Pfeil auf Ben zu. Ich schrie, doch ich war viel zu weit weg, als dass er mich hören konnte. Mit einer unglaublichen Kraft drang das Geschoss in Bens Brust ein, bevor es ihn von innen zerfetzte.

Erschrocken fuhr ich in die Höhe. Mein Herz klopfte rasend schnell, doch Ben schlief ruhig neben mir, während von draußen noch immer die violetten Lichter des Feuerwerks zu sehen waren. Angespannt ließ ich mich zurück in seine Arme sinken und versuchte, mich mit dem Gedanken zu beruhigen, dass es nur ein Traum gewesen war.

„Lee, alles okay?", wollte Carinna ein paar Stunden später wissen, als wir uns in einem weißen Pavillon des Palastgartens auf bunten Kissen gegenübersaßen, die von riesigen exotischen Pflanzen umringt wurden. Ihre schweren Blütenköpfe verströmten einen betörenden Duft und ich atmete tief ein, bevor ich antwortete. Dabei fühlte ich mich ertappt, weil ich mit meinen Gedanken schon wieder zu dem hässlichen Traum abgedriftet war.

„Es tut mir leid, ich wollte nicht unaufmerksam sein. Ich habe nur schlecht geschlafen."

Carinna blickte mich forschend an und die gelben Linien ihrer Gesichtszeichnung begannen sanft zu glimmen. „Möchtest du eine Pause machen?"

Ich schüttelte den Kopf. „Nein, es geht schon", sagte ich schnell und lächelte die alte Sinnträgerin mit dem weißen Dutt an. Obwohl ihr Gesicht von einigen Falten durchzogen war, war Carinna nicht zu unterschätzen. Sie war bekannt dafür, dass sie ihre Magie blitzschnell einsetzen und nur durch die Kraft ihrer Gedanken Gegenstände bewegen konnte – und das ganz ohne Kriegsfähigkeit.

„Gut. Dann machen wir weiter. Schließ die Augen und konzentriere dich auf die Magie in dir. Stelle sie dir wie eine Pflanze vor, eine Pflanze, die du zum Wachsen bringen möchtest. Lass alle blockierenden Gedanken los und konzentriere dich darauf, deine Magie zu entfachen. Unsere Gedanken sind wie Strömungen im Meer, wir müssen uns entscheiden, von welchen wir davongetragen werden wollen und welche wir lieber auslassen."

Ich atmete tief durch und versuchte, Carinnas Worten zu folgen. Dabei spürte ich die Magie wie einen leuchtenden Funken in mir, einen Funken, dessen Macht ich noch nicht unter Kontrolle hatte.

„Lass dir Zeit, Lee. Lass dir Zeit."

Ich atmete nochmals ein und konzentrierte mich auf meinen Sinn. Ich ließ meine Wachsamkeit durch meinen Körper fluten, ließ die Gedanken los und spürte ein aufregendes Kribbeln, das durch meine Adern floss.

„Und jetzt öffne deine Augen und greif nach deinem Wächterstab."

Ich streckte den Arm aus, um mir den Übungsstab zu nehmen. Bislang war es mir immer besser gelungen, leichte Magie in meinem Alltag einzusetzen, aber ich hatte es noch nicht geschafft, meinen Wächterstab zu aktivieren. In dem Moment, als ich das kühle Metall umfasste, hoffte ich, das vertraute Kribbeln zu spüren, das von der Verbindung zwischen mir und dem Stab herrührte.

„Und?", wollte Carinna wissen.

Ich schüttelte den Kopf. „Noch nichts."

„Das macht nichts, Lee. Du erzielst gute Fortschritte und der Wächterstab braucht sehr viel Magie, um zu funktionieren."

„Aber ich spüre nichts. Nicht den Hauch von irgendetwas", erwiderte ich resigniert und legte den magischen Gegenstand zurück. Dabei dachte ich daran, wie es damals gewesen war, das erste Mal einen Wächterstab in Händen zu halten – es war wie die Verlängerung meiner Selbst gewesen.

„Es benötigt Zeit, meine Liebe. Gib dir diese Zeit. Die Magie wird wieder zu dir kommen, du hast es nicht verlernt."

„Geduld ist nicht meine Stärke."

Die Wachsamkeitsträgerin stockte kurz.

„Was ist?", fragte ich stirnrunzelnd.

„Ach nichts", antwortete sie. „Ich hatte nur gerade ein Déjà-vu."

„Weil Geduld nicht meine Stärke ist?"

Sie lachte herzlich. „Geduld war früher auch nicht meine Stärke. Aber sie entwickelt sich mit der Zeit. Einer der vielen Vorteile, wenn man älter wird. Geduld und die Gewissheit, dass sich alles zum Guten wenden wird."

„Du klingst beinahe wie eine Vertrauensträgerin", sagte ich.

Carinna lächelte. „Ich bin aber keine Wechslerin, wenn du das meinst." Dabei deutete sie mit dem Kinn in Richtung eines Pfades, der hinter den üppigen Pflanzen im Verborgenen lag. Erst jetzt sah ich, worauf Carinna anspielte.

Gestalterin Etienne schritt durch den Palastgarten und unterhielt sich dabei angeregt mit jemandem. Als ich meinen Kopf reckte, um zu sehen, mit wem sie das Gespräch führte, schoss mein Puls in die Höhe.

Es war Simeon.

Sofort musste ich wieder an Coel denken, den ich immer noch im Verdacht hatte, hinter Simeons Posten her zu sein. Bisher waren seine Versuche, Simeon und Etienne zusammenzubringen, um einen Verstoß gegen die Statuten der Neuen Acht nachweisen zu können, glücklicherweise fehlgeschlagen. Doch was war, wenn er eine neue Strategie entwickelt hatte, die ohne magisch manipulierte Desserts auskam? Ein Gefühl sagte mir, dass Coel zu fast allem bereit war, um wieder Gestalter des Erstaunens zu werden.

„Ich denke, wir beenden das heutige Training", schob sich Carinna in meine Gedanken.

„Was? Nein", erwiderte ich schnell und wandte mich wieder meiner Trainerin zu. „Ich bin schon wieder voll und ganz da."

Carinna schüttelte den Kopf. „Das bist du nicht, Lee. Ich konnte sehen, dass deine Gedanken jetzt bei meiner Schülerin Etienne waren. Und deswegen machen wir zu gegebener Zeit weiter, wenn du dich wieder besser konzentrieren kannst."

„Sie ist deine Schülerin?", hakte ich nach und spürte, wie meine Wachsamkeitslinien leicht aufglommen. Worin trainierte Carinna die rote Gestalterin?

„Das ist sie", bestätigte Carinna noch einmal. „Doch es geht jetzt nicht um sie. Sondern um dich, Lee."

„Aber wir können weitermachen, ich bin schon wieder voll und ganz hier", setzte ich an, doch Carinna schüttelte abermals nur den Kopf.

„Es hat jetzt keinen Sinn, glaub mir. Sieh es als eine eigene Übung, wenn dir das leichter fällt." Sie schmunzelte. „Als eine Geduldsübung."

Nachdem Carinna das Training beendet hatte, ging

ich zu unseren Gemächern zurück. Dabei versuchte ich tatsächlich, mich in Geduld zu üben, obwohl ich wieder einen Umweg nehmen musste, da ein Teil des Palastgartens hinter dem Westflügel für irgendwelche Pflanzungen gesperrt war, von denen bisher noch nichts zu sehen war.

Nachdem ich mir eine geistige Notiz gemacht hatte, Simeon auf die gesperrte Fläche anzusprechen, wenn hier die nächsten Wochen nichts weiterging, stellte ich mich unter die Dusche. Danach schlüpfte ich in frische Klamotten und entschied mich für einen dunklen Anzug, der sich samtig an meine Haut schmiegte. Meinen Wasserperlenanzug konnte ich noch nicht tragen – zumindest nicht, wenn ich nicht riskieren wollte, irgendwann einmal nackt dazustehen. Denn meine Magie war noch zu schwach, um die Perlen ständig an meiner Haut haften zu lassen.

Auf dem Bett fand ich eine Nachricht von Ben, der sich entschieden hatte, den heutigen Sprengungen am Kubus nun doch beizuwohnen.

Unruhig band ich meine Haare zu einem Knoten und dachte an meinen Albtraum von gestern Nacht. Er hatte sich zwar nicht wie eine Vision angefühlt, aber er war mir in einer so deutlichen Klarheit erschienen, dass ich mir Sorgen machte. Konnte es sein, dass sich etwas davon heute bewahrheitete?

Da ich mir nicht den ganzen Vormittag Gedanken machen wollte, beschloss ich, der Sprengung des Kubus beizuwohnen. Mit schnellen Schritten verließ ich unsere Räumlichkeiten und nahm eine Abkürzung durch den Palast nach draußen.

Ich war noch nicht weit gekommen, als eine bekannte Stimme meinen Namen rief. Unwillig drehte ich mich um und erblickte den Minister der Wachsamkeit in dem breiten Korridor.

„Gestalter. Was kann ich für Euch tun?"

Skellan musterte mich eindringlich. „Ich dachte, wir könnten uns ein wenig unterhalten. Ich stehe nach wie vor zu dem Angebot, das ich dir gemacht habe." Er trat auf mich zu und ich versuchte, mir mein Unbehagen nicht anmerken zu lassen. Stattdessen setzte ich mich wieder in Bewegung.

„Ich bin nach wie vor sehr glücklich in meiner Position", erklärte ich, als wir den Gang entlangschritten, der von hohen Buntglasfenstern gesäumt wurde. Das Licht fiel durch die farbigen Scheiben und malte farbenfrohe Kreise auf den Boden, die aussahen, als würden sie miteinander tanzen.

Der dunkelblonde Gestalter verschränkte die Arme hinter dem Rücken. „Ich war sehr beeindruckt von deiner Leistung in den Katakomben des Schreckens, weshalb sich mein Wunsch, mit dir zusammenzuarbeiten, noch verstärkt hat. Denkst du denn nicht, dass es auch für dich vorteilhaft wäre? Schließlich tragen wir denselben Sinn."

„Eure Hartnäckigkeit in allen Ehren, aber ich arbeite gern für den Gestalter des Erstaunens. Außerdem befürwortet die Neue Acht doch eine Mischung der Sinne."

Skellan lächelte und entblößte dabei eine Reihe weißer Zähne. „Das ist richtig. Doch gerade in Zeiten, in denen der Feind näher ist, als man denkt, finde ich es wichtig, die wachsamen Geister zu vereinen. Weswegen mir auch eine Sonderkommission unterstellt wurde."

„Was für eine Sonderkommission?"

„Eine streng geheime Truppe, die sich mit

der Identität des Schwarzen Meisters und dem Aufenthaltsort des Gespaltenen befasst."

Mein Herzschlag beschleunigte sich und Skellan hob auffordernd die Augenbrauen.

„Solltest du dich doch für einen Posten bei mir interessieren, würdest du selbstverständlich Teil dieser Kommission werden. Ich habe gehört, dass du dem Schwarzen Meister schon begegnet bist – und nach allem, was ich mit dir erlebt habe, bin ich mir sicher, dass du gefährliche Missionen nur zu gut meisterst."

Ich wusste nicht recht, was ich darauf antworten sollte, doch in dem Moment kamen uns zwei nervöse Sinnträger entgegen, die ein violettes Banner mit Alfonsus' Antlitz trugen, auf dem seine würfelförmige Gesichtszeichnung leuchtete. Beide nickten Skellan knapp zu und eilten dann rasch weiter.

Der Gestalter der Wachsamkeit blickte ihnen kurz nach. „Sie bereiten alles für seinen ersten Tag vor und ich muss sagen, dass die bisherigen Gespräche mit ihm äußerst produktiv verlaufen sind. Alfonsus ist eine Bereicherung für die Neue Acht – auch wenn er die Wahl beinahe nicht angenommen hätte."

Froh über den Themenwechsel, sah ich zu Skellan hoch. „Hätte er nicht?"

Er schüttelte den Kopf. „Bis zuletzt war unklar, ob er das Amt akzeptieren würde. Ich frage mich, was ihn letztendlich dazu bewogen hat, doch zuzusagen. Er ist zurückhaltend, was diese Frage anbelangt."

Ich strich mir eine Haarsträhne hinters Ohr. „Hat die Neue Acht denn damit gerechnet, dass er zustimmen wird?"

Skellan zuckte mit den Schultern. „Die Meinungen gingen diesbezüglich auseinander. Ich glaube, dass kluge Menschen sich nicht automatisch in ein so machtvolles Amt stürzen, sondern gut überlegen, welche Konsequenzen es für sie und die Sinnliche Welt hat. Denn im Grunde dienen wir doch alle nur der Sinnlichen Welt. Deshalb werte ich deine heutige Entscheidung auch nicht als ein definitives Nein." Er nickte mir zu. „Denn manchmal braucht es etwas Zeit, bis man die Vorteile eines Angebots erfassen kann."

Als ich den Palast verließ, auf dessen Mauer lavendelfarbener Regen tanzte, hatte ich noch immer Skellans Worte im Ohr. Nach wie vor war ich mir nicht sicher, ob sich sein Interesse an mir nur auf den neuen Posten beschränkte oder ob er noch irgendwelche Hintergedanken hatte.

Diese Überlegungen rückten jedoch in den Hintergrund, als ich die Straßen der Bunten Stadt betrat. Mit jedem Schritt, den ich näher zum Kubus machte, spürte ich eine zunehmende Beklemmung, die mir den Schweiß auf die Stirn trieb. Unwillkürlich wurde ich immer schneller und verteufelte Skellan innerlich dafür, dass er mich aufgehalten hatte.

An fast allen Häuserfronten hingen violette Wimpel und Fahnen und über manche Straßen spannten sich riesige Banner, auf denen Alfonsus' Gesicht zu erkennen war. Der vornehme Angstträger nickte mir darauf höflich zu, doch ich konnte nicht zurücklächeln. Zu sehr erinnerte mich das alles hier an meinen Traum.

Schnell lief ich die Straßen entlang und versuchte, innerlich die Ruhe zu bewahren, während die Gedanken nur so durch meinen Kopf wirbelten. Vielleicht hatte ich wirklich nur schlecht geträumt, vielleicht hatte das alles nichts mit der Wirklichkeit zu tun.

Mein Atem ging stoßweise, als ich den Stadtrand erreichte, und ich erstarrte bei dem Anblick, der sich mir bot. Denn es war alles genau wie in meinem Traum: Der Kubus der Totaa wurde von funkelnden Magienetzen gehalten, die so laut surrten, dass sie jedes andere Geräusch verschluckten. Acht Magiebegabte hielten ihre erhobenen Hände in den Himmel und steuerten mit kreisenden Bewegungen die silbernen Sprengkapseln, um sie an die richtige Position zu dirigieren. Kay rief den Magiebegabten Anweisungen zu und ich schluckte schwer, als ich Ben sah, der genau wie in meinem Traum neben der hübschen Wutträgerin stand. Und genau wie in meinem Traum geriet eine der silbernen Sprengkapseln in dem Moment außer Kontrolle und schoss wie ein Pfeil auf Ben zu. Meine Zeichnung wurde so heiß wie Feuer und ich hatte das Gefühl, die ganze Situation in Zeitlupe wahrzunehmen. Die Sprengladung raste direkt auf Ben zu und ich brüllte seinen Namen, während eine eiskalte Woge der Angst durch meinen Körper schwappte. Die Traumbilder überlappten sich mit jenen der Realität und ich wollte es nicht wahrhaben, obwohl ich innerlich bereits wusste, dass ich zu weit weg war, um ihn zu warnen.

Er konnte mich nicht hören.

Mein Herz hämmerte wie verrückt in meiner Brust und ich schrie völlig hysterisch seinen Namen, während die Sprengladung nur noch einen Meter von ihm entfernt war. Gleich würde sie ihn zerfetzen und ich schlug mir die Hände vor den Mund, als Kay Ben plötzlich zu Boden riss und die Sprengkapsel knapp über ihre Köpfe hinwegzischte. Das alles ging so schnell, dass mir der Atem stockte, und ich holte erst wieder Luft, als die Ladung einige Meter entfernt in der Wiese detonierte, ohne dass dabei jemand zu Schaden kam.

Völlig entkräftet sank ich gegen die Häuserwand neben mir und versuchte, die Tränen zurückzudrängen. Wenn Kay nur einen Augenblick gezögert hätte, wäre Ben jetzt tot.

In diesem Moment sah ich, wie Kay ihre Hand auf Bens Schulter legte und dabei fast genauso erschrocken aussah, wie ich mich fühlte. Er sagte etwas zu ihr und sie nickte mit riesigen Augen, bevor sie sich langsam aufrappelte. Ich stieß mich ebenfalls von der Wand ab und rannte quer über die Wiese zu ihnen hinüber.

„Alles okay?", rief ich den beiden zu, als ich endlich in Hörweite war. Ben richtete sich gerade auf und klopfte sich den Schmutz von der Kleidung.

„Ja, dank Kay. Das war verdammt knapp", murmelte er und schloss mich in seine Arme, während sein Blick zur Detonationsstelle schweifte.

„Ich dachte, du stirbst", flüsterte ich erstickt an Bens Brust.

„Alles okay", sagte er ruhig. „Es ist alles okay. Was machst du denn eigentlich hier?"

Ich wollte gerade antworten, als Kays wütende Stimme über die Wiese hallte. „Ich habe dir gesagt, dass du aufpassen musst! Ihr dürft die Sprengkapseln keinen Moment aus den Augen lassen! Sie sind gefährlich und müssen unter Kontrolle gehalten werden", herrschte sie einen kleinen Magiebegabten an, der sichtlich Angst vor ihr hatte. Dabei leuchtete die filigrane Lotusblumen-Zeichnung auf ihrer Wange in einem hellen Rot. Als mich ihr wütender Blick streifte, nickte ich ihr dankbar zu, aber sie ignorierte mich und schnauzte die anderen Magiebegabten an, für fünf Minuten Pause zu machen.

Ich fand ihr Verhalten nicht allzu nett, schluckte meine Gefühle jedoch hinunter und wandte mich wieder Ben zu. „Ich hatte einen Traum, gestern Nacht. Einen Traum, dass dir heute etwas bei dem Kubus passiert", flüsterte ich ihm ins Ohr, weil ich nicht wollte, dass das sonst noch jemand hörte. „Ich habe geträumt, dass du stirbst, Ben."

Er sah mich irritiert an. „Aber ich bin nicht gestorben."

„Ja, weil Kay da war", sagte ich und zog tief die Luft ein. „Aber sonst ist alles so passiert, wie ich es in meinem Traum gesehen habe."

Ben zog mich ein Stück zur Seite. „Glaubst du, dass du wieder Visionen hast?"

Ich schüttelte den Kopf. „Das denke ich eigentlich nicht, denn meine Visionen haben sich immer eins zu eins erfüllt."

„Vielleicht war es eine Vorahnung", meinte Ben düster.

Ich zuckte mit den Schultern. „Keine Ahnung. Auf alle Fälle bin ich verdammt froh, dass ich mit meinem Traum nicht die Zukunft vorhergesehen habe."

Kapitel 3

Nach dem Beinahe-Unfall vor der Stadt informierte Kay den neuen Kubus-Verantwortlichen Kafflan, einen dicklichen Vertrauensträger mit buschigen schwarzen Augenbrauen, dass er sich ab sofort um die verdammte Sprengung zu kümmern habe. Er hörte ihr sorgenvoll zu, bevor er sich mit einem Klemmbrett unter dem Arm vor den Kubus stellte und die erste Detonation freigab. Ein Teil des Dings explodierte in einer Wolke rosafarbenen Staubs und kurz darauf sprengten die Magiebegabten auch den Rest des schrecklichen Totaa-Vermächtnisses.

Als die Trümmer des furchtbaren Kubus endlich auf dem Feld vor der Bunten Stadt lagen, drückte ich fest Bens Hand und spürte, wie mir ein gewaltiger Fels von der Brust fiel. Da das Ding nun endlich fort war, würden jetzt vielleicht auch Bens Albträume aufhören.

„Ich habe Neuigkeiten", erzählte ich ihm auf dem Weg zurück zum Palast.

Ben sah mich von der Seite an. „Gute Neuigkeiten?"

„Ich denke schon. Skellan hat mich vorhin im Palast abgefangen und mich darüber informiert, dass es eine neue Sonderkommission gibt, die sich mit der Suche nach Jesper und dem Schwarzen Meister beschäftigt."

Ben blieb unwillkürlich stehen. „Wie lange gibt es die schon?"

„Ich weiß es nicht. Aber ich denke, sie stehen ganz am Anfang und könnten Unterstützung gut gebrauchen."

„Dann sollten wir mit Simeon reden."

Ich nickte und wir setzten unseren Weg zum Palast fort. „Ich habe ihn heute übrigens mit Gestalterin Etienne gesehen", fuhr ich leise fort. „Sie haben sich nur unterhalten, aber es hat trotzdem ziemlich … vertraut gewirkt."

Ben zog eine Augenbraue hoch. „Meinst du, er steht noch immer auf sie?"

„Ich hoffe nicht", erwiderte ich gedämpft. „Denn falls doch, könnte ihn das seinen Posten als Gestalter kosten."

Kurz darauf erreichten wir den Palast und schlugen den Weg zu Simeons Arbeitszimmer ein. Er saß hinter seinem silbernen Schreibtisch und studierte gerade ein alt aussehendes Schriftstück, als ich mit den Fingerknöcheln sanft gegen die halb geöffnete Tür klopfte. „Simeon? Wir müssen mit dir reden."

Bei unserem Eintreten blickte er mit einem seltsamen Gesichtsausdruck hoch und ließ das Schriftstück in seiner Hand augenblicklich in einer Stichflamme aufgehen, bevor er sich zu einem Lächeln zwang. „Mit mir reden? Worüber denn?"

Dabei lag noch immer ein merkwürdiger Ausdruck in seinen Augen und ich hatte das Gefühl, dass es Simeon trotz seines grünen Sinns lieber gewesen wäre, wir hätten ihn nicht überrascht.

„Eigentlich sind es zwei Dinge", sagte ich vorsichtig. „Das eine betrifft Gestalterin Etienne."

„Was ist mit ihr?", fragte Simeon sofort und setzte sich etwas aufrechter hin.

„Stehst du noch immer auf sie?", fragte Ben geradeheraus.

„Was? Nein, natürlich nicht", schnaubte Simeon. „Wie kommst du dazu, mich so etwas zu fragen?"

„Wir machen uns nur Sorgen", setzte ich an. „Ich habe euch im Palastgarten gesehen und hatte das Gefühl ..."

„Was für ein Gefühl?"

„... dass etwas läuft", beendete Ben meinen Satz.

„Da läuft gar nichts", entgegnete Simeon entrüstet. „Das Verhältnis zwischen der Gestalterin und mir ist rein professionell!"

„Sicher?", fragte ich ruhig.

Simeon schnaufte und strich sich seine funkelnde Robe glatt. „Ganz sicher. Und worüber wolltet ihr noch mit mir reden?"

Ben wechselte einen schnellen Blick mit mir. „Über die Sonderkommission. Ich möchte ein Teil davon sein."

„*Wir* möchten ein Teil davon sein", korrigierte ich Ben automatisch und bemerkte, wie sich die Landschaft hinter dem bogenförmigen Panoramafenster des Zimmers änderte. Statt einer ruhigen Wolkenebene zeigte es nun eine Vulkanlandschaft mit riesenhaften Feuerwesen, die langsam und bedächtig durch die Lava stapften.

Ben sah mich kurz an und seufzte. „Lee, es gibt keinen Grund, warum wir uns beide in Gefahr bringen sollten. Es reicht doch, wenn ich dabei bin."

Ungläubig schüttelte ich den Kopf. „Ist das dein Ernst?"

Er atmete tief ein. „Sei doch vernünftig. Deine Magie ist gerade erst dabei, sich wieder zu entwickeln ..."

„Und wird mit jedem Tag stärker", fiel ich ihm ins Wort. „Außerdem bin ich eine Wächterin und damit wesentlich besser für die Suche nach dem Schwarzen

Meister ausgebildet als du."

Ben schnaubte abfällig. „Nach den Millionen Stunden, die wir mit der beschissenen Buchsuche verbracht haben, fühle ich mich qualifiziert genug, den verdammten Mistkerl zu jagen."

Simeon stand von seinem Stuhl auf. „Leute …"

„Trotzdem solltest du das nicht allein tun", fuhr ich unbeirrt fort. „Ich dachte, ich hätte klargemacht, was ich davon halte."

Ben hob eine dunkle Augenbraue. „Traust du es mir nicht zu, den Typen zu fassen?"

„Darum geht es doch gar nicht."

„Und worum geht es dann?"

„Hey, jetzt streitet doch nicht", bat Simeon.

„Es geht darum, dass wir an einem Strang ziehen", erklärte ich leidenschaftlich. „Ich habe genug davon …"

„Ja, ich auch", murmelte Simeon entnervt und schnippte mit den Fingern.

„… dass jeder nur sein eigenes Ding durchzieht", fuhr ich fort. Im nächsten Moment schlug ich mir die Hand vor den Mund und starrte Simeon an. „Was hast du getan?" Meine Stimme klang dabei so hell, als ob ich eine Riesenladung magisch verstärktes Helium eingeatmet hätte.

Simeon grinste kurz und verschränkte die Arme vor der Brust. „Hörst du mir jetzt zu?"

„Du hast meine Stimme verändert, weil dir sonst keine Möglichkeit einfällt, dir Gehör zu verschaffen?", quietschte ich wütend und hörte Ben neben mir leise lachen. Im nächsten Moment fuhr er zu Simeon herum und seine zerrissenen Linien begannen, nachtschwarz zu leuchten.

„Mach das sofort rückgängig oder ich schwöre …“, piepste er.

Simeon rieb sich mit einem fetten Grinsen den blonden Bart. „Oder was? Läufst du durch den Palast und erzählst allen, was ich getan habe?" Als er sah, dass Ben mit geballten Fäusten einen Schritt auf ihn zu machte, brachte er jedoch schnell den Schreibtischstuhl als Barriere zwischen sich und ihn. „Okay, okay. Ich mach's ja rückgängig." Rasch schnippte Simeon mit den Fingern und fabrizierte dabei einen grasgrünen Funkenregen, der mit einem hellen Kinderlachen zu Boden fiel. „Keine Sorge. Ihr seid wieder normal."

Ben funkelte den Magiebegabten noch immer an und hatte offenbar nicht vor, auch nur ein Wort zu sagen, solange nicht sicher war, dass er nicht mehr wie eine Comicfigur klang.

Ich schüttelte den Kopf. „War das wirklich notwendig, Simeon?" Meine Stimme klang wieder normal und Ben entspannte sich augenblicklich.

„Hey, es ist gar nicht so leicht, bei euch zu Wort zu kommen", verteidigte sich Simeon. „Dabei solltet ihr als meine Achtsamen eigentlich vor allem daran interessiert sein, was *ich* zu sagen habe, und nicht nur die ganze Zeit …"

„Komm zum Punkt", knurrte Ben und klang wieder so sehr nach sich selbst, dass ich kurz lächeln musste. „Was ist jetzt mit der Sonderkommission?"

„Gut, wenn es unbedingt sein muss, schleuse ich euch ein. Schließlich haben wir alle Interesse daran, den Schwarzen Meister zu finden." Er machte eine kurze Pause. „Und wenn ihr dadurch weniger Zeit für meine Anliegen habt und öfter unterwegs seid, muss ich das eben akzeptieren."

„Richtige Antwort", murrte Ben, der Simeon seinen kleinen Trick offenbar noch immer übel nahm.

Währenddessen gab mir irgendetwas das Gefühl, dass Simeon gar nicht so unglücklich darüber war, wenn wir weniger Zeit für ihn hatten, was möglicherweise mit Etienne zusammenhing. Obwohl mir der Gedanke nicht gefiel, war ich dennoch auch froh, von Simeon nicht benachteiligt zu werden, nur weil ich noch nicht auf meine gesamte Magie zugreifen konnte. „Weißt du, wann das erste Treffen stattfindet?"

Simeon nickte und strich sich seine mit silbernen Feuerzungen bestickte dunkelgrüne Robe glatt. „Ja. Es hat vor fünf Minuten angefangen."

Schweigend folgten wir Simeon durch die verworrenen Gänge des Palastes zu einem Raum, der mit einer schweren schwarzen Eisentür gesichert war. Davor standen zwei muskulöse Beschützer in dunkelgrauen Kampfanzügen. Mitten auf ihrer Brust flammte eine handtellergroße Acht, die alle zweieinhalb Sekunden ihre Farbe wechselte und somit jedes Sinnliche Land präsentierte. Als Simeon vor ihnen stehen blieb, nahmen beide Haltung an und die flammende Acht auf ihrer Brust flammte grün auf, ohne die Farbe erneut zu wechseln. „Gestalter."

Er nickte ihnen kurz zu. „Wir müssen da rein."

Der linke Beschützer, dem ein Stück seines Ohrläppchens fehlte, zögerte. „Wir haben die Anweisung, niemanden hineinzulassen."

„Sehr gut", entgegnete Simeon überschwänglich. „Hiermit bekommt ihr die neue Anweisung, niemanden außer uns hineinzulassen."

Die Selbstsicherheit in seiner Stimme war noch

immer ungewohnt für mich und ich sah, wie die beiden Beschützer einen kurzen Blick wechselten, bevor der mit den intakten Ohren wortlos einen Knopf betätigte, woraufhin die Eisentür aufschwang.

„Danke." Simeon trat selbstbewusst über die Schwelle und Ben und ich folgten ihm in eine riesige Halle, deren Temperatur deutlich unter der im übrigen Teil des Palastes lag. Fensterlose graue Mauern ragten rings um uns in die Höhe und wurden nur von ein paar Lichtluken knapp unterhalb der Decke durchbrochen, die den Raum mit einer diesigen Helligkeit erfüllten.

In der Mitte der Halle stand Kay auf einer achteckigen erhöhten Plattform und sprach zu einer Gruppe von siebzehn Sinnträgern, bestehend aus elf Männern und sechs Frauen. Sie trug einen schulterfreien schwarzen Brustpanzer aus Metall mit dunkelroten Linien, die sich wie bei einem Spinnennetz in der Mitte ihres flachen Bauches trafen und beständig leuchteten, als würden sie von innen glühen. Ihre wohlgeformten Beine steckten in hautengen Lederhosen und ihre glänzenden schwarzen Haare hatte sie zu einem hohen Zopf zusammengebunden. Automatisch musste ich an das denken, was gestern passiert war. Wenn Kay nicht gewesen wäre, wäre Ben nicht mehr am Leben. Auch wenn ich ihr dafür dankbar war, war sie mir noch immer nicht besonders sympathisch.

Als Simeon mit Ben und mir den kühlen Saal betrat, der über keinerlei Sitzmöglichkeiten verfügte, stockte Kay mitten im Satz und wandte uns ihre Aufmerksamkeit zu. Sobald sie Ben entdeckte, röteten sich ihre Wangen kaum wahrnehmbar und ich spürte, wie meine gelben Linien aufflammten. Im nächsten Moment flutete mein Sinn über mich hinweg und ich erkannte am Pochen ihrer Halsschlagader, dass ihr Herzschlag seit unserem Eintreten um etwa fünfunddreißig Prozent schneller geworden war. Unwillig kniff ich die Augen zusammen und versuchte, mich selbst davon abzuhalten, ihre Herzfrequenz noch länger zu analysieren.

„Gestalter", empfing Kay Simeon, woraufhin sich siebzehn Augenpaare auf uns richteten. „Was kann ich für Euch tun?"

Simeon ließ seinen Blick über die anwesenden Sinnträger gleiten. Sie waren ein bunter Haufen aus allen acht Ländern, die in lockeren Grüppchen zusammenstanden, wobei ein paar leise zu tuscheln begannen.

„Ruhe", schnitt Kays Stimme durch den kühlen Saal, woraufhin sofortige Stille einkehrte.

„Hallo", sagte Simeon und hob beschwingt die Hand. „Ich bin nicht hier, weil ihr etwas für mich tun könnt, sondern weil ich etwas für euch tun kann. Hiermit verstärke ich die Sonderkommission zur Fassung des Schwarzen Meisters um meine beiden Achtsamen Lee und Ben. Ich wünsche, dass sie unverzüglich auf den aktuellen Stand gebracht werden."

Kay öffnete den Mund, doch Simeon wartete ihre Antwort nicht ab.

„Ihr braucht mir nicht zu danken", fügte er lächelnd hinzu und drehte sich so schwungvoll um, dass die silbernen Flammenzungen auf seiner Robe einen knisternden Funkenregen nach sich zogen. Dann zwinkerte er Ben und mir zu und verließ den Raum.

Wortlos blickte Kay Simeon hinterher und presste die Lippen aufeinander. Als sich unsere Blicke trafen, begann ihre hellrote Zeichnung in Form einer Lotusblume sanft zu glitzern, bevor sich die Wutträgerin an Ben wandte. „Willkommen bei der Sonderkommission", sagte sie an ihn gerichtet und ich unterdrückte den Impuls, geräuschvoll auszuatmen. Ben warf mir einen Blick von der Seite zu, in dem ich die Andeutung eines Schmunzelns erkennen konnte, und ich hätte ihm dafür am liebsten gegen das Schienbein getreten. „Bitte tretet nach vorn und berührt mit der Hand den modifizierten Lichtstein, um euch in die Gruppe zu integrieren."

Ben und ich gingen durch den Saal zu der erhöhten Plattform. Sie bestand aus einem mattschwarzen Metall und war so groß, dass die gesamte Gruppe locker darauf Platz gefunden hätte. Davor war ein gelber Lichtstein in einen Sockel eingelassen worden und wir legten nacheinander unsere Hände darauf, bis der Stein hell aufleuchtete.

„Wie ist der Stand der Dinge?", erkundigte Ben sich dann mit seiner tiefen Stimme.

Die wunderschöne Wutträgerin mit der karamellfarbenen Haut stellte sich an den Rand der achteckigen Plattform. „Wir stehen noch ganz am Anfang", erklärte sie selbstbewusst. „Das Einzige, was wir wissen, ist, dass wir noch viel zu wenig wissen. Der Schwarze Meister wurde noch nie ohne seinen Kapuzenumhang gesehen, was bedeutet, dass es sich bei ihm sowohl um einen Mann als auch um eine Frau handeln kann. Dank der vielfältigen magischen Möglichkeiten, sein Aussehen und seine Stimme zu verändern, kann es praktisch *jeder* sein, weshalb wir davon ausgehen müssen, dass uns der Feind näher ist, als wir denken. Selbst in diesem Raum könnte er sich in diesem Moment aufhalten."

Kaum hatte sie das gesagt, kräuselten hinter Kay dunkelgraue Rauchfäden in die Luft und mein Herz setzte für einen Schlag aus.

„Unser einziger Ansatz besteht also darin, jemanden zu finden, der tatsächlich schon mal mit dem Anführer der Totaa in Kontakt war und uns mehr über ihn erzählen kann", fuhr Kay fort, als sich die Rauchfäden hinter ihr in immenser Geschwindigkeit verdichteten und eine schwarze Gestalt daraus hervortrat.

„Vorsicht!", keuchte ich erschrocken und griff im Reflex nach meinem Wächterstab, während mich Ben mit einem Fluch hinter sich zerrte. Seine zerrissenen Linien glühten schwarz auf und Kay drehte sich kurz zu dem Schwarzen Meister um, bevor sie sich mir zuwandte. Dabei fing ich ringsum belustigte Blicke auf.

„Der Schwarze Meister ist nicht echt, Wachsamkeitsträgerin", sagte Kay kühl und mir schoss das Blut in die Wangen, weil ich auf ihren Trick hereingefallen war. „Ich stehe hier auf einer Illusionsplattform."

„Immerhin hat sie schnell reagiert", erklang eine raue Männerstimme links von mir und ich warf einen Blick in diese Richtung. Hinter einer Vertrauensträgerin mit einer androgynen Ausstrahlung trat ein muskulöser Mann hervor, der ebenfalls den Sinn der Wachsamkeit trug. Seine bernsteinfarbenen Augen passten zu seiner wilden goldgelben Gesichtszeichnung, die sich von seiner linken Wange bis zu seiner Stirn erstreckte und dabei seine Augenbraue durchbrach. Er hatte kurze dunkle Haare und einen wachsamen Blick, dem etwas Animalisches anhaftete.

Konzentriert sah ich ihn an und fühlte die Hitze in

meiner Zeichnung. Irgendetwas unterschied ihn vom Rest der Gruppe und es dauerte ein paar Sekunden, bis ich es zuordnen konnte. Er war der einzige Mann hier, in dessen Blick keine Bewunderung zu erkennen war, wenn er mit Kay sprach.

„Sie hat schnell auf eine Illusion reagiert, das ist richtig", erwiderte die Wutträgerin unbeeindruckt und verschränkte die Arme vor der Brust. „Konzentrieren wir uns nun darauf, was wir wissen. Seit Ausbruch des Krieges wurde der Schwarze Meister in allen acht Sinnesländern gesehen."

Hinter ihr flammte eine dreidimensionale Karte der Sinnlichen Welt auf. Kay ging ein paar Schritte zur Seite, um mit ihren perfekten Kurven nicht die Sicht auf die Abbildung zu verdecken. Beim Anblick der Sinnlichen Welt stockte mir der Atem. Seit Beginn des Krieges hatte sich die Größe der Sinnesländer deutlich verändert. Während Freude und Vertrauen stark geschrumpft waren, hatten Wachsamkeit, Wut, Trauer und Angst extrem viel Fläche dazugewonnen. Die breiteste Ausdehnung hatte mit Abstand das violette Land der Angst, was nach den schrecklichen Kriegsverbrechen auch kein Wunder war.

„Wie Sie sehen können, haben die meisten Sichtungen in der Nähe der Bunten Stadt stattgefunden", fuhr Kay fort. Gleichzeitig leuchteten auf der Karte einige schwarze Punkte auf. „Bitte beachten Sie jedoch, dass der Schwarze Meister nur *vor* Kriegsende gesehen wurde, seit Kriegsende agiert er im Verborgenen. Seine rechte Hand jedoch, die auch unter dem Namen *der Gespaltene* bekannt ist, wurde auch nach Kriegsende noch gesichtet."

Während Kay sprach, blinkten nicht nur die

angesprochenen Koordinatenpunkte auf, es erschien auch eine lebensgroße Figur links von der schimmernden Projektion. Dabei handelte es sich um eine sich drehende Illusion von Jesper, die so täuschend echt war, dass ich einzelne Blutstropfen ausmachen konnte, die aus den nässenden Wunden seiner völlig verbrannten rechten Gesichtshälfte tropften.

Ich schluckte und auch Ben spannte bei Jespers Anblick die Muskeln an. Obwohl es sich nur um eine Illusion handelte, konnte ich doch das bösartige Funkeln in Jespers stahlblauen Augen sehen, als sein Blick über die Gruppe schweifte.

„Die psychologischen Profile des Gespaltenen sowie des Schwarzen Meisters wurden unter Zuhilfenahme eines magisch verbesserten Algorithmus entwickelt. Dieser stützt sich zum einen auf die gesicherten Aussagen gefangener Totaa und zum anderen auf die bisherigen öffentlichen Auftritte der beiden."

Kay wandte sich in Richtung Karte und die Länder mit den schwarzen und roten Punkten verschwanden. Stattdessen erschien eine Tabelle mit zwei Spalten, links eine für Jesper und rechts für den Schwarzen Meister.

„Sollen wir uns eigentlich Notizen machen?", fragte die androgyne Vertrauensträgerin von vorhin und Kay schüttelte knapp den Kopf.

„Die Informationen, die Sie hier bekommen, sind zu sensibel, als dass Sie Aufzeichnungen davon anfertigen dürfen. Prägen Sie es sich daher alles gut ein."

Ich warf einen kurzen Blick auf die psychologische Einschätzung und betrachtete dann die anderen aus der Gruppe. Der muskulöse Wachsamkeitsträger, der zuvor meine Partei ergriffen hatte, schien ebenfalls schon fertig zu sein und starrte unumwunden in meine Richtung. Seine animalische Zeichnung glitzerte dabei goldfarben und sein Blick war so intensiv, dass ich das Gefühl hatte, von ihm regelrecht durchleuchtet zu werden. Als sich meine Linien ebenfalls erhitzten, lächelte er herausfordernd, als würde er es begrüßen, dass ich meinen Sinn einsetzte. Innerhalb eines Herzschlags scannte ich seine Gestalt und verarbeitete die Informationen.

Er trug militärisch anmutende Stiefel und einen schwarzen Kampfanzug mit kurzen Ärmeln und elf sichtbaren Taschen, in denen sich vermutlich Waffen und kleinere magische Gegenstände befanden. Seine Haut war von der Sonne gebräunt und seine muskulösen Unterarme waren mit den Tätowierungen eines Panthers aus der anderen Welt bedeckt. Aufgrund seiner kampferprobten Erscheinung hätte ich ihn spontan für einen Beschützer gehalten, doch ein paar Details sprachen dagegen. Zum einen waren da die seltsamen Kratzspuren an seinem rechten Handrücken sowie die dunkelgrünen Rückstände unter seinem Daumennagel, die zu den Blättern der Dornenbisshecke passten. Auch die Lehmspritzer an seinen Stiefeln passten zu meiner Theorie, dass es sich bei ihm in Wirklichkeit um einen Naturverbundenen handelte. Nachprüfen konnte ich sie jedoch nicht, da er sein Handgelenk mit dem Symbol seiner Berufung absichtlich vor mir verbarg. Als ich in meiner Musterung bei seinem Gesicht angelangt war, vertiefte sich sein Lächeln und ich bemerkte, wie Ben sich neben mir bewegte und einen kalten Blick auf den Typen warf.

„Die bisherigen Charakterprofile zeigen große

Entschlossenheit und Grausamkeit bei dem Gespaltenen, der ursprünglich mit dem Sinn der Wut erweckt worden war. Da er nicht nur als Beschützer, sondern auch als Gestalter gearbeitet hat, sind ihm die inneren Mechanismen unserer Regierung bestens vertraut." Kays hellrote Linien entfachten sich, als sie einen Blick auf Jespers Illusion warf. „Da wir davon ausgehen, dass der Gespaltene in dem orangefarbenen Buch der Macht gelesen hat, wird er inzwischen zu großen Teilen die Persönlichkeit des Urgestalters Fredomir angenommen haben. Dieser war für sein sadistisches Wesen und seinen eigenartigen Sinn für Humor bekannt."

Die wunderschöne Wuttträgerin richtete ihre dunklen Augen wieder auf die Gruppe, wobei die silbernen Sprenkel in ihrer Iris beinahe leuchteten.

„Was den Anführer der Totaa anbelangt, wissen wir nur, dass er ein Meister der Tarnung ist. Seine Intelligenz wird als ausgesprochen hoch eingestuft, ebenso seine magischen Fähigkeiten. Alles Weitere ist höchst spekulativ. Es wird vermutet, dass er vielleicht sogar mehrere Identitäten benutzt. Hierzu verfügen wir leider über zu wenige Anhaltspunkte – der Schwarze Meister kann sich ebenso hinter einer charismatischen Persönlichkeit oder einem unscheinbaren Charakter verbergen, der gelernt hat, unter dem Radar zu fliegen. Fakt ist, dass wir noch im Trüben fischen."

Kay machte eine beiläufige Handbewegung und die Charakterprofile von Jesper und dem Schwarzen Meister lösten sich in rot-schwarzem Rauch auf.

„Wie lautet nun unsere Mission?", fragte ein schlanker Freudeträger mit kurzen weißen Haaren, der einen ziemlich gerissenen Eindruck auf mich machte.

„Informationen sammeln – damit wir nicht mehr im Trüben fischen", gab Kay zurück. „Zumindest im ersten Schritt. Wir haben deshalb eine Liste an Gefängnissen zusammengestellt, in denen Sie Ihre Befragungen durchführen können. Es sind vorrangig Strafgefangenenlager für die Totaa, die nicht nur Mitläufer waren, sondern als Anstifter oder Führer verurteilt wurden. Ihre Aufgabe besteht darin, so viele Details wie möglich über den Schwarzen Meister oder seine rechte Hand in Erfahrung zu bringen. Dabei ist es unbedingt notwendig, dass Sie alle Informationen sofort mit der Zentrale teilen, damit diese hier verifiziert und ausgewertet werden können."

Kay machte eine kurze Pause, in der die Plattform eine Illusion von zwanzig Nachrichtenwürfeln erschuf. Die Oktaeder umschwirrten einander wie ein Bienenschwarm und Kay machte eine knappe Kopfbewegung hinter sich.

„Jeder von Ihnen erhält einen modifizierten Nachrichtenwürfel, der Sie während der Mission begleitet und Ihre Fortschritte aufzeichnet. Auf diese Weise können alle gesammelten Informationen sofort in den Palast an die Neue Acht weitergeleitet werden." Sie machte ein paar Schritte über die Illusionsplattform und ich sah, wie ihr die Blicke der meisten Männer im Saal folgten. „Die Würfel sind jedoch nicht die einzigen Hilfsmittel, die Ihnen zur Verfügung stehen. Das Vertrauensministerium hat eine größere Menge Wahrheitsstaub für die Operation freigegeben, außerdem ist es jedem Wächter gestattet, seinen Wächterstab zur Bestrafung einzusetzen." Kay warf einen kurzen Blick in meine Richtung. „Natürlich nur, sofern er dazu in der Lage ist." Ihre Stimme ließ keine Emotion erkennen, doch in ihren Augen konnte ich sehen, wie sehr es ihr gegen den Strich ging, dass Simeon mich in die Sonderkommission gesteckt hatte. „Nachfolgend finden Sie eine Übersicht Ihrer Einsatzorte. Je größer die Gefängnisse, desto mehr Personen werden für die Befragungen benötigt." Sie stemmte die Hände in die Hüften und wandte sich um. Die Nachrichtenwürfel verpufften zu buntem Staub und stattdessen erschienen die Namen und Gesichter der Sinnträger mit dem Ziel der Reise.

„Ich hoffe, sie trennt uns nicht für diese Mission", murmelte ich, als die androgyne Vertrauensträgerin zusammen mit einem grobschlächtigen Erstaunensträger in ein Team gesteckt wurde, das die Sümpfe des schleimigen Verderbens zum Ziel hatte.

„Ich denke nicht, dass Kay die Einteilung persönlich vorgenommen hat", erwiderte Ben und warf einen unfreundlichen Blick auf den tätowierten Wachsamkeitsträger, der zu uns herübersah. „Und wenn doch, würde sie dich nicht in ein anderes Team stecken. Immerhin weiß sie, dass du …" Er stockte und brach ab.

Ich runzelte die Stirn. „Was weiß sie? Dass meine Magie schwach ist?" Missmutig funkelte ich die Wutträgerin an.

„Das meinte ich doch gar nicht", knurrte Ben, als sein und Kays Name sowie ihre Gesichter untereinander erschienen und daneben in grüner Schrift „Die Ruinen der Erstaunlichkeit, nördlicher Trakt" aufleuchtete.

Ich schnaubte leise. „Das war sicher nur Zufall, richtig?"

Im nächsten Moment erschien mein Gesicht über jenem des Wachsamkeitsträgers von vorhin und ich sah aus dem Augenwinkel, wie Bens zerrissene Linien zu funkeln anfingen.

„Die Ruinen der Erstaunlichkeit, südlicher Trakt", las er abfällig vor und sandte dem muskulösen Typen einen tödlichen Blick zu. „Das kann er gleich wieder vergessen. Ich werde mit Kay wegen der Einteilung reden." Dann kniff er die Augen zusammen und hielt kurz inne. „Sag mal, die Ruinen der Erstaunlichkeit – ist das nicht das Gefängnis unter Aufsicht dieser Furien?"

„Ja", erwiderte ich langsam und nickte. „Wie es aussieht, werden wir den grässlichen Überraschungsweibern einen Besuch abstatten."

Kapitel 4

Die Reisevorbereitungen nahmen nicht viel Zeit in Anspruch und mir fiel auf, dass Ben auffällig still war, während wir unsere Ausrüstung zusammensuchten.

„Alles okay?", fragte ich ihn, als er gerade einen Beutel Wahrheitsstaub in eine Seitentasche seines schwarzen Anzugs packte.

„Klar. Und bei dir?"

„Alles bestens", erwiderte ich misstrauisch. Dabei befestigte ich meinen Wächterstab an meinem Hüftgürtel. Obwohl ich mir nicht sicher war, ob ich genug Magie aufbringen konnte, um ihn zu benutzen, würde er den Gefangenen in den Ruinen der Erstaunlichkeit vielleicht zumindest etwas Respekt einflößen.

„Großartig", meinte Ben und blickte kurz aus dem Fenster. Es war später Nachmittag und wir hatten vereinbart, uns mit Kay und dem Wachsamkeitsträger direkt beim Transportpavillon zu treffen.

„Ben. Ich merke doch, dass etwas ist."

Er antwortete nicht sofort und schüttelte leicht den Kopf. „Ich verstehe nur nicht, warum wir zu viert aufbrechen müssen, um ein paar Gefangene zu befragen."

„Das ist mir auch nicht klar", gab ich zurück. „Ich hätte erwartet, dass Kay hierbleibt und die Einsätze koordiniert."

Bens zerrissene Zeichnung flammte auf. „Moment. Du findest, Kay sollte hierbleiben?"

Ich griff nach einem Haargummi, um meine

Haare hochzubinden, und ließ es wieder sinken, als mir einfiel, dass die Wutträgerin bei der Besprechung genau diese Frisur getragen hatte. „Ja, natürlich. Sie leitet doch die Sonderkommission, oder?"

Ben betrachtete mich seltsam. „Aber dieser Typ, der soll mitkommen?"

Ich stockte kurz. „Bist du etwa eifersüchtig?"

„Ist die Frage ernst gemeint?"

Die Selbstgefälligkeit in seiner Stimme war so typisch für ihn, dass ich kurz den Kopf schüttelte. „Natürlich nicht. Du bist doch das Beste, das mir passieren konnte, richtig?"

Ben grinste kurz und griff nach meinem Handgelenk. „Gut, dass du das noch weißt." Im nächsten Moment zog er mich mit einem Ruck an sich und mein Herzschlag beschleunigte sich gegen meinen Willen, als ich an seinen harten Körper gedrückt wurde. Mit dem festen Entschluss, mir nichts davon anmerken zu lassen, hob ich den Kopf, bis ich ihm in die Augen sehen konnte.

„Natürlich weiß ich das noch. Ich bin eine Wachsamkeitsträgerin, Ben. Ich vergesse *nichts* von dem, was du sagst oder tust."

„Das klingt beinahe nach einer Drohung." Er strich mir sanft meine Haare zurück und glitt dann mit den Fingern an meinem Hals hinunter. Die Berührung war zärtlich und sexy zugleich und ich ertappte mich dabei, mehr zu wollen. Mit einem leisen Seufzen schloss ich die Augen und öffnete sie wieder, als ich bemerkte, dass er nicht weitermachte.

Sein Blick war sorgenvoll auf mich gerichtet und ich entdeckte darin Dämonen, die nichts mit dem Hier und Jetzt zu tun hatten.

„Wo bist du gerade?" Ich hob die Hand und legte sie auf seine kratzige Wange.

Ben atmete tief ein. „Ich bin hier."

„Lügner." Eine sanfte Wärme entfachte meine Linien und ich sah ihm eindringlich in die Augen. „Du denkst schon wieder an den Spiegel." Er wollte meinem Blick ausweichen, aber das ließ ich nicht zu. „Es wird nicht geschehen, Ben." Meine Stimme klang fest und ich wünschte, ich hätte wirklich daran glauben können – doch wichtiger war, dass er mir in diesem Moment glaubte.

„Natürlich nicht", antwortete er mit belegter Stimme. „Denn davor werde ich diesen verdammten Mistkerl von Schwarzem Meister finden und ihn eigenhändig töten."

„Ihr seid spät dran", empfing uns Kay ein paar Minuten später vor dem Reisepavillon im südlichen Teil der Palastanlage.

„Die Gefangenen werden uns schon nicht davonlaufen", entgegnete Ben und fixierte dabei den dunkelhaarigen Wachsamkeitsträger mit der goldgelben Zeichnung. Sein Name war Quentin, wie ich vorhin gehört hatte.

„Wir sollten dennoch keine Zeit verlieren", sagte Kay und öffnete eine rote Umhängetasche.

Im nächsten Moment hatte ich das Gefühl, einen Sprung zu erleben, und Kay blickte uns an.

„Ihr seid spät dran."

„Die Gefangenen werden uns schon nicht davonlaufen", entgegnete Ben und ich sog scharf die Luft ein.

„Habt ihr auch gerade das Gefühl, ein Déjà-vu zu

erleben?"

Kay runzelte die Stirn und wirkte für einen Moment irritiert. „Möglicherweise wieder eine dieser Zeitanomalien", murmelte sie dann.

„Aber der Kubus wurde doch gesprengt."

Sie zuckte mit den Schultern. „So oder so sollten wir keine Zeit verlieren." Mit diesen Worten öffnete sie eine rote Umhängetasche. Sofort schwirrten vier Nachrichtenwürfel daraus ins Freie und umkreisten unsere Gruppe. „Das sind die modifizierten Oktaeder für unseren Einsatz. Achtet darauf, dass bei jeder Befragung immer mindestens ein Würfel anwesend ist, um das Gespräch aufzuzeichnen und an die Neue Acht zu übermitteln."

Ich nickte knapp und Kay ließ die rote Umhängetasche mit einem Fingerschnippen verschwinden.

„Dann lasst uns aufbrechen." Sie drehte sich um und marschierte zwischen den schlanken Säulen des Reisepavillons zu dem freistehenden magischen Portal. Die Wutträgerin trug nach wie vor ihren metallenen Brustpanzer, der sie ein bisschen wie eine Superheldin aus der anderen Welt aussehen ließ, und für einen Moment musste ich an Jarons Leidenschaft für Superhelden denken, die er uns während der Magischen Magiespiele offenbart hatte. Der Gedanke an ihn stimmte mich ein wenig melancholisch und ich sah, wie die goldgelben Linien des attraktiven Wachsamkeitsträgers aufblitzten, als er mich ansah.

Ben bemerkte den Blick und griff nach meiner Hand. „Brauchst du Hilfe beim magischen Portal?"

„Was? – Nein", murmelte ich leise, als Kay einen genervten Blick über die Schulter warf.

„Wir können zusammen reisen", beharrte Ben.

„Ich krieg das hin", zischte ich und schüttelte seine Hand ab. Es war mir unangenehm, dass meine aktuelle Magieschwäche hier zum Thema gemacht wurde.

„Kommt jetzt endlich", sagte Kay, als der Nebel in dem Portal grün wurde. Dann machte sie einen Schritt hinein und ein Nachrichtenwürfel folgte ihr.

Ben blickte mich seltsam an, bevor er sich wortlos abwandte und ebenfalls mit einem großen Schritt im Nebel verschwand. Auch ihm folgte ein Nachrichtenwürfel und zurück blieben nur Quentin und ich. Plötzlich bereute ich es, dass ich Bens Angebot so rigoros abgelehnt hatte. Doch nun war es zu spät und ich konnte nur hoffen, dass ich genug Magie in mir zusammenkratzen konnte, um durch das Portal zu gelangen.

„Keine Sorge", sagte Quentin in dem Moment. „Ich bin direkt hinter dir, falls etwas sein sollte." In seiner rauen Stimme klang nichts als Wertschätzung und ich nickte dankbar, bevor ich die Schultern straffte und entschlossen einen Schritt in das magische Portal hinein machte.

Sofort umfing mich die watteartige Konsistenz des grünen Nebels und ertränkte jedes Geräusch in seiner Lautlosigkeit, bis nur noch das schnelle Schlagen meines eigenen Herzens übrig blieb. Angestrengt konzentrierte ich mich auf das Ziel unserer Reise und versuchte, nicht darüber nachzudenken, was passieren würde, wenn mich die Magie jetzt verließe. Würde ich einfach wieder im Palastgarten landen oder für immer in diesem undurchsichtigen Nebel stecken bleiben? Das Pochen in meinen Ohren wurde schneller und ich hatte das Gefühl, als würde eine Erschütterung durch das magische Portal laufen.

Beunruhigt riss ich die Augen auf. Ich konnte weder etwas sehen noch etwas hören und das Gefühl, überhaupt keine Kontrolle zu haben, überrollte mich mit einer Heftigkeit, dass ich keine Luft mehr bekam. Hektisch streckte ich die Arme aus und stieß mit den Fingerspitzen gegen straffe Muskeln unter einer glatten, warmen Haut. Erschrocken wollte ich meine Hand zurückziehen, doch Quentin war schneller und umschloss meine Finger. Sein Gesicht tauchte knapp vor mir auf und der Blick in seinen bernsteinfarbenen Augen beruhigte mich. Erneut durchlief ein Zittern den Nebel und er zog mich zu sich, bevor sich die Welt ringsum wieder lichtete und wir Hand in Hand auf eine weite geröllbedeckte Ebene stolperten.

Die Sonne stach grell vom hellgrünen Himmel und obwohl ich Quentin bei unserer Ankunft sofort losließ, flammte Bens Gesichtszeichnung bei unserem Anblick auf. Nun bereute ich erst recht, sein Angebot nicht angenommen zu haben, doch es verflog ziemlich rasch, als er sich abwandte und Kay etwas ins Ohr flüsterte. Die Geste wirkte verdammt vertraulich und die Wutträgerin lächelte kurz, bevor sie auf eine verlassene Ruine vor uns deutete.

„Dies ist die Ruine des Erstaunens. Lasst euch von eurem ersten Eindruck nicht täuschen, von innen ist sie angeblich größer als von außen." Mit diesen Worten setzte sie sich in Bewegung und marschierte in Richtung Ruine. Sie erinnerte mich an eine halb verfallene Burg, wobei der Prozess des Verfalls offenbar noch nicht abgeschlossen war. Denn während wir über den rissigen Boden schritten, brachen große Stücke des Mauerwerks aus dem Gebäude und krachten donnernd zu Boden.

„War jemand von euch schon mal hier?", fragte Quentin und starrte blinzelnd hoch zur blendenden Sonne.

Kay, Ben und ich schüttelten die Köpfe.

„Ich kenne allerdings Geschichten über diesen Ort", sagte die Wutträgerin im Gehen und wich einem großen Geröllhaufen aus, während von der Ruine vor uns eine Zinne abbrach. „Die grässlichen Überraschungsweiber sind den Erzählungen zufolge ein ganz eigener Schlag von Erstaunensträgerinnen und schrecken angeblich auch nicht davor zurück, selbst Gäste zu überraschen."

„Na toll", murrte Ben. „Ein Haufen verrückter Weiber mit Simeons Sinn. Das kann nur die Hölle werden."

Rasch holte ich auf, bis ich direkt neben ihm ging und mir sein Geruch nach Zedernholz und Zimt in die Nase drang. „So etwas kannst du doch nicht laut sagen", flüsterte ich ihm zu. „Simeon ist jetzt Gestalter, du untergräbst damit seine Autorität."

Ben warf mir einen kühlen Blick von der Seite zu. „Welche Autorität?"

In diesem Moment erreichten wir die halb zerfallene Mauer der Ruine, die sich rund um die zerstörte Burg spannte. Da, wo das Tor hätte sein sollen, klaffte nur ein großes Loch und mich beschlich ein ungutes Gefühl, als wir nacheinander an den riesigen Geröllstücken vorbeikletterten. Auch der Platz innerhalb der Burg lag in brütender Hitze vor uns und bis auf einen kreischenden Felsenadler am Himmel schienen wir komplett allein zu sein.

Ben sah sich angewidert um. „Und das ist die Überraschung? Dass keiner da ist?"

Der Wind pfiff leise heulend durch die Schächte

der Ruine und brachte den Geruch nach gebratenen Maroni mit sich.

„Immerhin riecht es nach Essen", erwiderte ich und wurde das Gefühl nicht los, dass wir beobachtet wurden. Gleichzeitig brach mit einem ohrenbetäubenden Krachen wieder ein Stück von der Burg ab und schlug knapp neben uns auf dem Innenhof ein.

„Jetzt riecht es eher nach brennendem Schwefel", bemerkte Quentin mit seiner rauen Stimme, als der Wind drehte. Dann leuchtete seine goldgelbe Zeichnung auf und er wich blitzschnell zurück, als sich der Trümmerberg aus Steinen und Mauerstücken vor unseren Füßen zu bewegen begann. Auch Kay und Ben starrten auf die Steine, die sich mahlend neu anordneten und übereinanderstapelten, bis sie die groteske Nachbildung einer pummeligen Frau mit einem gewaltigen Busen zeigten. Ihr Gesicht und ihre Hände wurden aus kleineren Steinen zusammengesetzt, während der Rest ihres fünf Meter hohen Körpers aus größeren Felsbrocken bestand.

„Ist das eines dieser Überraschungsweiber?", raunte Ben.

„Sieht so aus", presste Kay hervor und wich zurück, als die Steinfrau ihre felsigen Augenbrauen zusammenzog und sich prüfend zu uns hinunterbückte. „Ich habe schon mal gehört, dass sie riesengroß sein können, aber ich wusste nicht, dass sie aus Stein sind." Ihre Worte wurden von einem lauten Donnern begleitet, als wieder ein Teil der Ruine einstürzte und als großer Geröllhaufen auf dem Boden liegen blieb. Prüfend starrte ich in die Richtung, aber die Steine begannen nicht, sich zu bewegen.

„Hallo!", rief Kay und bemühte sich ganz

offensichtlich um ein normales Auftreten. „Wir kommen im Auftrag der Neuen Acht, um einige Ihrer Häftlinge zu befragen."

Die Nachrichtenwürfel schwirrten um das grässliche Überraschungsweib herum und ich sah, wie sich ihre steinernen Lippen zu einem gemeinen Lächeln verzogen, bevor plötzlich der Boden neben uns aufbrach und ein gewaltiger Wasserstrahl herausspritzte.

„Vorsicht!", brüllte Quentin und riss mich zur Seite, als das Wasser sich in eine Flutwelle verwandelte und uns alle vier zum offenen Eingang der Burgruine schwemmte. Dabei geriet ich mit dem Kopf unter Wasser und hörte außer dem tosenden Rauschen auch noch das schallende Lachen des grässlichen Überraschungsweibes.

Als ich es schaffte, wieder aufzutauchen, wurden wir gerade durch die breite Maueröffnung ins Innere der Ruine gespült. Die Steinfrau folgte uns mit schweren Schritten und wurde dabei immer kleiner, bis sie schließlich die Körpergröße einer normalen Sinnträgerin angenommen hatte.

Prustend und keuchend rappelten wir uns auf. Die Nachrichtenwürfel waren uns gefolgt und umschwirrten uns, während ich mich umsah. Wir befanden uns in einem hohen, düsteren Saal, aus dessen Decke sich immer wieder Steine lösten, die mit einem lauten Platschen zu Boden stürzten. Die Flutwelle war zurückgewichen, trotzdem stand das Wasser in der Halle noch etwa knöchelhoch.

„Ich hasse diese Mission jetzt schon", murrte Ben und strich sich seine nassen Haare zurück, in denen noch einzelne Wassertropfen glitzerten.

„Willkommen", schnarrte das grässliche

Überraschungsweib mit einer Stimme, die sich nach übereinander schabenden Felsbrocken anhörte. „Willkommen in den Ruinen des Erstaunens." Dabei bekam ihr ausladender Felskörper Risse und platzte an mehreren Stellen auf, bis die Steine in einem Schwung herunterbrachen und eine mollige nackte Sinnträgerin aus dem Geröll hervortrat. Mit den kurzen Locken und den ausladenden Hüften erinnerte sie mich ein wenig an die Freudeträgerin Mariola, die uns kurz nach unserer Erweckung begegnet war, und wir starrten sie alle vier gleichermaßen fassungslos an.

„Na super. Jetzt bin ich blind", meinte Ben und wandte sich ab.

„Oh, was höre ich da? Da ist aber jemand ein böser Junge", sagte das grässliche Überraschungsweib mit einem hinterhältigen Lächeln und marschierte noch immer nackt durch das eiskalte Wasser in der Halle. „Also. Was kann ich für euch tun?"

„Du könntest dich anziehen", sagte Ben sofort und ich schüttelte warnend den Kopf, da ich das starke Gefühl hatte, dass wir die grässlichen Überraschungsweiber nicht verärgern sollten.

„Ein Ekelträger. Wie erfrischend", sagte das nackte Weib grinsend. „Ach, es wäre mir ein Vergnügen, dich zu brechen."

„Dafür sind wir nicht hier", sagte Kay sofort, der das boshafte Glitzern in den Augen der älteren Frau offenbar genauso wenig gefiel wie mir. „Wir müssen mit mehreren Häftlingen aus dem nördlichen und dem südlichen Trakt sprechen."

Das grässliche Überraschungsweib schnippte mit den Fingern und trug plötzlich eine smaragdgrüne königliche Robe mit aufwendigen Stickereien und einer meterlangen Schleppe. „Aber natürlich", erwiderte sie hoheitsvoll. „Zum nördlichen und südlichen Trakt geht es hier lang." Dabei schritt sie durch das schäumende Wasser in den hinteren Teil des Saales, der im Schatten lag.

Wie ein Gefängnis sah das hier bisher überhaupt nicht aus, aber ich war mir sicher, dass genügend Schutzzauber dafür sorgten, dass kein Häftling diese Ruine verlassen konnte. Immer wieder lösten sich Teile aus der Decke und wir mussten um einige größere Geröllbrocken herumgehen, bis wir schließlich die Rückwand der Halle erreichten. Sie bestand aus einer hohen Mauer, die noch völlig intakt war und auf der mit roten Buchstaben die Worte ÖSTLICHER WESTEN geschrieben standen.

„Die nehmen ihr Credo hier offenbar ziemlich ernst", bemerkte Quentin leise und spannte sich an, als die Mauer mit einem lauten Krachen einstürzte und dahinter ein sonnenbeschienener Arkadenflur zum Vorschein kam. Seine linke Seite war von einer Mauer begrenzt, doch rechts öffnete er sich zu einem großen begrünten Innenhof. Das grässliche Überraschungsweib machte eine beiläufige Handbewegung, woraufhin sich die Trümmerstücke der zerbrochenen Mauer zur Seite bewegten, und marschierte dann selbstbewusst in den halb offenen Arkadenflur.

„Unsere Ruine wird schon seit Tausenden von Sonnenläufen für die Inhaftierung von Häftlingen benutzt", erklärte sie uns über die Schulter und ich beobachtete staunend, wie sich das Gebäude vor unseren Augen ständig veränderte. Nachdem wir die eingestürzte Mauer hinter uns gelassen hatten, schichteten sich die Steinbrocken schwankend wieder aufeinander, dafür fiel ein Glockenturm auf der anderen Seite des grünen Innenhofes gerade mit einem gewaltigen Krachen in sich zusammen.

„Und überleben Ihre Häftlinge das auch?", fragte ich, da ich mir ein Leben in dieser Ruine ziemlich gefährlich vorstellte.

Das grässliche Überraschungsweib lachte gackernd und betrachtete mich dann vergnügt. „Sagen wir so: Wir lassen uns einfach überraschen."

Quentins Gesichtslinien leuchteten bei diesen Worten hell auf und auch ich spürte meinen Sinn sehr stark in dieser feindlichen Umgebung.

In diesem Moment erklang ein lauter Pfiff von der anderen Seite des Innenhofs und drei identisch gekleidete Überraschungsweiber traten aus einem lang gezogenen flachen Steingebäude. Sie trugen dunkelgrüne Hosenanzüge und hatten die langen Haare zu einem dicken Zopf geflochten.

„Etwas Beeilung, die Herren!", rief eine der drei und klatschte ungeduldig in die Hände.

Hinter ihnen strömte eine Gruppe gefangener Sinnträger in den Innenhof, die allesamt einen verstörten Eindruck machten. Es waren ausschließlich Männer und ein jeder von ihnen scheute den Blickkontakt mit den Überraschungsweibern.

„Was geschieht hier?", fragte ich und blieb stehen.

„Oh, das ist die tägliche Einteilung zum Strafdienst", erwiderte unsere Führerin beiläufig. „Wir unterteilen unsere Gefangenen in zwei Kategorien: jene, die Mist gebaut haben, und jene, die wirklich großen Mist gebaut haben."

Quentin ließ seinen Blick über die Szenerie schweifen. „Und welcher Kategorie gehören diese armen Teufel an?"

„Die hier haben wirklich großen Mist gebaut", antwortete unser Überraschungsweib mit einem breiten Lächeln. „Sie werden von uns an die Sinnesländer verliehen, um sich am Wiederaufbau nach dem Krieg zu beteiligen. Natürlich", sie grinste dreckig, „gibt es Orte, deren Arbeitsbedingungen so katastrophal sind, dass kein normaler Bürger der Sinnlichen Welt dort seinen Dienst ableisten möchte. Und genau da kommen wir ins Spiel."

„Also dann, Ladies, euch erwartet wieder ein großartiger neuer Tag in der Sinnlichen Welt!", brüllte eine der grässlichen Überraschungsweiber über den Platz. Ihr Tonfall troff vor Ironie und die Gesichtszeichnungen der Angstträger entfachten sich bei diesen Worten, wobei so gut wie alle Männer ausschließlich zu Boden blickten. „Lasst uns nun die Einteilung vornehmen."

Eines der grässlichen Überraschungsweiber in den hässlichen dunkelgrünen Hosenanzügen kicherte und entrollte eine funkelnde Schriftrolle. „Unter meiner Aufsicht erwartet euch heute ein Ausflug ins Land des … Vertrauens!"

„Okay, jetzt tun sie sogar mir leid", sagte Ben.

„Dort dürft ihr in der schweißtreibenden Hitze der weißen Ebene des ewigen Durstes die zerstörten Wegweiser neu errichten, die bei einem Kampf mit den Totaa zerstört wurden." Das grässliche Überraschungsweib schielte auf ihre Liste. „Gesucht werden für diese Aufgabe widerstandsfähige Männer mit einer schönen Handschrift und jeder Menge Vertrauen in ihre eigenen Fähigkeiten." Sie grinste boshaft. „Wer fühlt sich dafür berufen?"

Keiner hob die Hand und unser Überraschungsweib trat etwas näher. „Die Ebene des ewigen Durstes ist unter unseren Häftlingen nicht besonders beliebt, da die Magie des Landes einen zwingt, Durst zu empfinden, selbst wenn man ununterbrochen Wasser trinkt. Die verrückten Vertrauensträger behaupten, sie würden diese Ebene nutzen, um ihr Vertrauen in sich selbst zu stärken, doch es wird gemunkelt, dass sie nur durch ein missglücktes magisches Experiment entstanden sind."

„Und die Wegweiser sollen Sinnträgern helfen, aus dieser Ebene wieder herauszufinden?", fragte Kay.

Das grässliche Überraschungsweib nickte. „Grundsätzlich schon, wobei sie mit ihren kryptischen Angaben wahrscheinlich nur für Träger des weißen Sinnes hilfreich sind."

„Nur noch ein Quäntchen Vertrauen", raunte Ben mir zu. „Erinnerst du dich?"

„Natürlich", gab ich mit einem Schmunzeln zurück. „Du mochtest diese Wegweiser nicht besonders."

„Hat sich nicht geändert", brummte er.

„Keiner hier, der eine schöne Handschrift und jede Menge Selbstvertrauen mitbringt?", brüllte das grässliche Überraschungsweib mit der Schriftrolle in dem Moment. „Gut, dann nehme ich einfach alle mit Brusthaaren mit."

Ein paar der Männer stöhnten und die drei grässlichen Überraschungsweiber schienen sich darüber prächtig zu amüsieren.

„Kommt weiter", sagte unsere Führerin, während die zweite Aufseherin einen Tag in den schwindelerregenden Höhen der Angst-Türme an all jene vergab, die schon mal einen anderen Sinnträger getötet hatten.

„Wieso lügen sie nicht einfach bei der Verteilung?", fragte Kay, während wir weiter durch den Arkadengang schritten.

„Unsere Magie zwingt sie, sich wahrheitsgemäß zu melden", erwiderte das grässliche Überraschungsweib.

„Und warum sind es nur männliche Sinnträger, die ich hier sehe?", fragte ich weiter.

Sie lächelte. „Nun, Sinnträgerinnen fallen nicht in unser Aufgabengebiet, unsere Spezialität sind die Herren. Frauen, die sich etwas zuschulden kommen lassen, landen im Gefängnis der ungezogenen Herzensbrecher."

Kapitel 5

Nach dem Arkadengang bog das grässliche Überraschungsweib mit uns in einen geschlossenen Korridor ein, der von einem Blumenteppich bedeckt wurde. „Vorsicht. Hier solltet ihr besser nicht hüpfen", sagte sie mit funkelnden Augen und ich war mir bei dem Lächeln in ihrem Gesicht nicht sicher, ob es klug war, ihrem Rat zu folgen oder das Gegenteil zu machen.

Ben betrachtete genervt den Boden. „Und was passiert, wenn wir hier hüpfen?"

Sie kicherte. „Dann stoßt ihr euch eure hübschen Köpfe an."

„Sie hat recht. Das sind Sprungblumen", sagte Quentin. „Äußerst selten, ich habe schon lange keine mehr gesehen. Wenn man darauf springt, katapultieren sie einen hoch in die Luft."

„Ich dachte mir schon, dass du ein Naturverbundener bist", murmelte ich, als wir vorsichtig weitergingen.

Quentin lächelte anerkennend und seine animalische Zeichnung, die durch seine Augenbraue hindurchging, begann zu glitzern. „Meine Berufung war anfangs nicht eindeutig", erwiderte er rau. „Sie schwankte zwischen einem Beschützer und einem Naturverbundenen."

Ben warf ihm einen abfälligen Blick zu. „Und dann hat der Pflanzenflüsterer gewonnen – herzlichen Glückwunsch."

In diesem Moment hörten wir einen fröhlichen Gesang durch die Gänge wehen und ich sah mich irritiert um.

„Schau nicht so erstaunt, auch hier kann man glücklich sein", sagte das grässliche Überraschungsweib und Ben zog eine Augenbraue hoch. „Wir befinden uns hier im Sektor mit den weniger bösen Jungs", fuhr sie fort. „Die hier haben einfach nur Mist gebaut und werden nicht zum Arbeiten rausgeschickt, sondern dürfen den lieben langen Tag mit uns verbringen."

„Bin mir nicht sicher, was schlimmer ist", murrte Ben und ich stieß ihn warnend mit der Schulter an.

„Wie viele Häftlinge gibt es hier eigentlich?", fragte Kay.

„Och, das schwankt", sagte das grässliche Überraschungsweib beiläufig. „Das Gute an unserer Ruine ist, dass sie sich an die Häftlingszahl anpassen kann."

In diesem Moment kamen wir an einem Raum vorbei, in den man durch ein großes Glasfenster hineinsehen konnte. Drinnen saßen elf männliche Sinnträger in einem Kreis, die alle schreckliche Clownskostüme trugen. Ein rundliches Überraschungsweib mit langen blonden Haaren stand in der Mitte und verteilte Kuchen an die Häftlinge.

„Was geschieht hier?", fragte ich, als ich die schreckensbleichen Gesichter der Männer bemerkte.

„Oh, das sind unsere Vorkoster", erklärte unsere Führerin vergnügt. „Meine Kollegin Gerti backt für ihr Leben gern und liebt es, die Jungs immer wieder mit neuen Leckereien zu überraschen."

Ich blieb kurz vor dem Fenster stehen. Offenbar war Gerti die Einzige, die ihre Leckereien liebte, denn die Häftlinge zitterten, als sie die Kuchenstücke entgegennahmen und vorsichtig davon kosteten.

Einer musste direkt nach dem ersten Bissen würgen, dennoch zwangen sich die anderen zu einem Lächeln und hoben anerkennend die Daumen.

„Hach. In diesem Trakt fühlen wir uns beinahe wie eine große bunte Familie", meinte unser grässliches Überraschungsweib und strahlte.

„Mit Betonung auf bunt", sagte Ben. „Wieso die Clownskostüme?"

Das Überraschungsweib zuckte mit den Schultern. „Wieso nicht? Wir überraschen unsere Insassen gern mit neuen Outfits."

Sie wandte sich schwungvoll um und ging weiter. Dabei kamen wir an weiteren Räumen vorbei, durch deren Glasfenster man hineinsehen konnte. In einem davon wurde gesungen, wobei in unregelmäßigen Abständen Teile der Mauer einstürzten und die Sänger unter sich zu begraben drohten, während in einem anderen Berge von Wäsche gewaschen wurde. Auch hier wirkten die Männer mehr als nur ein bisschen nervös und ich zuckte erschrocken zusammen, als ein weißer Kissenbezug, den ein Insasse gerade zusammenfalten wollte, plötzlich in Flammen aufging.

„Okay, ich nehme es zurück. So verrückt ist nicht mal Simeon", sagte Ben leise, als wieder das schadenfrohe Gackern des grässlichen Überraschungsweibes ertönte.

„Wieso tut ihr das?", fragte ich, weil mir die Sinnträger in diesem Gefängnis tatsächlich anfingen, leidzutun.

„Natürlich um sie zu beschäftigen", erwiderte das grässliche Überraschungsweib grinsend. „Müßiggang beflügelt dumme Ideen, doch wenn man den ganzen Tag etwas zu tun hat, kommt es erst gar nicht dazu. Außerdem schlafen sie am Abend wie die Babys – das heißt, wenn wir sie lassen."

Mit diesen Worten stieß sie eine doppelflügelige Tür auf, die zu einem großen Saal mit mehreren Tischen und Stühlen führte. Darin befanden sich drei Aufpasserinnen, die zwischen den Tischen umhergingen und den Häftlingen dabei zusahen, wie sie gemeinsam Brettspiele spielten.

„Hier ist der Gemeinschaftsbereich unserer weniger schlimmen Jungs", erklärte unsere Führerin. „Wenn sie sich gut benommen haben, dürfen sie hier bis zu drei Stunden täglich unter Aufsicht dem Müßiggang frönen."

In diesem Moment tippte eines der grässlichen Überraschungsweiber im Vorbeigehen den Stuhl eines Inhaftierten an, woraufhin das Holz krachend in sich zusammenbrach und der Typ auf dem Hosenboden landete. Wie auf Kommando begannen alle vier grässlichen Überraschungsweiber, gackernd zu lachen, während mir der Typ irgendwie leidtat. Es handelte sich um einen schmächtigen Freudeträger mit abstehenden Ohren, der sich gerade mit flammend roten Wangen wieder aufrichtete.

„Ist es noch weit bis zu den Trakten, wo wir unsere Befragungen vornehmen können?", fragte Kay ungeduldig.

„Aber nein. Wir müssen nur noch hier durch", sagte das grässliche Überraschungsweib und deutete durch ein Fenster auf einen total zugewachsenen Garten, in dem eine Handvoll Häftlinge versuchten, der wuchernden Pflanzen Herr zu werden. „Gartenarbeit ist gut fürs Gemüt", fuhr sie fort und stieß die Tür nach draußen auf. Dann schnippte sie mit den Fingern. Sofort verschwand die königliche Robe und sie trug stattdessen einen grünen Bikini und einen breiten Sonnenhut.

„Beim stinkenden Morast", murrte Ben und wandte sich ruckartig ab.

Das Überraschungsweib ignorierte seine Reaktion. „Wir nennen diesen Platz auch den Ort des ewigen Unkrauts. Von hier aus kommt ihr direkt in den Trakt mit den wirklich bösen Jungs, die im Krieg dem Schwarzen Meister gefolgt sind – der Eingang liegt auf der gegenüberliegenden Seite des Gartens. Meine Kolleginnen dort werden sich dann eurer annehmen."

Damit wandte sie sich ab und pikste einem bärtigen Vertrauensträger ihren Zeigefinger in die Brust. Der Mann war etwa zwei Meter groß, fuhr aber so heftig zusammen, dass ihm die Schaufel aus der Hand fiel.

„Du darfst mir den Rücken eincremen", erklärte das grässliche Überraschungsweib und zauberte eine Flasche Sonnenmilch hervor. Als der Träger die Hand danach ausstreckte, zitterte er so stark, als ob er jeden Moment einen elektrischen Schlag erwarten würde.

„Okay, dann los", sagte Kay und beschattete ihre Augen mit der Hand. „Wir haben schon genug Zeit verloren." Mit diesen Worten warf sie einen kühlen Blick auf das grässliche Überraschungsweib, das sich tatsächlich von dem armen Vertrauensträger den pusteligen Rücken eincremen ließ. Ab und zu platzte einer der Pickel auf und der Träger zuckte jedes Mal erschrocken zusammen.

„Das ist um so vieles schlimmer hier, als ich es mir vorgestellt habe", sagte Ben angeekelt, während wir uns unseren Weg durch das hüfthohe Gestrüpp zum anderen Ende des Gartens kämpften. Kay ging voran, danach kam Ben, dann ich und am Schluss Quentin.

Die meisten Häftlinge wichen uns aus, wenn sie uns kommen sahen – aber nicht alle. Als sich mir ein schmieriger Typ mit einer grünen Zeichnung in den Weg stellte und anzüglich mit der Zunge schnalzte, griff ich automatisch nach meinem Wächterstab, obwohl die Geste nicht mehr als eine leere Drohung war.

„Na, Hübsche, schon was vor heute?", fragte der Typ und Ben fuhr herum. Im selben Moment schoss eine Schlingpflanze aus dem Boden und wickelte sich in Sekundenschnelle um den Typen, der nur entsetzt aufkeuchte.

„Sprich sie nie wieder an", verlangte Quentin rau, während die fleischigen grünen Blätter der Pflanze immer größer wurden und sich unerbittlich um den Erstaunensträger legten. „Am besten, du siehst sie nicht mal an." Während er das sagte, wickelte sich die Schlingpflanze auch um den Kopf des Gefangenen und ließ nur einen schmalen Spalt bei seiner Nase frei, damit er atmen konnte.

Völlig perplex beobachtete ich das Geschehen und auch Ben schien überrumpelt zu sein.

„Es hat seine Vorteile, mit Pflanzen sprechen zu können, Reisender", meinte Quentin kühl und brachte die Schlingpflanze dazu, sich noch fester um den Häftling zu wickeln, dem nur noch ein leises Ächzen entwich.

„Was erwartest du jetzt? Applaus?", knurrte Ben.

„Genug", sagte Kay kühl. „Wir müssen weiter. Setz deine Kräfte lieber ein, damit wir hier schneller durch sind, Quentin."

Der muskulöse Naturverbundene nahm seine bernsteinfarbenen Augen nicht von Ben, aber plötzlich ließ die Pflanze den Häftling tatsächlich los. Im nächsten Moment kam Bewegung in die Gewächse vor uns und sie bogen sich so stark nach rechts und links, dass vor uns eine Schneise entstand, durch die wir bequem das Ende des Gartens erreichten. Hier befand sich eine dunkelgraue Tür im Mauerwerk des rechteckigen Gebäudes, die in einen grauen Trakt mit langen Korridoren und vergitterten Zellen führte.

Im ersten Moment war es angenehm, aus der Hitze in das kühle Gebäude zu kommen, obwohl die Stimmung hier ganz anders war als im Gemeinschaftsraum der weniger bösen Jungs. Dunkelgrau gekleidete Überraschungsweiber streiften durch die Gänge und das boshafte Glitzern in ihren Augen ließ mir eine Gänsehaut über den Rücken laufen.

„Okay, wir teilen uns am besten auf", sagte Kay. „Eure Nachrichtenwürfel haben die Zellennummern der relevanten Häftlinge eingespeichert. Nutzt den Wahrheitsstaub, um die Informationen zu verifizieren." Sie sah sich kurz um und deutete dann nach links. „Ich nehme mir mit Ben die linke Seite vor. Wenn mich mein Orientierungssinn nicht täuscht, ist das der nördliche Trakt."

Quentin nickte und stellte sich neben mich, woraufhin Bens schwarze Linien zu glitzern begannen.

„Lee und ich nehmen uns lieber den südlichen Trakt vor", erklärte er kühl. „Wir treffen uns wieder hier." Mit diesen Worten nahm er mich an der Hand und zog mich nach rechts, wobei uns zwei Nachrichtenwürfel folgten.

„Was war das denn?", fragte ich, als wir außer Hörweite waren.

Ben warf mir einen kurzen Blick von der Seite zu.

„Was meinst du?"

„Du weißt genau, was ich meine."

„Nein, ich habe keine Ahnung."

In diesem Moment kam eines der grässlichen Überraschungsweiber auf uns zu und unterbrach unsere Unterhaltung. Sie war ziemlich groß und hatte eine maskuline Ausstrahlung. Wie ihre Kolleginnen auf dem Innenhof trug sie ihre langen schwarzen Haare zu einem Zopf geflochten, doch im Gegensatz zu diesen Frauen wirkte sie weit gefährlicher und ich hoffte, dass sie nur die Gefangenen überraschte.

„Ihr seid hier, um die Häftlinge zu verhören?", fragte sie mit tiefer Stimme.

Ich nickte. „Das sind wir."

Ihr Blick glitt zu meinem Wächterstab. „Keine Waffen."

„Okay", murmelte ich und löste meinen Stab, um ihn ihr auszuhändigen.

„Gut", sagte sie. „Wäre nicht das erste Mal, dass ein Menschverbundener hier reinkommt und versucht, einen von den Tierverbundenen abzuschlachten. Seit dem Krieg ist der Graben größer als je zuvor."

„Klar. Können wir jetzt anfangen?", murrte Ben und das Überraschungsweib kniff verärgert die dunklen Augen zusammen.

„Selbstverständlich", erwiderte sie dann überraschend freundlich, was mich mehr beunruhigte, als wenn sie uns angeschnauzt hätte.

Ben nickte und zog mich in den ersten Korridor. Der Boden und die Wände waren beinahe schwarz und ich befragte den Nachrichtenwürfel, der daraufhin eine Zellennummer ausspuckte. Der Häftling darin war ein schlaksiger Wutträger, dem man seinen Sinn jedoch nicht anmerkte. Er wirkte eher verstört und zuckte zusammen, als wir uns ihm näherten.

„Hey", sagte Ben. „Bist du schon mal dem Gespaltenen oder dem Schwarzen Meister begegnet?" Mit diesen Worten griff er in seine Tasche und schleuderte etwas von dem Wahrheitsstaub durch die Gitterstäbe auf den dünnen Kerl. Dieser war so überrascht, dass er das glitzernde gelbe Pulver unabsichtlich einatmete und dabei zu husten anfing.

„Was ist das? Ist das ein Schwächungspulver ... oder gar ein vermaledeiter Wahrheitsstaub?", fragte er keuchend.

„Bist du schon mal dem Gespaltenen oder dem Schwarzen Meister begegnet?", wiederholte Ben seine Frage ruhig.

Der Typ schien wieder frei atmen zu können. „Ja!", schrie er. „Dem Schwarzen Meister bin ich begegnet!"

„Okay. Musst ja nicht so rumbrüllen", meinte Ben und verschränkte genervt die Arme vor der Brust. „Kannst du uns sagen, wie er aussieht?"

Der Wutträger biss sich auf die Lippen, aber der Wahrheitsstaub zwang ihn dazu, mit uns zu sprechen. „Ich habe ihn nur einmal aus der Nähe gesehen", wisperte er.

Interessiert trat ich etwas näher an die Gitterstäbe heran. „Und was hast du dabei gesehen?", hakte ich nach.

Der Häftling schluckte. „Er strahlte pure Macht aus. Absolutes Selbstvertrauen. Ich habe mich in seiner Gegenwart ..." Er stockte und schien gegen die Wahrheitsmagie anzukämpfen. „... Ich habe mich bei ihm so *sicher* gefühlt."

„Großartig. Kannst du uns auch sagen, wie er

ausgesehen hat?"

Der Häftling schüttelte den Kopf. „Das weiß ich nicht, da sein schwarzer Kapuzenumhang sein Gesicht bedeckt hat."

„Sonst irgendetwas, das dir an ihm aufgefallen ist?", fragte ich schnell, solange der Staub noch wirkte.

Der Wutträger nickte. „Er war so mächtig. So voller Selbstvertrauen."

„Okay, das hatten wir schon", fauchte Ben und zog mich weiter. „Ab zum nächsten."

Unsere beiden Nachrichtenwürfel flogen in die Höhe und folgten uns zum nächsten Gefangenen, um dort die Übertragung in den Palast fortzusetzen. Doch dieser erwies sich als genauso fruchtlos.

„Vielleicht sollten wir uns aufteilen, damit wir schneller sind", sagte ich, nachdem wir drei weitere Häftlinge verhört hatten, die allesamt ähnliche Aussagen zu Protokoll gegeben hatten und uns keinen Schritt weiterbrachten.

„Okay", murmelte Ben. „Du bleibst hier, ich nehme mir einen anderen Korridor vor."

Ich nickte und ließ mir von meinem Nachrichtenwürfel die nächste Zellennummer geben. Während meiner Befragungen kam ab und zu eines der grässlichen Überraschungsweiber zur Kontrolle vorbei und ich konnte immer wieder ihr gackerndes Lachen hören, das durch die Gänge wehte.

„Und?", fragte ich Ben eine knappe Stunde später, als ich seufzend den letzten Häftling von meiner Liste gestrichen hatte. „Hast du irgendwas?"

Er schüttelte angewidert den Kopf. „Nichts", murrte er genervt. „Das Einzige, was die über den Schwarzen Meister wissen, ist, dass er einen verdammten schwarzen Umhang trägt."

„Dasselbe hier", murmelte ich und fühlte die Mutlosigkeit wie eine Welle über mich rollen.

Ben zog mich zu einer leer stehenden Zelle und senkte die Stimme. „Anscheinend führt der einzige Weg zu dem Mistkerl tatsächlich über meine Blutlinie", knurrte er dann und wandte sich um, als aus der scheinbar leeren Zelle ein Niesen drang und ein dünner Erstaunensträger unter dem Bett hervorkroch. „Hey. Hast du uns eben belauscht?", fauchte Ben.

„Ich? Nein, niemals!", versicherte uns der glatzköpfige Sinnträger erschrocken und nieste noch einmal. Da ich keine Lust auf dieses Spielchen hatte, griff ich in meinen Beutel, in dem sich noch ein wenig Wahrheitsstaub befand. Rasch pustete ich ihm den ins Gesicht und der Mann nieste ein drittes Mal, als er das gelbe Pulver einatmete.

„Doch, ich habe euch belauscht, aber nicht absichtlich", stieß er im nächsten Moment hervor. „Ich wollte mich nur unter dem Bett vor den Aufpasserinnen verstecken!"

Ben rieb sich über die Augen. „Na super."

„Bitte verratet mich nicht bei den grässlichen Überraschungsweibern", flüsterte der Sinnträger mit aufgerissenen Augen. „Ich kann euch helfen!"

„Du?" Ben schüttelte den Kopf. „Das bezweifle ich."

„Doch, das kann ich." Der Mann befeuchtete sich die trockenen Lippen mit der Zunge und sah sich rasch um. „Wenn ihr etwas über eure Ahnen herausfinden wollt, müsst ihr nach Sürpris gehen. Fragt nach Chantal. Sie kann in eure Vergangenheit sehen. Aber nehmt euch in Acht. Sie tut es nicht umsonst."

Ich runzelte die Stirn. „Was will sie denn?"

Der Mann zuckte mit den Schultern. „Das kann ich euch nicht sagen. Aber ich weiß, dass nur jene zu ihr gehen, die wirklich verzweifelt sind."

Ben wandte sich murrend an mich. „Und? Denkst du, dass wir schon so verzweifelt sind?"

Ich war mir nicht ganz sicher, schüttelte aber dennoch den Kopf.

„Gut", sagte Ben. „Denn noch so eine Hexe halte ich nicht aus."

Die Schattige Unterwelt gibt die Hochzeit der

Trauerträgerin Thaya

mit dem

Angstträger Viktor

bekannt.

*Nach den dunklen Ereignissen der letzten Zeit
sehen wir voller Zuversicht in die Zukunft
und setzen auf ein kooperatives Miteinander
mit einer Welt, die bislang immer
oberhalb unserer Reichweite schien.*

*Die Feierlichkeiten finden deshalb im neuen Zugang
im Land der Trauer statt.
Wir bedanken uns für dieses Zugeständnis
der Neuen Acht und setzen auf weiterhin erfolgreiche
Verhandlungen.*

Kapitel 6

„Ich hasse diese Länder", murrte Ben und begann, am ganzen Körper zu zittern. „Beide."

Ich wischte mir eine Träne aus dem Gesicht. „Sag das nicht, das macht mich nur noch trauriger."

Funkelnder lilafarbener Sandstaub wehte erneut durch den Raum und strich über Bens Wange. „Aber Lee, eine Hochzeit zwischen Thaya und diesem verfluchten Erinnerungsvampir?!" Bens Stimme wurde leiser und er stellte sich an das Fenster unseres Wohnbereichs, um einen Blick nach draußen zu werfen. „Die ganze Sinnliche Welt ist dem Untergang geweiht", wisperte er.

Ich nickte schluchzend und betrachtete den feinen blauen Funkelstaub, der in der Luft tanzte und sich mit den violett glitzernden Partikeln vermischte. Dabei fühlte ich eine gewaltige Trauer, die wie eine Welle über meinen Körper schwappte, als mich erneut ein Schwall der blauen Magie traf. Sie war wie ein dunkles Loch, das mich nach unten zog, und ich betrachtete schnell die Hochzeitseinladung, die aufgefaltet auf unserem Bett lag.

Es ist nur ein Zauber. Es ist nur ein einfacher Zauber.

Doch die Gedanken schienen im Strudel des blauen Gefühls unterzugehen und vollkommen an Bedeutung zu verlieren. Bens Lider flackerten und er schlang die Arme um sich.

„Wir sind hier nicht sicher, Lee. Der Schwarze Meister ist uns immer einen Schritt voraus, wir haben gar nichts gegen ihn in der Hand. Der Gefängnisbesuch war ein verdammter Reinfall und es ist an der Zeit, dass du dich in Sicherheit bringst. Wir müssen uns trennen."

Mein Herz zog sich zusammen. „Sag das nicht", keuchte ich, während die Tränen sturzflutartig aus mir herausbrachen. „Wir gehören doch zusammen, wir sind füreinander bestimmt!"

Ben drehte sich zu mir um und seine Augen leuchteten unheilvoll. „Und du bist dazu bestimmt, zu sterben! Du musst dich von mir fernhalten, Lee. Auch wenn es dir schwerfällt, auch wenn dein Sturkopf sich dagegenstellt, du musst es tun." Er zitterte noch immer am ganzen Körper und die Angst war ihm ins Gesicht geschrieben. „Verlass mich. Denn ich kann nicht mit der Gewissheit leben, dass ich dich auf dem Gewissen habe."

„Aber ich lebe doch", sagte ich tränenerstickt. „Und du bist das Beste, was mir je passiert ist, Ben. Du bist der, mit dem ich für immer zusammen sein möchte, du bist alles für mich. Ich liebe dich, auch deinen Ekel, und selbst wenn ich könnte, würde ich nichts an dir ändern, denn du bist perfekt – genau so, wie du bist!"

Bens Mundwinkel zuckten und die Angst auf seinen Zügen schien nach und nach zu verblassen. Ich fühlte, wie auch die Trauer in mir verebbte. Sie zog sich langsam zurück und ließ mich wieder meinen Sinn empfinden. Ich nutzte den klaren Moment, um schnell zum Bett zu stürzen und die Hochzeitseinladung zuzuklappen.

„Die werden wir nicht noch einmal öffnen", sagte ich und genoss es, wieder die Wachsamkeit in mir zu fühlen.

Ben verschränkte die Arme vor der Brust. „So

schlimm war es doch gar nicht."

Ich sah ihn ungläubig an. „Ist das dein Ernst?"

Mit langsamen Schritten kam er auf mich zu und sein Blick verhieß nichts Gutes. „Immerhin weiß ich jetzt, dass ich für dich perfekt bin."

Ich zog tief die Luft ein. „Das war die Magie der Hochzeitskarte. Ich werde nie wieder eine Einladung von einem Trauerträger und einer Angstträgerin öffnen. Keine Ahnung, wer auf die Idee gekommen ist, ihre Einladung mit ihren Gefühlen zu versehen."

Ben lächelte selbstsicher und griff nach meiner Hand. „Der Zauber hat nur hochgebracht, was schon in uns steckt."

„Das hättest du wohl gern."

Er führte meine Hand zu seinem Mund und küsste sie. Seine Lippen hinterließen ein prickelndes Gefühl auf meiner Haut. „Du liebst sogar meinen Ekel. Ich wusste es doch."

Ich schüttelte den Kopf. „Wenn ich die Wahl hätte, würde ich tausend Dinge an dir ändern."

„Lügnerin."

„Nein, das stimmt, bei meinen Wachsamkeitslinien."

Ben sah mich intensiv an. „Nicht eine Kleinigkeit würdest du ändern."

Ich schnaubte. „Jetzt hasse ich den Zauber noch mehr als vorher."

„Wahrscheinlich hat sich auch etwas Wahrheitsstaub in die Magie gemischt, so ehrlich wie du seit Langem endlich einmal zu mir warst."

Meine Augen blitzten Ben an, doch er grinste nur. „Wenn du so begeistert von der Hochzeitseinladung bist, wirst du sie natürlich auch gern annehmen, nicht wahr?", fragte ich lächelnd und änderte meine Taktik.

„Niemals."

Ich lachte. „Ach, auf einmal? Bei der Hochzeit werden sie sicher eine Menge von diesem Zauber einsetzen, das wird doch garantiert nett."

Ben verkrampfte sich. „Du willst dort nicht wirklich hin, oder?"

Ich ließ mich aufs Bett fallen. „Wir sind eingeladen worden und es gehört sich, dort hinzugehen. Immerhin haben wir mit Thaya schon ganz schön viel durchgestanden."

„Eben. Deswegen müssen wir ja *nicht* hingehen. Wir haben mit der Verrückten schon zu viel Zeit verbracht, Lee."

Ich stützte mich nachdenklich auf meinen Ellbogen auf. „Sie hat sich verändert, Ben. Außerdem könnten wir bei der Hochzeit auf Logan und Kassandra treffen. Und es wäre doch schön, einmal eine Hochzeit in der Sinnlichen Welt mitzuerleben." Je mehr ich darüber nachdachte, desto unhöflicher kam es mir vor, Thayas Einladung nicht anzunehmen.

Ben blickte mich reglos an. „Du würdest gern auf eine Hochzeit in der Sinnlichen Welt gehen?"

Er sprach die Worte eigenartig langsam aus und ich spürte, wie mir die Röte ins Gesicht schoss. „Ja, klar."

„Du magst Hochzeiten?"

„Ich war noch bei keiner, also kann ich das nicht so genau sagen", erwiderte ich und bemerkte, dass sich mein Puls beschleunigte. Ben und ich hatten noch nie übers Heiraten gesprochen und ich konnte mir nicht vorstellen, dass er der Typ für so etwas war. „Wieso fragst du?", wollte ich wissen und versuchte, meine Stimme so belanglos wie möglich klingen zu lassen.

„Nur so", meinte er und ließ mich nicht aus den

Augen, während er sich zu mir aufs Bett setzte. Dann legte er die Hand in meinen Nacken, zog mich zu sich heran und küsste mich. Seine Berührung entfesselte eine elektrische Energie, die mein Herz zum Leuchten brachte und unser Gespräch in den Hintergrund rücken ließ. Ich hätte Ben ewig küssen können, doch nach einem wundervollen Augenblick löste ich meine Lippen von seinen.

„Wir müssen los", sagte ich etwas atemlos. „Gleich beginnt die Sitzung der Neuen Acht."

Ben nickte. „Du hast recht, die dürfen wir nicht versäumen." Er grinste. „Und zum Glück begleitet dich ja auch der perfekteste Ekelträger, den du dir vorstellen kannst."

„Hiermit erkläre ich die Sitzung der Neuen Acht für eröffnet", sagte Furia mit ihrer tiefen Stimme. Die rundliche Gestalterin der Freude warf ihren dicken roten Zopf nach hinten und bedachte die Anwesenden mit einem ernsten Blick.

Die Gestalter saßen in herrschaftlichen Sesseln um die zwei großen runden Tische aus Stein, die zusammen das Symbol der Acht ergaben. Der Samtbezug der Stühle entsprach der Farbe ihres Landes und hinter jedem Gestalter befanden sich seine Achtsamen, die auf den Sitzkissen Platz genommen hatten. Furias Achtsame waren so unterschiedlich wie Tag und Nacht. Während der blonde Achtsame auf der linken Seite die ganze Zeit dümmlich grinste, verzog der stämmige Sinnträger rechts von ihr nicht eine Miene.

„Das Land der Freude hat den heutigen Vorsitz", erklärte Furia weiter. Während sie sprach, kritzelten acht orangefarbene Federn ihre Worte mit orangefarbener

Tinte auf den Steintisch, sodass jeder Gestalter das Protokoll vor sich sogleich begutachten konnte. „Unser erster Punkt auf der Tagesordnung ist, dass wir Gestalter Alfonsus in unserer Mitte willkommen heißen." Furia betrachtete den Angstträger mit der würfelförmigen Zeichnung eindringlich, der auf der anderen Seite des Tisches saß. „*Willkommen.* Es ist uns eine Freude, dass du dich doch noch dazu entschließen konntest, das Amt anzunehmen."

Alfonsus nickte der Runde zu und ich sah, wie Etienne dem Angstträger ein leichtes Lächeln schenkte. Ihr Achtsamer Coel, der hinter ihr saß, zog missbilligend die Augenbrauen zusammen. Offenbar war ihm mittlerweile jeder ein Dorn im Auge, der in den ausgewählten Kreis der Neuen Acht aufgenommen wurde.

Aber er war nicht der einzige Achtsame, dem meine Aufmerksamkeit galt. Ich hatte mir schon Gedanken gemacht, für welche Achtsame sich Alfonsus entscheiden würde, und es war wenig verwunderlich, Victoria an seiner Seite zu sehen. Aber mit Quentin hätte ich nicht gerechnet. Er lächelte mir kurz zu, als er meinen Blick bemerkte, und ich fragte mich, welche Geheimnisse der Wachsamkeitsträger sonst noch für sich behielt.

„Kommen wir zum zweiten Punkt der Tagesordnung", tönte Furias Stimme durch den Saal, dessen Wände mit blutroten golddurchwirkten Seidentapeten bespannt worden waren. Die Farben der Tapeten änderten sich in einem angenehmen Takt und präsentierten in diesem regelmäßigen Rhythmus alle acht Sinnesfarben. Acht riesige Kronleuchter, die an der stuckverzierten Decke hingen, verströmten helles Tageslicht und zauberten hübsche Lichtreflexe in den fensterlosen Raum.

„Wie wir alle wissen, konnte der Kubus endlich erfolgreich gesprengt werden. Das ist zum Wohl aller und wir hoffen, dass sich durch die Entfernung dieses Schreckenssymbols nicht nur die Wetterkapriolen und Zeitanomalien langsam legen, sondern auch die Spannungen gemindert werden, die einige Menschverbundene aktuell den Tierverbundenen entgegenbringen."

„Was auch kaum verwunderlich ist", zischte Casimir. „Immerhin haben viele Menschverbundene durch die Hand der Totaa ihre Freunde verloren – der Schatten des Krieges liegt noch immer über uns."

„Ja, das tut er. Deswegen war die Entfernung des Kubus eine wichtige Maßnahme", sagte Furia mit einem leichten Lächeln. „Aufgrund der erfolgreichen Sprengung hat sich auch unsere Vermutung als richtig erwiesen, dass die dunkle Macht des Spiegels die bisherigen Zerstörungsversuche blockiert hat. Durch die Verlegung des Spiegels in den Palast konnte die Blockierung erfolgreich gelöst werden. Der Spiegel befindet sich aktuell im Verschlussraum, nachdem er von unseren Experten schon eingehend untersucht worden ist."

Im Verschlussraum befanden sich wichtige magische Gegenstände des Palastes, unter anderem auch die goldene Truhe, deren Prophezeiung Damiens Tod vorausgesagt hatte. Die Gegenstände wurden hier aufbewahrt und nur mit Erlaubnis eines Gestalters und einer speziellen Sicherheitsmünze war der Zutritt erlaubt.

„Und was passiert nun mit dem Spiegel? Zerstören

wir ihn?", fragte Vandora und verzog die blass geschminkten Lippen. Wieder einmal wurde mir bewusst, dass die Gestalterin des Vertrauens nichts mit ihrem Vorgänger Joost gemein hatte. Für einen kurzen Moment vermisste ich seine bedächtige Art, mit der er immer vertrauensvoll in die Zukunft geblickt hatte.

„Den Spiegel zu zerstören, wäre ein Frevel", zischte Casimir und strich sich abfällig über seine dunkle Robe. „Und äußerst gefährlich. Der Spiegel besitzt eine tiefdunkle Macht und wir wissen nicht, was passiert, wenn wir diese angreifen."

Skellan stützte sich mit den Ellbogen auf der steinernen Tischplatte auf. „Ich gebe Casimir recht. Außerdem sollten wir in Betracht ziehen, die Macht des Spiegels für uns zu nutzen, auch wenn er nur Wahrscheinlichkeiten der Zukunft preisgibt, wie unsere Untersuchungen nun gezeigt haben."

„Du willst die dunklen Mächte nutzen?", stieß Tyll hervor und sah ihn mit blitzenden Augen an. „Bist du dir sicher, dass du diesen Pakt eingehen möchtest?" Die Gestalterin der Trauer strich sich über ihre dicke blaue Strähne, die ihren gewellten Pagenkopf durchzog.

Skellan straffte die Schultern. „Ich bin mir sicher, dass wir *sämtliche* Möglichkeiten der Magie nutzen sollten, die uns zur Verfügung stehen. Auch wenn der Krieg zu Ende ist, ist die Gefahr des Schwarzen Meisters noch nicht gebannt."

Etienne musterte Skellan mit ihren türkisgrünen Augen. „Aus diesem Grund wurde doch eine Sonderkommission unter deinem Kommando zusammengestellt, nicht wahr?" Ihr dunkelrotes Flammenarmband, das sie um das rechte Handgelenk trug, züngelte ihren schlanken Arm nach oben.

Bislang hatte ich die hübsche Trägerin mit den langen dunkelblonden Haaren nur mit dem Sinn der Wut erlebt, den Sinn der Angst schien sie gut unter Kontrolle zu behalten.

„Das stimmt. Das Sonderkommando hat die Aufgabe, der Identität des Schwarzen Meisters auf die Spur zu kommen." Skellans Kinn spannte sich an. „Das ist keine einfache Aufgabe, denn die Informationen über den Schwarzen Meister sind mehr als beschränkt. Deswegen haben die Teams als erste Maßnahme Verhöre mit gefangen genommenen Totaa durchgeführt – doch die Ergebnisse sind überschaubar. Der Schwarze Meister verfügt über einen scharfen Verstand und hat seine Untertanen niemals allzu nah an sich herankommen lassen. Mit vielleicht einer Ausnahme", sagte er. „Wir gehen davon aus, dass uns die Ergreifung des Gespaltenen Hinweise auf den Schwarzen Meister liefern könnte."

„Und wisst Ihr, wo sich dieser befindet?", fragte Tyll.

„Wir haben einige Anhaltspunkte. Es ist nur eine Frage der Zeit, bis wir den Gespaltenen finden. Da er in dem orangefarbenen Buch gelesen hat, wird er wie Urgestalter Fredomir nach Macht und Anerkennung streben."

„Wie könnt ihr Euch da so sicher sein?", fragte Furia leicht empört.

„Wie ihr wisst, hatte ich in den Katakomben des Schreckens das zweifelhafte Vergnügen, Fredomir – beziehungsweise sein Abbild – persönlich kennenzulernen. Er ist nicht der Typ, der gern im Verborgenen bleibt." Sein Blick schweifte zu Furia. „Wir dürfen uns hier nichts vormachen, die Urgestalter waren mächtig und sie haben mit der Erschaffung der

Bücher der Macht der Sinnlichen Welt einen großen Dienst erwiesen. Nur der Vereinigung von Hell und Dunkel ist es zu verdanken, dass der Erste Sinnliche Krieg beendet werden konnte. Aber die Urgestalter waren nicht ohne Makel – und diese Schwächen haben sich in den Büchern festgesetzt."

„Da muss ich dir zustimmen", sagte Alfonsus und rieb sich über sein Kinn. „Die Urgestalter hatten ihre Eigenheiten und sie verfügten über Macht. Deswegen wird es dem Gespaltenen ein Leichtes sein, sein Aussehen zu verändern. Wie der Schwarze Meister kann er inzwischen jede Identität angenommen haben."

Simeon nickte. „Verwandlungszauber sind herausfordernd, aber für jemanden mit dem Hintergrund eines Urgestalters kein Problem." Er fuhr sich über den Bart. „Wenn die Verwandlung jedoch noch nicht vollständig vollzogen ist, könnten wir versuchen, ihn über sensibel eingestellte Magiedetektoren zu finden. Ich bräuchte eine Blutprobe des Gespaltenen – auch wenn die Magiedetektoren nur über eine geringe Reichweite verfügen, würden sie uns zumindest einen Anhaltspunkt liefern."

„Die Blutprobe sollte nicht das Problem sein, wir haben auf dem Schlachtfeld einige Proben sichergestellt", meinte Skellan, während Etienne Simeon interessiert ansah.

„Wie gering ist die Reichweite der Magiedetektoren?"

„Er müsste sich in diesem Raum befinden, dann könnte ich euch sagen, wer der Gespaltene ist", erwiderte Simeon. „Wobei ich davon ausgehe, dass er im Moment nicht hier ist."

Simeons Blick wurde unruhig und ich konnte auch

eine gewisse Unsicherheit in den Gesichtern mancher Gestalter erkennen. Alle hatten Sorge, dass der Feind näher war als gedacht.

„Wer ist dafür, dass wir die Magiedetektoren auf das Blut des Gespaltenen ausrichten?", fragte Furia in die Runde und alle Gestalter hoben nacheinander die Hand. Sogleich loderten bunte Flammen über den steinernen Tisch, als Zeichen, dass ein Beschluss getroffen worden war. „Gut, dann ist das entschieden", erklärte Furia und machte gleich weiter. „Wer ist für die Zerstörung des Spiegels?"

Nur Tyll hob die Hand, alle anderen entschieden sich gegen die Vernichtung des Spiegels.

„Ihr unterschätzt seine dunkle Magie!", stieß Tyll hervor. „Was ist, wenn sie Einfluss auf uns nimmt? Oder der Schwarze Meister den Spiegel als Portal benutzt?"

Furia schmunzelte. „Wir gehen davon aus, dass der Schwarze Meister schon lange unsere Reihen infiltriert hat. Ich denke nicht, dass er ein Portal benötigt, um sich dem Palast zu nähern. *Leider.*"

„Und seine schwarze Magie? Ihr könnt doch nicht sehenden Auges ins Unglück rennen. Der Schwarze Meister wendet tiefdunkle Zauber an, Zauber, die aus einer alten Zeit stammen – Zauber, derer wir nicht mächtig sind. Selbst wenn wir die Macht des Spiegels begreifen würden, haben wir ihn gewiss nie unter Kontrolle."

„Davon würde ich nicht ausgehen. Hier sitzen die führenden Köpfe der Sinnlichen Welt, werte Tyll. Egal, wie mächtig der Schwarze Meister auch sein mag, wir haben eine ganze Sinnliche Welt, die hinter uns steht. Wir verfügen über Ressourcen und Möglichkeiten", sagte Etienne.

Eine einzelne Träne rollte über Tylls Wange. „Ressourcen und Möglichkeiten, derer er uns auch beraubt hat. Denkt doch nur an das Orakel. Es ist tot."

Bei ihren Worten wurde auch mir das Herz schwer und ich dachte an das Lager der Totaa zurück, in dem ich dem Orakel zum letzten Mal begegnet war. Es hatte gewusst, dass es sterben würde.

Furia räusperte sich. „Wir alle bedauern den Tod des Orakels, aber auch ohne seine Weitsicht werden wir die Zukunft sicher beschreiten. Vielleicht sogar mit dem Spiegel." Sie machte eine kurze Pause und beugte sich über den steinernen Tisch, sodass ihr üppiger Busen aus dem tiefen Ausschnitt ihres feuerfarbenen Kleides hervorquoll. „Wer ist dafür, den Spiegel für unsere Zwecke zu benutzen?"

Bis auf Tyll sprachen sich alle Gestalter dafür aus. Bunte Flammen zischten über den Tisch und Furia ging zum nächsten Tagesordnungspunkt über.

„Kommen wir nun zu einem wichtigen Thema. Der Zuordnung der Ministerien. Hierbei geht es um die genauen Zuständigkeiten, die wir gemäß den Statuten neu vergeben können. Bislang war das Ministerium der Wut für die Beschützer verantwortlich, das Ministerium der Wachsamkeit für die Wächter. Das Ministerium des Erstaunens hatte die Obhut über die Magiebegabten inne, das Ministerium der Angst kümmerte sich um die Künstler und das Ministerium des Ekels um die Templer. Reisende waren dem Ministerium der Freude unterstellt, während Naturverbundene dem Ministerium der Trauer und Heiler dem Ministerium des Vertrauens zugeteilt waren. Ich habe mir die eingereichten Vorschläge über die Verteilung angesehen und muss freudlos zugeben, dass wir hier bislang auf keinen grünen Zweig gekommen sind."

Daraufhin entbrannte eine rege Diskussion über die verschiedenen Ministerien. Während das Ministerium der Beschützer und Wächter sehr beliebt war, wollte sich kaum einer für die Reisenden oder Naturverbundenen einsetzen. Simeon bestand darauf, dass die Magiebegabten unter seiner Verantwortung stehen sollten, doch Etienne begann, ihm dieses Ministerium streitig zu machen.

Während der hitzigen Gespräche beobachtete ich Coel, der Etienne immer wieder etwas ins Ohr flüsterte. Dabei war ich mir nicht sicher, ob er gegen Simeon taktierte oder sein Wissen lediglich zum Vorteil seiner Gestalterin einsetzte. Nur Alfonsus schien sich während der ganzen Diskussion zurückzuhalten.

Nachdem man sich darauf verständigt hatte, dass man heute zu keiner Einigung kommen würde, standen noch drei Punkte auf der Tagesordnung. Der erste beschäftigte sich mit den Wiederaufbaumaßnahmen in den Ländern, der zweite mit der Authentizität des Mahnmals am Marktplatz und der dritte befasste sich mit dem Besuch einer Delegation aus der Schattigen Unterwelt, für den eigens ein kleiner Empfang geplant wurde. Des Weiteren wurde kurz über die Spannungen zwischen den Mensch- und Tierverbundenen sowie über die Sicherheitsvorkehrungen für die Bücher der Macht gesprochen. Wie Simeon angedeutet hatte, befanden sich die Bücher in einem Sicherheitsturm, der vom Palast aus erreicht werden konnte. Die Gestalter hielten sich bei diesem Thema sehr zurück und waren mit ihren Informationen sparsam, aber ich konnte heraushören, dass der raffinierte Sicherheitsmechanismus wohl mit dem gleichzeitigen Erscheinen aller Gestalter zu tun hatte – nur so konnten die Bücher der Macht offenbar entnommen werden.

„Damit erkläre ich die Sitzung der Neuen Acht für beendet", schloss Furia nach zwei weiteren Stunden die Runde. Mit ihrem Schlusswort fielen die orangefarbenen Federn zu Tisch, die von einem kleinen Feuer verbrannt wurden. Wie von Geisterhand öffneten sich die acht Türen des Sitzungszimmers und sowohl Gestalter als auch Achtsame strebten nacheinander aus dem Raum.

Missbilligend erkannte ich, wie sich Ben mit Kay auf dem Weg nach draußen unterhielt und sie vertrauter wirkten, als mir lieb war.

„Das war eine interessante Sitzung", ließ sich Alfonsus neben mir vernehmen, der sich von seinem Stuhl erhob. Quentin und Victoria hatten den Saal bereits verlassen und ich beschloss, den Moment für mich zu nutzen.

„Ich gratuliere Ihnen zu der neuen Position, Gestalter." Meine Stimme klang steifer, als ich es beabsichtigt hatte.

„Vielen Dank, Lee. Es hat mich gefreut, heute auf ein bekanntes Gesicht zu treffen." Er blickte mich aus seinen klugen Augen an. „Etwas scheint dich zu beschäftigen", sagte er dann.

„Ich habe nun schon des Öfteren gehört, dass Ihr gezögert habt, die Wahl anzunehmen."

Alfonsus nickte. „Das hast du richtig gehört. Ursprünglich wollte ich ablehnen."

„Und was hat Euch dann dazu bewogen, die Wahl

doch zu akzeptieren?"

Alfonsus zog tief die Luft ein und antwortete nicht sofort. Es schien, als würde der Gestalter mit dem schmalen Gesicht und den grau melierten Schläfen seine Antwort mit Bedacht wählen. „Ich bin mir nicht sicher, ob du es verstehen kannst. Aber ich war nie ein Freund von politischen Positionen, da ich stets die Sorge hatte, solch einem Amt nicht gerecht zu werden. Zu verführerisch ist die Versuchung, seinen eigenen Interessen Vorzug zu geben, und ich habe im Laufe der Zeit schon genug Sinnträger erlebt, die ihr erlegen sind. Deswegen habe ich mich nie um einen politischen Posten bemüht. Ich hatte auch nie das Bedürfnis nach Macht oder die Regung, Allianzen zu schmieden. Mein Fokus lag darauf, mithilfe der Nachrichtenwürfel Informationen breit zugänglich zu machen. Als die Wahl dann jedoch auf mich fiel, war ich schier starr vor Angst."

„Das kann ich mir bei Euch gar nicht vorstellen."

„Ich bin fähig, meine Angst zu kontrollieren und meinen Sinn so einzusetzen, dass er mir hilft – doch auch ich habe schwache Momente, Lee. Es ist nicht immer leicht, Herr der eigenen Gefühle zu sein."

Wie aufs Stichwort wechselte die Farbe der golddurchwirkten Tapeten in ein dunkles Violett.

„Und was hat Euch letztendlich dazu bewogen, Eure Meinung zu ändern?"

Er lächelte. „Es scheint dich wirklich zu interessieren. Woher rührt dein Interesse?"

Ich zögerte kurz und konnte schlecht sagen, dass ich ihn vor Kurzem noch verdächtigt hatte, ein Teil von Bens Blutlinie zu sein. „Ich bin die Achtsame von Gestalter Simeon. Je mehr ich über seine Mitstreiter weiß, desto besser."

„Das ist eine aufrichtige Antwort, die ich nur zu gut nachvollziehen kann." Er nickte mir zu. „Ich war tatsächlich schon im Palast, um den Gestaltern mitzuteilen, dass ich die Wahl nicht annehmen würde – als mir ein junger Angstträger über den Weg lief. Er war voller Begeisterung und Freude, dass ich der nächste Angstgestalter werden würde. Er meinte, dass ich ihn dazu inspirieren würde, ein besserer violetter Träger zu sein, und dass er schon jetzt einen anderen Zugang zu seinem Sinn entdecken würde. Er hätte sogar den Mut gefunden, sich für einen besseren Posten im Palast zu bewerben, einen Posten, den er schon lange im Kopf hatte. In dem Moment beschloss ich, es einfach einmal zu versuchen."

Die Ehrlichkeit des Gestalters berührte mich und ich lächelte.

„Ich habe vernommen, dass du in der Sonderkommission auf der Suche nach dem Schwarzen Meister bist", fuhr er fort.

Ich nickte. „Ben und ich sind ein Teil davon."

„Das war eine gute Entscheidung von Gestalter Skellan. Ihr habt nicht nur einmal bewiesen, wie sehr euch die Sinnliche Welt am Herzen liegt und wie kompetent ihr im Umgang mit schwierigen Situationen seid."

„Danke."

„Es ist nur die Wahrheit." Er hielt kurz inne und strich sich über seine violett schimmernde Robe. „Da ich neu im Kreis der Gestalter bin, bin ich auch dir für die Wahrheit dankbar. Sollte dir jemals etwas zu Ohren kommen, was meine Person betrifft, oder du selbst Hilfe benötigen, lass es mich wissen." Er schmunzelte und rieb sich über die Augen. „Du siehst schon, ich bin bereits dabei, Allianzen zu schmieden."

„Wo warst du?", fragte Ben, als ich wenig später unsere Gemächer betrat.

„Wo warst du?", fragte ich zurück.

„Was soll die Frage? Ich war hier."

Ich reckte meinen Nacken. „Und wann ist dir aufgefallen, dass ich nicht bei dir bin? Oder warst du so abgelenkt von Kay?"

Ben grinste und machte einen Schritt auf mich zu, bis er nur eine Handbreite von mir entfernt war. „Bist du etwa eifersüchtig?"

Ich schüttelte den Kopf. „Natürlich nicht."

Ben fuhr mir lächelnd über den Arm. „Lee, es muss dir nicht unangenehm sein. Schließlich bin ich, wie du selbst festgestellt hast, perfekt und natürlich interessieren sich auch andere Sinnträgerinnen für mich."

Ich verdrehte die Augen und verfluchte die Magie der Hochzeitseinladung, während Ben leise lachte.

„Also, wo warst du?"

„Ich habe mich noch mit Alfonsus unterhalten", sagte ich und erzählte Ben von meinem Gespräch mit dem Angstträger. „Irgendwie glaube ich ihm. Und ich traue ihm mehr als Coel", schloss ich meine Erzählung.

Ben nickte. „Coel führt irgendwas im Schilde. Der Typ kann es nicht ausstehen, nicht an der Macht zu sein."

„Ich hoffe, es hat nichts mit Simeon und Etienne zu tun. Ist dir das Funkeln in seinen Augen aufgefallen, als sie ihm das Ministerium der Magiebegabten streitig gemacht hat? Er hat zwar behauptet, dass ihr Verhältnis rein professionell ist, aber es hat mich doch ein wenig an *unsere* früheren Diskussionen erinnert."

Ben verzog angewidert das Gesicht. „Sag so etwas nicht."

Ich lächelte schwach. „Vielleicht ist es ja tatsächlich ganz harmlos. Immerhin ist es ja nicht verboten, wenn es zwischen den beiden knistert, solange sie keine Beziehung haben."

„Denkst du, Coel hat eine neue Möglichkeit gefunden, Simeons Gefühle zu manipulieren?"

„Zuerst dachte ich es, aber ich bin mir nicht mehr sicher", antwortete ich. „Denn was hätte er davon? Durch die Einführung des neuen Wahlsystems ist es für Coel deutlich schwieriger, den Gestalterposten zu beziehen. Zumindest, wenn Simeon recht hat und die Wahl nicht manipuliert werden kann."

„Da bin ich mir nach wie vor nicht sicher", erklärte Ben. „Ich kann mir nicht vorstellen, dass das verdammte System unangreifbar ist."

„Es würde ziemlich viel Macht bedeuten, wenn man es in der Hand hätte", stimmte ich zu und gähnte.

„Komm, lass uns ins Bett gehen", sagte Ben und zog mich mit sich auf die Matratze. Da ich echt müde war, ließ ich es geschehen und kuschelte mich an seinen warmen Körper. Seine regelmäßigen Atemzüge beruhigten mich und es dauerte nicht lange, bis mir die Augen zufielen. Allerdings wurde ich schon bald von einem lauten Stöhnen geweckt.

„Ben, wach auf!", rief ich, als er sich in der Nacht im Schlaf krümmte. Sein Gesicht war schmerzverzerrt und er drehte sich von einer Seite zur anderen. Heftig rüttelte ich an seinen Schultern. „Ben, es ist nur ein Traum!"

Es dauerte einen Moment, bis er reagierte und sich stöhnend aufrichtete.

„Schon wieder ein Albtraum?"

Er nickte erschöpft und schlug mit voller Kraft ins Kissen. „Verdammt, Lee, es wird nicht besser. Ich hatte gehofft, dass die Sprengung des Kubus etwas verbessert, aber das hat sie nicht. Ich kann so nicht weitermachen."

Mein Blick glitt über die dunklen Schatten unter seinen Augen und ich wusste, dass er recht hatte. „Okay", murmelte ich. „Dann müssen wir etwas unternehmen."

„Und was?" Der zweifelnde Unterton in seiner Stimme war nicht zu überhören.

„Ich habe eine Idee", sagte ich, „aber sie wird dir nicht gefallen."

Kapitel 7

„Du hattest recht", murrte Ben, als die kristallgrüne Stadtmauer von Sürpris vor uns aufragte.

„Womit?", fragte ich und versuchte, die Erinnerungen an unseren letzten Aufenthalt hier beiseitezuschieben. Damals hatten Ben, Gabriel, Nasela und ich nach dem Neutralen Ort gesucht und waren schließlich in der Nacht auf der Eisebene außerhalb der Stadtmauern gelandet. Es war allgemein bekannt, dass die Nächte rund um Sürpris extrem kalt waren, und tatsächlich wären Ben und ich in dieser Nacht beinahe erfroren – während Nasela und Gabriel tatsächlich zu Eis erstarrt waren.

„Damit, dass mir das hier nicht gefällt", sagte Ben und marschierte auf die Stadtmauer zu. Die Erde war ringsum von Kratern übersät und zeigte deutlich die Spuren des Krieges. Auch die Stadt selbst schien unter den Kämpfen gelitten zu haben, denn ich konnte hinter der Mauer einige zerbombte graue Hochhäuser erkennen.

„Willkommen", begrüßte uns ein Erstaunensträger in einem windschiefen Häuschen, als wir knapp vor dem Tor angelangt waren. Er hatte einen geflochtenen Rauschebart und ich bemerkte überrascht, dass es derselbe Träger war, der uns auch das letzte Mal willkommen geheißen hatte.

„Hi", knurrte Ben. „Du kannst dir deine Ansprache sparen. Wir waren schon mal hier."

„Ehrlich? Ihr wart schon mal hier und seid wiedergekommen?" Der Erstaunensträger lachte wie über einen guten Witz. „Nun, es wird euch vielleicht überraschen, aber Pampoa ist nicht mehr dieselbe Stadt wie früher."

„Pampoa?", wiederholte Ben.

„Sie geben der Stadt jede Woche einen neuen Namen", flüsterte ich ihm zu.

„Ach ja", seufzte er. „Das war ja dieser Wahnsinn hier."

„Wir suchen eine gewisse Chantal", sagte ich rasch. „Weißt du, wo wir sie finden?"

Der Erstaunensträger betrachtete mich einen Moment lang überrascht und die grünen Linien seiner geometrischen Zeichnung flammten hell auf. „Ist die Frage ernst gemeint?"

Ich legte meine Hand beiläufig auf meinen Wächterstab und hob eine Augenbraue. „Sehe ich aus, als würde ich scherzen?"

Er lachte verunsichert, hörte aber sofort damit auf, als er in Bens emotionsloses Gesicht sah. „Pampoa hat über dreißigtausend Einwohner. Ich habe keine Ahnung, wo ihr eine gewisse Chantal finden könnt."

„Und kannst du nicht irgendwo nachsehen?", blaffte Ben ihn an.

Der Erstaunensträger wurde bleich und ich legte Ben beruhigend eine Hand auf den Arm. „Wir kommen schon zurecht, danke", sagte ich und zog ihn durch das geöffnete Stadttor.

„Wieso hast du mich nicht länger mit ihm reden lassen?", knurrte Ben, als wir auf die smaragdgrüne Straße traten, die von hohen grauen Häusern umgeben war. Mehr als die Hälfte davon waren beschädigt und zeigten deutliche Anzeichen des vergangenen Krieges.

„Weil du nicht gerade nett warst."

Ben marschierte über die Straße, die bei jedem Schritt einen melodischen Ton erzeugte. „Ich dachte, du stehst auf meine ekelhafte Seite."

„Stopp!", stieß ich hervor und fuhr zu ihm herum. „Es reicht. Wenn du *noch einmal* darauf anspielst, was ich unter dem Einfluss des blauen Pulvers gesagt habe, dann …"

Er grinste spöttisch. „Dann was?"

Ich reckte das Kinn in die Höhe. „Dann erzähle ich Simeon, dass du nach dem Öffnen von Thayas Hochzeitseinladung vor Angst gezittert hast."

„Das würdest du nicht tun."

Ich trat auf ihn zu und stellte mich so knapp vor ihn, dass sich unsere Körper berührten. „Und ob ich das tun würde. Ich erinnere mich an *jedes einzelne Detail*."

Ben blickte mich belustigt an und ich starrte verärgert zurück. „Okay, Wächterin", lenkte er ein. „Dann sag mir, wie es jetzt weitergeht. Wie finden wir diese verdammte Chantal?"

Eine ältere Erstaunensträgerin neben uns stieß einen erschrockenen Laut aus und ich fuhr angespannt herum.

„Was ist los?", fragte ich und spürte, wie sich meine Wachsamkeitslinien erhitzten.

Die Sinnträgerin bedeckte rasch ihre Zeichnung zur Abwehr des Bösen und stolperte einen Schritt zurück. „Ich habe gehört, nach wem ihr sucht. Lasst euch gesagt sein, dass das keine gute Idee ist."

„Lass dir gesagt sein, dass dich das nichts angeht", erwiderte Ben sofort.

Ich warf ihm einen warnenden Blick zu. „Weißt du, wo wir Chantal finden?", wandte ich mich dann an die ältere Trägerin.

Sie nickte zögernd. „Sie lebt außerhalb der Stadt, allen Überraschungsmurmeln sei Dank. Ihr solltet wirklich besser umkehren. Man sagt, sie hätte den bösen Blick."

Ben schnaubte leise. „Den bösen Blick? Meinetwegen kann sie mich so böse ansehen, wie sie möchte, das bin ich schon gewohnt."

„Du solltest dich nicht über sie lustig machen", flüsterte die Erstaunensträgerin. „Chantal verfügt über besondere Kräfte – man sagt, sie kann mit den Geistern sprechen …" Sie biss sich auf die Unterlippe und verstummte. „Ich habe schon zu viel gesagt."

„Danke für deine Warnung", antwortete ich schnell, bevor Ben etwas sagen konnte, das die Erstaunensträgerin vergraulte. „Das klingt, als sollten wir besser einen großen Bogen um sie machen. Kannst du uns sagen, wo sie wohnt, damit wir ihr nicht versehentlich zu nahe kommen?"

Ben hob eine Augenbraue und auch die Erstaunensträgerin sah mich skeptisch an. Als ihr Blick auf meinen Wächterstab fiel, entspannte sie sich jedoch ein wenig und deutete mit ihrem ausgestreckten Finger nach Westen.

„Sie hat ihre Unterkunft vor den Westtoren der Stadt. Ihr könnt ihre Boshaftigkeit schon spüren, wenn ihr auch nur in die Nähe kommt."

„Aber klar doch", sagte Ben und nahm meine Hand.

„Danke!", rief ich der Erstaunensträgerin noch zu, bevor ich mich von ihm weiterziehen ließ. „Denkst du, dass sie recht hat?", fragte ich ihn dann leise, als Ben schnurstracks den Weg nach Westen einschlug.

„Nein", erwiderte er knapp. „Für mich klingt das

so, als ob sich diese Chantal ihren gefährlichen Ruf hart erarbeitet hätte. Vielleicht hat sie keine Lust, dass ständig jemand vor ihrer Tür steht und um ein Gespräch mit irgendwelchen Geistern bittet."

„Ich weiß nicht", murmelte ich, als wir an einem großen Platz vorbeikamen, den ich noch vom letzten Mal kannte. Es war der Guck-mal-Platz, der verschiedene Orte aus der Sinnlichen Welt innerhalb eines Kreises aus Lichtsteinen zeigte. Gerade eben leuchteten die Steine blutrot und ich konnte in der Mitte des Platzes die Projektion einiger Magiebegabter dabei beobachten, wie sie im Land der Wut versuchten, ein zerbombtes Gebäude wieder instand zu setzen.

Automatisch verlangsamte ich meine Schritte, als die Wutträger einen gemeinsamen Zauber wirkten, der die zerstörten Mauerstücke wieder zusammenfügte und zurück zu der Bruchstelle schweben ließ. Bevor sich die rot glühenden Steine jedoch wieder mit der Ruine verbinden konnten, musste einer der Magiebegabten niesen und das Mauerstück fiel polternd zu Boden, wo es wieder in seine Einzelteile zersprang.

„*Hui, wenn das kein Grund zum Ärgern ist*", erklang die amüsierte Stimme des Moderators, während zu sehen war, wie die übrigen Magiebegabten den verantwortlichen Wutträger zu beschimpfen begannen. „*Und weiter geht es mit unseren Schwarzmalern. Mal sehen, was im Ekelland so vor sich geht.*"

Ich fühlte, wie sich Bens Körper neben meinem anspannte, und drückte kurz seine Hand, als ein verkrüppelter Wald auf dem lichtsteinumsäumten Platz zu sehen war. Ein dicklicher Ekelträger sammelte leise murrend einen Korb mit schwarzen Zitterpilzen und merkte dabei nicht, dass sich ein Ekelsauger von einem der Bäume gleiten ließ und auf seinem Rücken landete. Die fledermausähnliche Kreatur legte die pelzigen Flügel an und begann, den Ekel aus ihm herauszusaugen, wobei sie rasch an Größe gewann.

„Sieht aus wie Fledi", flüsterte ich Ben zu und er lächelte, als die Erstaunensträger ringsum Laute des Entsetzens von sich gaben.

„Heiliges Überraschungsplätzchen, bin ich froh, nicht mit dem schwarzen Sinn erweckt worden zu sein", stieß der Moderator ungläubig hervor. „Lasst uns dieses Land besser schnell verlassen. Aber hallo, was ist denn hier los?"

In diesem Moment leuchteten die Lichtsteine rund um den Guck-mal-Platz violett auf und zeigten eine Szene aus dem Land der Angst. Dabei waren einige Menschverbundene zu sehen, die sich lauthals mit einigen Tierverbundenen stritten. Das Ganze schien in einer ärmeren Gegend stattzufinden, denn ich konnte im Hintergrund nur ein paar baufällige Hütten erkennen. Dabei fiel mir auch in größerer Entfernung eine Gruppe von vier Sinnträgern auf, die zwischen den Hütten herumschlich. Sie trugen allesamt Tarnanzüge und ich hielt den Atem an, als ich unter ihnen Kay und Quentin erkannte. Jeder der vier hielt ein flimmerndes Fangnetz in der Hand und wirkte hoch konzentriert.

„Das ist ja interessant!", rief der Moderator in dem Moment so laut, dass ich zusammenzuckte. „Offenbar haben diese Menschverbundenen hier noch immer nicht verstanden, dass der Krieg zu Ende ist. Aber es ist ja auch viel leichter, alle Tierverbundenen über einen Kamm zu scheren, als zu akzeptieren, dass es nur eine kleine Gruppe von Irren war, die sich einem Wahnsinnigen angeschlossen hat!"

Laute Buhrufe ertönten daraufhin von einigen

Menschverbundenen rings um uns und Ben warf ihnen einen kalten Blick zu. Die Lichtsteine um den Guck-mal-Platz wechselten ihre Farbe zu Gelb und zeigten nun stattdessen eine weite Wüstenebene.

„Na toll – von der Beinahe-Schlägerei zu einer Herde Sandbullen. Tut mir leid, Freunde – ich hätte auch gern gewusst, wie es im Angstland weitergeht. Aber stattdessen sehen wir nun den Bullen beim Fressen zu. Und da das Wachsamkeitsland seit Kriegsbeginn doppelt so groß geworden ist, gibt es auch eine ganze Menge leckeren Sand…"

„Komm, lass uns weitergehen", raunte Ben mir zu und verließ rasch mit mir den Platz.

„Hast du Kay und Quentin mit den Fangnetzen gesehen?", flüsterte ich, als wir durch eine schmale Gasse liefen, in der kaum Sinnträger unterwegs waren.

Ben sah mich irritiert an. „Was?"

„Im Hintergrund von der Übertragung aus dem Angstland waren vier Mitglieder von Skellans Sonderkommission zu sehen. Und die waren offenbar nicht unterwegs, um noch ein paar Gespräche mit Häftlingen zu führen."

Ben blickte sich kurz um. „Meinst du, sie haben eine heiße Spur zu dem Gespaltenen?"

„Es könnte sein", wisperte ich und wünschte, wir hätten mehr über diese Mission gewusst. „Willst du zurück in den Palast?"

Ben schüttelte entschieden den Kopf. „Nein, zuerst besuchen wir diese Geistertante."

Bis zum westlichen Stadttor war es noch ein Fußmarsch von einer halben Stunde und ich beobachtete besorgt den Verlauf der untergehenden

Sonne. Obwohl es im Moment noch so warm war, dass ich mich nach einer kühlen Brise sehnte, erinnerte ich mich noch zu gut an die schreckliche Nacht vor den Toren der Stadt, als wir beinahe erfroren wären.

„Das hier scheint es zu sein", sagte Ben, nachdem wir Pampoa durch das Westtor verlassen hatten und auf einer völlig glatten Ebene standen, die metallisch glänzte. In weiter Entfernung ragte neben ein paar schmalen Monolithen eine halb zerfallene Hütte in die Höhe, aus deren Schornstein abwechselnd roter und grüner Rauch stieg. „Und? Spürst du schon das Böse?", fragte Ben nüchtern.

„Zumindest habe ich den Eindruck, dass wir auf der Hut sein sollten", erwiderte ich und machte einen vorsichtigen Schritt über den glänzenden Boden. Er war weder kalt noch rutschig, aber ich wurde trotzdem das Gefühl nicht los, auf einer riesigen Eisfläche zu stehen, die sich bis zum Horizont dehnte und hinter uns nur durch die smaragdgrünen Stadtmauern begrenzt wurde.

„Das sehe ich auch so. Deshalb habe ich von Simeon ein paar Schutzzauber mitgenommen. Im Notfall bringe ich uns beide dort sofort wieder raus." Bens Stimme ließ keine Emotion erkennen, aber mir war klar, dass seine Sorge um meine Sicherheit ungebrochen stark war.

„Gut", meinte ich. „Hast du auch an das spitzenbesetzte Taschentuch gedacht, das wir aus deiner menschlichen Vergangenheit mitgebracht haben?"

Ben erstarrte. „Verdammt."

Ich spürte mein Herz schneller klopfen. „Hast du es etwa vergessen?"

Er fuhr sich durch die dunklen Haare und presste

wortlos die Lippen aufeinander.

„Schon gut", sagte ich schnell. „Dann holen wir es eben. Diese Chantal wird morgen wahrscheinlich auch noch hier wohnen." Ich wollte mich schon umdrehen, als Ben nach meinem Arm griff.

„Warte", sagte er grinsend und zog ein altmodisches weißes Taschentuch aus seinem Anzug. „Du hast wohl vergessen, dass ich *perfekt* bin."

„Oh bitte!", stieß ich hervor und entwand mich seinem Griff. „Gerade eben fallen mir ein Dutzend Gründe ein, weshalb du ganz und gar nicht perfekt bist."

Mit diesen Worten stapfte ich quer über die glänzende Ebene auf die rauchende Hütte zu. Sie wurde nur langsam größer und ich betrachtete abermals die untergehende Sonne. Als ich einen Blick über die Schulter warf, sah ich, dass Ben mir lächelnd folgte. Ich konnte das amüsierte Funkeln in seinen Augen sehen, als er plötzlich innehielt und jeglicher Funken Belustigung aus seinem Blick verschwand. Irritiert drehte ich mich um und erstarrte, als ich auch sah, was er sah. Denn nun waren wir nahe genug an die Hütte herangekommen, um zu erkennen, dass es sich bei den Monolithen nicht um Felsen handelte – sondern um vereiste Sinnträger. Sofort schwappte die Erinnerung an Gabriels Schicksal schmerzhaft über mich hinweg und ich spürte, wie Ben sanft nach meiner Hand griff.

„Alles okay?"

Das war es nicht, aber ich zwang mich trotzdem zu einem Nicken. „Ja. Lass uns weitergehen."

Schweigend marschierten wir weiter auf die Hütte zu, die einen immer bösartigeren Eindruck machte, je näher wir kamen. Sie war aus spitzen schwarzen

Holzstämmen erbaut worden, die halb zersplittert und abweisend in den Himmel ragten. Der rote und grüne Rauch aus dem Schornstein glitt wabernd an den dunklen Wänden herab und sammelte sich rund um die Behausung zu einem undurchdringlichen Nebel, der uns davor zu warnen schien, diesen Bereich zu betreten. Gleichzeitig wurde es immer kälter und ein eisiger Wind pfiff uns heulend entgegen.

„Und? Spürst du das Böse schon?", flüsterte ich, als wir die Hütte beinahe erreicht hatten und mir mein Instinkt riet, diesen Ort sofort wieder zu verlassen.

Ben antwortete nicht, doch ich konnte sehen, wie die zerrissenen Linien in seinem Gesicht zu glitzern begannen. Gleichzeitig griff er in eine Seitentasche seines schwarzen Anzugs und zog einen glatten grünen Kiesel hervor, der dasselbe spiralförmige Muster aufwies, das auch auf Simeons Wange zu finden war. „Kannst du mit deinem Wächterstab für Licht sorgen?", fragte er dann leise.

Rasch griff ich nach meinem Stab. „Ich versuche es."

Wir blieben vor den rot-grünen Nebelschwaden stehen und ich schloss für einen Moment die Augen. Dabei versuchte ich, die Magie in mir zu wecken, und konzentrierte mich auf die Verbindung zu meinem Wächterstab. Seit meiner Rückkehr von den grässlichen Überraschungsweibern hatte ich weiterhin fleißig geübt und mit Carinnas Hilfe auch schon kleine Fortschritte erzielt.

Als ich meine Finger nun um den Stab schloss, spürte ich ein sanftes Kribbeln und atmete erleichtert aus. Im nächsten Augenblick flammte die Spitze meines Wächterstabs auf und ich hielt ihn wie eine Fackel hoch, bevor ich gemeinsam mit Ben die

Rauchschwaden betrat.

Schon nach meinem ersten Atemzug musste ich husten und fühlte eine hässliche Panik in mir aufsteigen. Konnte es sein, dass der Rauch giftig war?

Auch Ben schien dieser Gedanken gekommen zu sein, denn ich spürte, wie er mich rasch weiterzog und dann mit einer entschlossenen Bewegung die Türklinke hinunterdrückte, ohne vorher anzuklopfen. Meine Zeichnung flackerte bei dem unvorsichtigen Vorgehen fast schon schmerzhaft auf und ich spürte meinen Sinn von mir Besitz ergreifen. Jeder Muskel in mir war zum Zerreißen gespannt, als wir das dunkle Innere der Hütte betraten. Dabei handelte es sich um einen rechteckigen Windfang, der durch einen blickdichten Vorhang vom Rest des Wohnbereichs abgetrennt wurde. Es roch nach Rauch und etwas Süßlichem, das ich nicht zuordnen konnte. Gleichzeitig spitzte ich die Ohren. Ein seltsamer Singsang drang aus dem hinteren Teil der Behausung zu uns, vermischt mit dem Knacken von Holzscheiten.

„Ich hoffe wirklich, diese Chantal hat sich ihren Ruf nur hart erarbeitet", hauchte ich und erstarrte, als eine glutrote Silhouette über die Wände des Windfangs glitt. Sie hatte die Konturen eines sehr großen Sinnträgers und bewegte sich so lautlos wie ein Schatten – nur dass sie aus glühender Hitze zu bestehen schien.

Ben machte automatisch einen Schritt nach vorn, um mich mit seinem Körper gegen die potenzielle Gefahr abzuschirmen, und ließ die rote Silhouette nicht aus den Augen.

„Verschwindet", flüsterte das Wesen in diesem Moment mit einer Stimme, die aus Flammen und Rauch zu bestehen schien. „Ihr seid hier nicht willkommen.“

„Das würden wir gern aus Chantals Mund hören“, erwiderte Ben schroff. Trotz seines selbstbewussten Auftretens spürte ich jedoch deutlich seine Anspannung, als die Umrisse einer zweiten glutroten Gestalt auf den Wänden erschienen. Diese hatte Hörner und so lange dünne Finger, dass mir eine Gänsehaut über den Rücken lief.

„Dein Wunsch könnte dich das Leben kosten“, zischte sie fauchend.

Ben rieb unbewusst mit dem Daumen über Simeons Stein, bevor er antwortete. „Darauf lassen wir es ankommen. Also lasst uns jetzt durch.“

„Wie du wünschst“, entgegneten die Flammengestalten. Im nächsten Augenblick fing der schwere Vorhang Feuer und ich zuckte zurück, als mir die Hitze ins Gesicht schlug.

Auch Ben zögerte, doch es dauerte nur wenige Sekunden, bis der Stoff völlig verschmort war und rauchend von dem Gestänge hing. Dahinter lag ein düsterer Raum, der zu großen Teilen im Dunkeln lag.

Entschlossen reckte ich meinen Wächterstab in die Höhe und wollte uns damit den Weg leuchten, als das gelbe Licht plötzlich zu flackern anfing und im nächsten Moment erlosch. Verzweifelt versuchte ich, die Magie erneut in mir zu wecken, aber es fühlte sich so an, als hätte ich in den wenigen Minuten meinen gesamten Magievorrat verbraucht.

„Ich kann meinen Wächterstab nicht mehr benutzen“, flüsterte ich Ben zu, während in dem Raum noch mehr glutrote Silhouetten auf den Wänden erschienen und sich fauchend und zischend in unsere Richtung bewegten.

„Dann pack ihn weg und versuch, es dir nicht anmerken zu lassen", flüsterte Ben zurück, als sich eine der glühenden Gestalten aus der Wand zu lösen begann und ihre Feuerarme in den Raum streckte. Zuerst waren nur die flammenden Fingerspitzen zu sehen, mit denen das Wesen aus der Wand heraustauchte und aus seiner zweidimensionalen Erscheinung einen dreidimensionalen Körper machte. Innerhalb kürzester Zeit folgte auch der Rest seiner feurigen Gestalt und ich zwang mich, ruhig stehen zu bleiben, als sich die Flammenkreatur vor uns reckte und immer größer zu werden schien.

Mit klopfendem Herzen steckte ich meinen Wächterstab zurück an den Gürtel und versuchte, einen selbstsicheren Eindruck auf das brennende Wesen zu machen. Sein Gesicht war hinter den lodernden Flammen nicht zu erkennen, aber in seinen züngelnden Bewegungen lag eine solche Boshaftigkeit, dass mir trotz der Hitze kalte Schauer über den Rücken liefen.

„Ihr wurdet gewarnt", flüsterte die Kreatur. „Nun ist es für eine Umkehr zu spät. So tretet ein. Chantal wird euch empfangen."

Kapitel 8

Ben zögerte bei diesen Worten und sah aus, als wäre er drauf und dran, Simeons Stein zu verwenden, um von hier zu verschwinden – weshalb ich schnell seine Hand drückte und dabei nachdrücklich den Kopf schüttelte.

Wir waren zu weit gekommen, um jetzt schon aufzugeben.

Vorsichtig trat ich unter dem verkohlten Vorhang hindurch in den Raum hinein und zuckte zusammen, als eines der Flammenwesen an den Wänden in meine Richtung züngelte, als würde es meinen Geruch aufnehmen wollen. Ben wich nicht von meiner Seite und ich war froh, nicht allein in dieser gruseligen Hütte zu sein.

„Okay, wir sind eingetreten. Und wo ist eure Chantal jetzt?", fauchte Ben die feurige Kreatur an, die aus der Wand herausgekommen war. Bei seinen Worten wuchsen dem Wesen gebogene Hörner, die in einem grellen Hellgrün aufloderten.

„Ich bin hier", erklang in diesem Moment die melodische Stimme eines jungen Mädchens. Kurz darauf trat sie aus einer der dunklen Ecken heraus ins Licht.

„Du bist Chantal?", fragte Ben ungläubig und betrachtete die Sinnträgerin. Sie hatte eine blasse Haut, tiefrote lange Haare und schimmernde blaue Augen. Außerdem war sie wesentlich jünger, als ich sie mir vorgestellt hatte, und schien auch wesentlich freundlicher zu sein. Kaum dass sie den Raum betreten hatte, verschwand das diffuse Gefühl einer Bedrohung und die dunklen Ecken wurden deutlich heller.

„Das ist richtig. Ich bin Chantal", erwiderte sie und lächelte kurz. „Und ihr seid ganz schön mutig – oder verzweifelt –, wenn euch nicht mal meine Feuerwächter in die Flucht schlagen konnten." Während sie das sagte, machte sie eine beiläufige Handbewegung und das Feuerwesen zog sich zischend in die Wände zurück, wo es als glutrote Silhouette stumm hin und her huschte.

Ben und ich wechselten einen kurzen Blick. „Mutig", sagte er dann rau und entspannte sich ein wenig. „Du hast einen ziemlich üblen Ruf in der Stadt."

Sie zuckte mit den Schultern. „Wenn dem nicht so wäre, hätte ich keine freie Minute." Mit diesen Worten ging sie zu einem Tisch in der Mitte des Raumes, auf dem eine rote und eine grüne Kerze standen. Ohne uns aus den Augen zu lassen, griff sie nach einem Päckchen Streichhölzer und zündete nacheinander beide Kerzen an. „Also. Was kann ich für euch tun?"

„Uns wurde gesagt, du kannst mit … Geistern sprechen", sagte ich.

„Das ist nicht ganz richtig. Die Geister sprechen mit mir", erwiderte sie und ließ sich auf einem schmucklosen Hocker nieder. Dann bedeutete sie uns mit einer zarten Handbewegung, ebenfalls Platz zu nehmen. In Windeseile stob der Feuerwächter aus der Wand und holte zwei weitere Sitzgelegenheiten aus den Ecken, die er zischend gegenüber von Chantal positionierte.

Nachdem der Wächter wieder verschwunden war, setzten Ben und ich uns auf die Hocker, die von der

Berührung des Wesens noch ganz warm waren.

„Können dir deine Geister auch etwas über meine Ahnen erzählen?", kam Ben ohne Umschweife zur Sache.

Chantal zögerte kurz. „Womöglich. Es kommt darauf an, wie viel du bereit bist, zu geben."

Die Flammengestalten an den Wänden hinter ihr flackerten hell auf und ich kniff die Augen zusammen. Obwohl der Raum nicht besonders groß war, hatte ich noch immer das Gefühl, ihn nicht ganz erfassen zu können. Es war, als würde jede Ecke, die ich genauer unter die Lupe nehmen wollte, mit der Dunkelheit verschmelzen.

„Was erwartest du denn für das Gespräch mit den Geistern?", hakte Ben nach.

„Nun, wenn es um deine Ahnen geht, benötige ich auf alle Fälle dein Blut", erwiderte Chantal ruhig. Ihre blauen Augen wanderten von Ben zu mir. „Das ist auch so eine Sache, die viele Sinnträger nicht verstehen wollen. Die geistige Welt folgt genauso ihren Regeln und Gesetzen wie unsere Sinnliche Welt. Es reicht nicht, sich einfach nur zu wünschen, dass die Geister freundlich zu einem sind, man muss auch etwas für sie tun. Allerdings wollen das die wenigsten Träger hören, die zu mir kommen. Ihr wisst gar nicht, wie sehr das nervt."

„Hast du dir deshalb diesen furchterregenden Ruf aufgebaut?", fragte ich. „Weil du keine Lust mehr hattest, das jedem Besucher immer wieder zu erklären?"

Chantal strich sich über den fließenden Rock ihres grünen Kleides. „Was heißt das schon: furchterregend?", erwiderte sie. „Manche Sinnträger finden meine Feuerwesen furchterregend, aber ich könnte in dieser kalten Gegend ohne sie nicht überleben. Dem Feuer wird gern nachgesagt, dass es böse sei, weil es die Kraft zur Zerstörung in sich trägt – genauso wie mir nachgesagt wird, dass ich böse bin, weil ich die Fähigkeit habe, die Geister zu verstehen. Doch manchmal ist die Wirklichkeit nicht so, wie sie scheint."

„Klar", sagte Ben, dem das hier offenbar schon zu lange dauerte. „Wie sieht es jetzt aus? Kannst du Kontakt mit …", er atmete tief ein, „mit den Geistern meiner Ahnen aufnehmen?"

„Bist du denn bereit, den Preis zu zahlen?", fragte Chantal ruhig.

„Was genau ist denn der Preis?"

Sie richtete ihre saphirblauen Augen auf mich und holte gleichzeitig einen gebogenen silbernen Dolch aus einer Schublade des Tisches. „Um mit den Ahnen in Kontakt treten zu können, benötige ich einen Tropfen deines Blutes."

„Wir haben auch ein Erinnerungsstück aus der Menschenwelt", erklärte Ben und zog das weiße Spitzentaschentuch hervor.

Chantal streckte vorsichtig die Hand aus und Ben legte das Tuch hinein. „Perfekt", hauchte sie und breitete das Taschentuch auf dem alten Tisch aus. „Gib mir deine Hand."

Widerwillig reichte Ben ihr seine Hand und auch ich war mehr als nervös, als Chantal nach ihrem krallenartigen Messer griff und die Klinge einmal quer über seine Haut zog. Er verzog keine Miene, aber mein Herz machte einen Satz, als sein Blut auf das weiße Taschentuch tropfte, das noch immer ausgebreitet auf dem Tisch zwischen uns lag.

Chantal schloss die Augen. „Ich rufe nun die Ahnen dieses Mannes", begann sie, zu singen, und ich erkannte den Singsang wieder, den wir beim Betreten der Hütte wahrgenommen hatten. Ben klammerte sich in der Zwischenzeit an der Tischkante fest und ich bemerkte mit Entsetzen, dass er so aussah, als ob er jeden Moment ohnmächtig werden könnte.

„Hey, alles in Ordnung?", fragte ich leise und griff nach seinem Arm.

Ben antwortete nicht, sondern schluckte krampfhaft.

„Was ist mit ihm?", fragte ich besorgt und sah von Ben zu der hübschen Sinnträgerin.

„Die Geister seiner Ahnen haben seinen Ruf erhört", wisperte Chantal mit geschlossenen Augen.

In diesem Moment fuhr ein heftiger Luftzug durch den Raum und brachte die Flammen der beiden Kerzen zum Flackern. Die Sinnträgerin hatte die Augen noch immer geschlossen und öffnete mit schlafwandlerischer Sicherheit eine Schublade des Tisches. Daraus holte sie eine schwarze Schale hervor, die sie vor sich auf die Tischplatte stellte und dabei ununterbrochen irgendwelche Worte in einer fremden Sprache vor sich hin murmelte. Dann nahm sie das blutbesudelte Taschentuch, warf es in die Schale und zündete es mit einem Streichholz an. Mit einem wilden Brausen loderten die Flammen in die Höhe und ich sah, wie Ben stöhnend von seinem Hocker direkt auf den nachtschwarzen Boden kippte.

„Was passiert mit ihm?", schrie ich und stürzte zu ihm.

Chantal reagierte überhaupt nicht auf mich und fuhr fort, mit geschlossenen Augen irgendetwas zu murmeln, was ich nicht verstand. Hektisch griff ich nach Bens Schultern und versuchte, ihn wach zu rütteln, aber er lag da wie tot.

„Sag mir, ob das normal ist!", rief ich und blickte auf. Dabei stockte mir der Atem. Abgesehen von den beiden Kerzen auf dem Tisch hatte sich eine unnatürliche Dunkelheit über den Raum gesenkt. Da, wo zuvor noch die Silhouetten der Feuerwesen über die Wände gezischt waren, glitten nun schwarze Schatten entlang, die immer größer wurden und mir das Gefühl gaben, mich mit ihrer Kälte zu ersticken.

„Seine Blutlinie ist alt ... und dunkel", wisperte Chantal. „Ein Fluch lastet auf ihr, hervorgerufen durch die Frau, der dieses Taschentuch gehörte."

„Was für ein Fluch?", flüsterte ich.

Chantal öffnete mit einem Ruck die Augen und ich erschrak, da sie völlig weiß geworden waren. „Ich kann es dir zeigen, aber es wird dich ebenfalls etwas kosten", antwortete sie auf meine Frage.

Ich spürte die Kälte noch immer überall um mich herum und zögerte.

„Triff jetzt deine Entscheidung", sagte Chantal und stand mit diesen unnatürlich weißen Augen vom Tisch auf.

Getrieben von meiner Angst um Ben, nickte ich. „Okay. Ich will es auch sehen. Was wird es mich kosten?"

„Blut", antwortete sie und kam mit steifen Bewegungen auf mich zu. Dann zog sie mir die Klinge ihres gebogenen Messers über die Haut meiner Handfläche und hielt die schwarze Schale darunter. Nachdem sie drei Blutstropfen aufgefangen hatte, spürte ich, wie die kalte Dunkelheit ringsum an mir zu ziehen begann und ich in ein tiefes, pechschwarzes

Loch stürzte.

Als ich wieder zu mir kam, hatte sich die Umgebung verändert. Ich stand in einem düsteren Schlafzimmer, das von einem massiven Himmelbett aus dunklem Holz dominiert wurde. Schwere Brokatvorhänge waren an den vier Säulen festgebunden und schimmerten sanft im Licht einer einzelnen weißen Kerze.

Rasch blickte ich mich um und entdeckte Ben und Chantal hinter mir stehen. Chantal hatte noch immer ihre gruselig weißen Augen, doch Ben sah ganz normal aus.

Erleichtert machte ich einen Schritt auf ihn zu und griff nach seiner Hand. „Hey. Alles okay?"

Er antwortete nicht und starrte nur auf das Bett, in dem eine blasse Frau mit schwarzen Haaren lag.

„Was ist mit ihm?", wandte ich mich an Chantal, die stumm neben uns stand. Sie richtete ihre weißen Augen auf mich und ich hatte das Gefühl, als würde mich ein kalter Luftzug streifen.

„Die Geister seiner Ahnen haben ihn entrückt", antwortete sie emotionslos. „Wir befinden uns hier in der achten Generation vor seinem Menschenleben. Die Antworten, die er sucht, waren seit Jahrhunderten unentdeckt. Sie wehren sich dagegen, die Geheimnisse der Vergangenheit preiszugeben."

„Wie wehren sie sich dagegen?", fragte ich und hatte das Gefühl, dass es seit unserer Ankunft kontinuierlich kälter geworden war.

„Sie wollen nicht, dass wir hier sind", wisperte Chantal und richtete ihre Augen wieder auf das schwere Himmelbett. „Aber sein Blut war stärker als sie."

Ihre Worte beunruhigten mich und ich schaute wieder

zu Ben und versuchte, Augenkontakt herzustellen. Doch er starrte noch immer wie paralysiert auf das Bett mit der blassen Frau darin.

Sie trug ein altmodisches weißes Nachthemd, das an ihrer schweißnassen Haut klebte, und rang hörbar nach Luft. Ihr rasselnder Atem ließ auf eine Lungenerkrankung schließen und ich sah, wie Ben einen Schritt näher zum Bett machte.

Neben der Frau saß ein schlanker Mann mit braunen Haaren, der ihre Hand hielt. Ich hatte ihn schon einmal bei unserer Reise in die Vergangenheit gesehen. Damals war er mit einer anderen Frau aus einer Kutsche gestiegen und hatte ein Grab auf dem Friedhof besucht.

„Emma", flüsterte der Mann nun verzweifelt und küsste ihre Fingerknöchel. „Verlass mich nicht."

Sie öffnete entkräftet ihre grünen Augen und blickte ihn an. Jeder Atemzug schien ihr schwerer zu fallen und die Kerze auf dem Nachttisch flackerte in einem Luftzug. „Ich fürchte, das werde ich", flüsterte sie und benetzte ihre trockenen Lippen mit der Zunge.

Daraufhin begann der Mann zu schluchzen und presste ihre schmale Hand gegen sein Gesicht. „Ich kann ohne dich nicht leben", stieß er erstickt hervor.

In diesem Moment war vor dem Fenster des Raumes ein Knall zu hören und im nächsten Augenblick erhellte das rote Licht eines Feuerwerks das dunkle Schlafgemach.

Die Frau wandte ihr schmales Gesicht dem Fenster zu. „Ist es ... schon Mitternacht?"

Der Mann schüttelte den Kopf. „Noch nicht, mein Liebling."

„Und dennoch feiern sie schon ... den Übergang." Ihr Atem ging inzwischen so schwer, dass sie Pausen in den Sätzen machen musste.

Der Mann hob sein tränennasses Gesicht zum Fenster, hinter dem vereinzelt weitere Lichter in bunten Farben aufblitzten. „Ich sehe nichts, was es im neuen Jahr zu feiern gäbe", sagte er rau. In diesem Moment rang Emma so verzweifelt nach Luft, dass er sich panisch wieder ihr zuwandte. „Liebling! Nein! Du darfst nicht sterben!"

Sie richtete ihren flackernden Blick auf ihn. „Versprich mir ... dass du nie wieder ... jemanden so lieben wirst ... wie mich."

„Ich verspreche es", schluchzte der Mann und bedeckte ihre Hand mit Küssen, während ihr rasselnder Atem das ganze Zimmer erfüllte. „Ich werde dich immer lieben", stieß er hervor.

In diesem Moment machte Emma ihren letzten Atemzug. Ihr Kopf fiel zur Seite und die langen schwarzen Haare umrahmten ihr blasses Gesicht wie ein Schleier. Aus ihren Fingern wich jegliche Kraft und der Mann flüsterte noch ein paar Mal ihren Namen, bevor er sie in seine Arme zog und haltlos zu weinen begann.

Zur selben Zeit explodierte ein grellroter Feuerwerkskörper vor dem Fenster und es war Johlen und Applaus zu hören. Während die Menschen draußen den Beginn des neuen Jahres feierten, hielt er seine tote Frau in den Armen. Sein Schmerz war so überwältigend, dass selbst mir die Tränen in die Augen traten.

Und in diesem Moment spürte ich, wie sich die Dunkelheit im Raum verdichtete und es immer kälter wurde, bis ich das Gefühl hatte, in ein bodenloses Loch zu fallen.

Ich landete auf einer weiten kargen Ebene. Am Himmel stand ein blutroter Mond und in der Ferne war eine dunkelrote Gebirgskette zu erkennen, die mir *bekannt vorkam. Wie beim letzten Mal waren Ben und Chantal auch einfach neben mir aufgetaucht, wobei Ben dieses Mal wieder ganz wie er selbst wirkte.*

„Wo zur Hölle sind wir?", knurrte er und seine schlechte Laune erfüllte mich mit Erleichterung.

„In der Vergangenheit deiner Ahnin, nun aber in der Sinnlichen Welt", sagte Chantal und richtete ihre weißen Augen auf eine schlanke Sinnträgerin mit langen schwarzen Haaren. Sie sah anders aus als die Frau, deren Tod wir gerade miterlebt hatten, aber der Ausdruck in ihren Augen war der gleiche.

Kraft und Entschlossenheit lagen auf ihren Zügen, als sie nun zum Himmel hinaufblickte und dann den schlanken Arm hob, um ihre Finger auf ihre pulsierende rote Zeichnung zu pressen.

„Ich hätte nicht gedacht, dass dies möglich ist", sagte ich fasziniert. Aus irgendeinem Grund war ich davon ausgegangen, dass uns Bens Blut lediglich die menschliche Vergangenheit seiner Vorfahren sehen lassen würde. „Emma wurde als Wutträgerin erweckt."

„Und sie war eine Reisende", bemerkte Ben und marschierte über die trostlose Ebene näher zu der Frau. Während sie eine Hand auf ihre roten Linien drückte, die mich ein wenig an eine Explosion erinnerten, erschuf sie mit der zweiten Hand einen funkelnden Mondlichttunnel.

„Sammanta!", rief in diesem Moment ein zweiter Wutträger und kam über die Ebene zu ihr gelaufen. Er hatte kurze schwarze Haare und trug einen Feueranzug, dessen Flammen knisternd über seine Haut züngelten. Das Symbol auf seinem Handgelenk wies ihn als Magiebegabten aus.

„Was willst du?", fragte Sammanta schroff.

„Ich will mit dir reden", sagte der Wutträger in dem

Feueranzug. Seine Linien erhitzten sich nun ebenfalls.
„Was tust du hier? Willst du sie schon wieder besuchen?
Das ist nicht gut für dich, du solltest wirklich endlich
deinen Frieden damit finden."

Bens Ahnin fuhr mit einer zornigen Bewegung herum.
„Ich habe dich nicht um deine Meinung gebeten! Es geht
dich überhaupt nichts an, was ich mache oder warum ich
es mache!"

Der Mann in dem Flammenanzug presste die Lippen
aufeinander und ich hatte das Gefühl, Wut und Trauer
gleichermaßen in seinem Gesicht wahrzunehmen. „Das
ist nicht mehr dein Leben!", herrschte er sie an. „Du
verbringst inzwischen mehr Zeit in der Welt der Menschen
als hier. Tatsächlich bist du öfter bei ihm als bei … mir."

Die Wutträgerin schnaufte. „Bist du etwa eifersüchtig?"
Aus ihrer Stimme klang nichts als Ablehnung und
ich spürte richtiggehend den Schmerz des Mannes im
Flammenanzug.

„Vielleicht bin ich das tatsächlich. Aber selbst dann
wäre es dir egal, oder?"

Seine Worte schürten den Zorn in Sammantas Gesicht
und ich sah, wie sich ihre Züge verzerrten. „Er hat es mir
versprochen!", brüllte sie ihn an. „Er hat mir versprochen,
nie wieder jemanden so sehr zu lieben wie mich! Und
nun ist mein menschlicher Körper kaum kalt geworden
und er hat sich ihr zugewandt! Gerade ihr!"

„Hör auf!", schrie der Mann in dem Flammenanzug
und in seiner Stimme schwang so ein Zorn mit, dass
die Ebene aufbrach. Der heiße hellrote Strahl eines
Wutgeysirs schoss zischend in die Nacht und Ben riss
mich automatisch zurück, obwohl es sich lediglich um die
Vergangenheit handelte.

„Es reicht! Dein Leben als Mensch ist vorbei, du musst

loslassen!"

Sammanta schüttelte so heftig den Kopf, dass ihre langen schwarzen Haare hin und her flogen. „Das kann ich nicht."

Er schnaubte und die züngelnden Flammen auf seinem Anzug leuchteten fast weiß. „Man kann sich nicht aussuchen, wen man liebt, Sammanta. Glaub mir, ich weiß das."

Mit diesen Worten wandte er sich um und ging davon.

Sie sah ihm noch einen Moment hinterher und biss dann die Zähne zusammen, bevor sie sich ruckartig abwandte und einen neuen Mondlichttunnel erschuf. Dabei brachen ihre blutroten Schwingen mit einem reißenden Geräusch aus ihrem Rücken, bevor sie sich mit einem wilden Schrei vom Boden abstieß und durch den Tunnel in die Menschenwelt flog.

„Das Blut hat noch nicht zu Ende erzählt", sagte Chantal emotionslos, bevor mich ein ungeheurer Sog erfasste, der mich aus der Ebene riss. Es fühlte sich beinahe so an, als würden wir ebenfalls durch einen Mondlichttunnel fliegen, und zum ersten Mal spürte ich Bens Anwesenheit neben mir, als es uns wieder in die Menschenwelt zog.

Hier war ein strahlend sonniger Tag und wir landeten in einer gepflegten Gartenanlage. Den zart knospenden Bäumen nach zu urteilen, musste es Frühling sein und ich atmete tief ein, als ich in einiger Entfernung ein Herrenhaus erkannte, das ich schon einmal gesehen hatte.

Damals hatte uns der Begleiter aus dem Park hierher verfrachtet und uns ein Pärchen mit einem kleinen Mädchen gezeigt.

Heute war jedoch kein Kind weit und breit zu sehen.

Stattdessen stand Emmas Ehemann mit auf dem Rücken verschränkten Armen vor einem kleinen Teich und blickte über das Wasser. Auf seinen Zügen zeichnete sich Trauer ab und er schien so in Gedanken versunken zu sein, dass er den blühenden Garten rund um sich gar nicht wahrnahm.

Ben griff nach meiner Hand und wir traten näher an den Mann heran. Was auch immer uns das Blut zeigen wollte, es schien untrennbar mit ihm verknüpft zu sein.

In diesem Augenblick stürzte auch Sammanta in die Szene. Sie kam direkt aus ihrem Mondlichttunnel und landete elegant auf dem verschlungenen Pfad zwischen den zurechtgestutzten Büschen. Sobald ihre Füße die Erde berührten, lösten sich ihre Flügel in rotem Rauch auf und sie erstarrte, als sie den Mann betrachtete. Dann ging sie zu ihm und nahm vorsichtig seine Hand in ihre. Doch obwohl wir sehen konnten, wie sie seine Finger umschloss, konnte der Mann es nicht spüren. Nur sehr wenige Menschen waren in der Lage, Sinnträger wahrzunehmen.

„Christopher!", ertönte in diesem Moment eine weiche Frauenstimme und der Mann drehte sich um. Dabei verlor er den Kontakt zu Sammanta, die sich wütend ebenfalls umwandte.

Chantal richtete ihre weißen Augen auf den Weg hinter uns und ich sah eine junge Frau mit wehenden schwarzen Haaren durch den Garten laufen. Es war dieselbe Frau, mit der Christopher später ein Kind haben würde.

„Elizabeth", begrüßte er sie und die Trauer in seinen Augen wich der Freude, sie zu sehen. „Ich hatte nicht mit dir gerechnet."

„Nun, es war eine spontane Entscheidung, herzukommen", erwiderte sie mit einem schüchternen Lächeln und errötete ein wenig.

„Du Biest!", flüsterte Sammanta und machte einen Schritt auf die Frau zu, die ich schon einmal in Bens Vergangenheit gesehen hatte. Damals hatte sie gemeinsam mit Christopher den Grabstein ihrer Schwester Emma besucht. „Er gehört mir."

„Eine spontane Entscheidung, über die ich mich sehr freue", erwiderte Christopher. „Möchtest du mit mir einen kleinen Spaziergang machen?"

„Das würde ich sehr gern", sagte Elizabeth und strich sich über ihr helles Frühlingskleid. Dann fiel ihr Blick auf einen Rosenstrauch neben dem Weg und ihre grünen Augen begannen zu schimmern. „Emma hat Rosen geliebt."

Der Mann blickte nun ebenfalls auf die Blumen und schien von seiner Trauer überwältigt zu werden. „Das hat sie", sagte er mit vibrierender Stimme.

Elizabeth trat neben ihn und griff scheu nach seiner Hand. „Sie fehlt mir genauso."

Er nickte und drückte ihre Finger. „Ich weiß."

„Oh nein", fauchte Sammanta und ihre Zeichnung loderte hellrot auf. „Tu das nicht. Benutz nicht seine Trauer, um ihn in deinen Bann zu ziehen, du verdammtes Miststück!"

Unbehaglich beobachtete ich die Szene, die von Sekunde zu Sekunde bedrückender wurde.

„Immerhin hat sie Feuer", bemerkte Ben trocken, der meinen Blick bemerkt hatte.

„Das Blut hat noch nicht zu Ende erzählt", wiederholte Chantal in diesem Moment und wir wurden aus der Menschenwelt hinausgezogen.

Kapitel 9

Im nächsten Augenblick sahen wir Sammanta wieder in der Sinnlichen Welt. Sie trug einen dunkelroten Kapuzenumhang, den sie sich tief ins Gesicht gezogen hatte. Nur ihre stechend grünen Augen und die hellrote Zeichnung auf ihrer Wange waren zu sehen, bevor sie sich mit einer entschlossenen Bewegung eine Holzmaske aufsetzte, die das Antlitz eines wütenden Tigers zeigte.

Diese Maske weckte Erinnerungen in mir und ich griff nach Bens Arm. „Sie ist auf dem Weg zum Mystischen Markt", sagte ich.

Er blickte für einen Moment stirnrunzelnd auf seine Ahnin, bevor er nickte. „Stimmt, da mussten wir ja auch diese verdammten Masken aufsetzen."

„Folgt ihr", sagte Chantal, deren Augen noch immer milchig weiß waren, und wir folgten Sammantas schlanker Gestalt durch eine enge Häuserschlucht, hinter der ein großer Platz zu finden war. Nebel in unterschiedlichen Farben wehte darüber und ich erinnerte mich, dass der Mystische Markt immer wieder seinen Ort wechselte, um nicht so leicht entdeckt zu werden. Als Ben und ich den illegalen Wandermarkt aufgesucht hatten, hatte er auf einem Bergplateau stattgefunden, doch diesmal schien es sich um ein verlassenes Dorf zu handeln.

„Können wir durch den bunten Nebel gehen, ohne die fürchterlichen Sinne wahrzunehmen?", fragte Ben abfällig, als eine Wolke weißen Vertrauensnebels auf uns zu driftete.

„Das könnt ihr. Die Geister zeigen uns nur ein

Abbild der Vergangenheit", erwiderte Chantal mit ihrer mechanischen Stimme, die möglicherweise etwas mit ihrer Trance zu tun hatte.

Ben nickte und wir setzten uns schweigend in Bewegung. Auch der Mystische Markt war unnatürlich still, da hier niemals gesprochen wurde. Die Händler und Käufer verständigten sich mit Handzeichen, um ihre Identitäten geheim zu halten.

Sammanta marschierte zielstrebig auf eine Hütte zu, deren schwarze Wände mit lodernden roten Zeichen bedeckt waren. Ihre hochgezogenen Schultern ließen vermuten, dass sie genau wusste, was sie wollte, und mein ungutes Gefühl verstärkte sich, als wir hinter ihr in die Hütte eintraten.

„Ich habe dich schon erwartet", erklang die schnarrende Stimme einer alten Sinnträgerin, die hinter einem Tisch saß, auf dem feinster Sand ausgestreut war. Offenbar praktizierte sie die verbotene Kunst der Sandmalerei und Sammanta wirkte für einen Moment unsicher, wie sie reagieren sollte.

„Ich dachte, hier wird nicht gesprochen", sagte sie dann hinter ihrer Maske hervor.

Die Alte machte eine beiläufige Handbewegung und die Tür der Hütte fiel mit einem Krachen hinter der Wutträgerin ins Schloss. „Normalerweise tun wir das nicht. Aber bei dir, Kindchen, ist das anders. Du kannst die Maske abnehmen, Sammanta, mein magischer Sand hat mir dein Gesicht schon vor Sonnenläufen gezeigt."

Zögernd löste Bens Ahnin die Tigermaske von ihrem Gesicht und schlug die Kapuze ihres Umhangs zurück. Ihre schönen grünen Augen funkelten, als sie die alte Sinnträgerin anblickte. „Und wie geht es jetzt weiter?"

Das gebückte Weib lachte schallend und die

orangefarbenen Linien ihrer Freudezeichnung glommen auf. „Jetzt hast du die Wahl. Willst du deinem eingeschlagenen Weg wirklich folgen, obwohl dir die leise Stimme in deinem Inneren sagt, dass es Unrecht ist?"

Sammanta zögerte für einen Moment. „Es ist mein Herzenswunsch."

„Ich weiß, ich weiß." Die Alte schlurfte auf Sammanta zu und nahm ihre Hände in ihre. Dann drehte sie sie herum, bis Sammantas Handflächen nach oben zeigten. „Dein Wunsch, bei ihm zu sein, ist stark, Schätzchen, er hat sich durch die Welten hindurch nicht verringert und zeigt sich sogar in der Lebenslinie deiner Sinnlichen Gestalt. Aber das war nicht die Frage." Sie packte Sammantas Hände fester und fuhr mit dem langen Nagel ihres Zeigefingers die Linien auf ihrer Haut nach. „Die Frage lautet, ob du diesen Weg weiterverfolgen willst, obwohl du weißt, dass es Unrecht ist."

Ben spannte sich neben mir an und ich hoffte entgegen aller Vernunft, dass sich Sammanta gegen das Unrecht entscheiden würde.

„Ich will diesen Weg weiterverfolgen", sagte sie in diesem Moment entschieden und die Alte lachte gackernd auf.

„Ich wusste, dass du das sagen wirst."

„Wieso hat sie dann überhaupt gefragt?", entfuhr es Ben genervt.

„Magie dieser Art darf nicht ohne den ausdrücklich ausgesprochenen Wunsch des Sinnträgers vollzogen werden", sagte Chantal neben uns. Ihre weißen Augen starrten dabei blicklos ins Leere.

„Komm mit", flüsterte die Alte Sammanta in diesem Moment zu und wackelte zum hinteren Teil der Hütte, wo sich ein reich verzierter schwarzer Wandschrank befand. Leise murmelnd öffnete sie ihn und fuhr dann mit ihrem langen gebogenen Fingernagel über die bunten Glasphiolen in allen Sinnesfarben. Bei einem roten Herzflakon stoppte sie und griff danach. Darin befand sich ein schwarzes Pulver und die Alte drehte sich mit unerwartet ernstem Gesicht zu Sammanta um.

„Hiermit lässt sich dein Herzenswunsch erfüllen. Doch ich warne dich: Magie dieser Größenordnung hat ihren Preis."

Die Wutträgerin runzelte die Stirn. „Was für einen Preis?"

„Das kann ich dir jetzt noch nicht sagen. Der Sand schweigt, was das betrifft. Aber wisse, dass deine Tat nicht ohne Konsequenzen bleiben wird."

Sammanta zögerte und schien zum ersten Mal echte Bedenken zu haben. „Aber wird es denn funktionieren?"

Die Zeichnung der alten Sinnträgerin leuchtete orangefarben auf und sie begann zu kichern. „Natürlich wird es funktionieren. Alle meine Zauber funktionieren. Sonst wären meine Preise nicht so hoch."

„Und wie lautet der Preis für dieses Pulver?"

Die Alte kniff die Augen zusammen. „333 Währungsblätter."

„333 Blätter?!", stieß Sammanta hervor. „So viel besitze ich nicht."

Die leicht glimmende Freudezeichnung der Sinnträgerin erlosch augenblicklich und sie zog die Hand zurück. „Dann wird es auch nichts mit unserem Geschäft."

„Warte!", rief Sammanta. „Kann ich dir nicht noch etwas anderes anbieten?"

Die Alte schürzte die Lippen und kniff dabei die Augen zusammen. „Na gut", meinte sie schließlich. „Ich mache dir einen Sonderpreis: ein Tropfen deines Blutes, drei deiner ungeweinten Tränen und 117 Währungsblätter."

Sammanta hielt misstrauisch inne. „Wieso sind dir mein Blut und meine Tränen so viel wert?"

Die Verkäuferin legte den Kopf leicht schief. „Wieso willst du das wissen? Du hast doch ohnehin vor, die Sinnliche Welt zu verlassen und nie wieder zurückzukehren." Dann grinste sie diabolisch und wir sahen, wie Sammanta dem Handel mit einem Nicken zustimmte.

Im nächsten Moment zerrte uns eine unsichtbare Kraft aus der Hütte und brachte uns zurück in die Menschenwelt.

„Lass mich raten: Das Blut hat noch nicht zu Ende erzählt", ätzte Ben, als wir uns im Salon des Herrenhauses wiederfanden, welches Emma und ihrem Mann gehört hatte. Vor den Fenstern lag derselbe blühende Garten mit dem kleinen Teich, den wir bereits besucht hatten, und über dem steinernen Kamin hing ein Gemälde von Emma, das ihren Stolz und ihre Schönheit eingefangen hatte.

„Wünschst du, die Reise in die Vergangenheit deiner Ahnen abzubrechen?", fragte Chantal und richtete ihre weißen Augen auf Ben.

Unter ihrem Blick begannen seine zerrissenen schwarzen Linien zu funkeln. „Nein, wünsche ich nicht", presste er hervor und ich ging zu ihm und drückte seine Hand. Das hier mitzuerleben, war auch für ihn nicht leicht und ich hoffte von ganzem Herzen, dass wir am Ende den Grund für seine Albträume verstehen würden – oder es uns auf die Spur des Schwarzen Meisters brachte.

In diesem Moment öffnete sich ein Mondlichttunnel und Sammanta stürzte daraus in den Salon ihres *früheren Hauses. Nachdem sich ihre roten Flügel in einer Rauchwolke aufgelöst hatten, ging sie zum Fenster und sah hinaus in den Garten. Dort machte Christopher gerade einen Spaziergang mit ihrer Schwester. Elizabeth hatte einen weißen Sonnenschirm dabei und beide trugen sommerliche Kleidung in der Mode des frühen 19. Jahrhunderts. Während sie über die verschlungenen Pfade spazierten, hatte sich Emmas Schwester bei ihm eingehängt und lachte über etwas, das er gesagt hatte. Christopher grinste ebenfalls und blieb unvermittelt stehen. Dann zog er Elizabeth an sich und strich ihr zärtlich eine Haarsträhne aus dem Gesicht, während sie ihn atemlos anstarrte. Im nächsten Moment beugte er den Kopf, um sie zu küssen, und Sammanta stieß einen solchen Wutschrei aus, dass ich erschrocken zusammenzuckte.*

Ihre rote Zeichnung loderte auf ihrer rechten Wange, während sie die Szene im Garten beobachtete. „Du diebisches Miststück", zischte sie und umklammerte den Herzflakon mit dem schwarzen Pulver in ihrer Hand. „Nur weil wir Schwestern waren, bedeutet das nicht, dass du ihn nach mir haben kannst!"

„Zu diesem Zeitpunkt hatte sie ihre endgültige Entscheidung getroffen", sagte Chantal emotionslos hinter uns und mir lief ein kalter Schauer über den Rücken, als ich in Sammantas Gesicht sah, das eine wüste Mischung aus Schmerz und Zorn zeigte.

„Was ist dann passiert?", fragte Ben und im nächsten Moment änderte sich die Szene. Wir befanden uns nun im Schlafzimmer des Hauses, demselben Schlafzimmer, in dem Emma gestorben war. Draußen war es schon dunkel und ein leichter Regen klopfte gegen die Fensterscheiben, in denen sich das flackernde Licht einiger Kerzen spiegelte.

Elizabeth trat durch eine Verbindungstür in das

Schlafgemach. Ihre glänzenden schwarzen Haare fielen ihr offen über ein seidenes Nachtgewand, das sich an ihren schlanken Körper schmiegte. Als die junge Frau vor einen kleinen Spiegel trat, war ihr die Nervosität deutlich anzumerken. Offenbar sollte es ihre erste Nacht mit Christopher werden und ich schrak zusammen, als Sammanta plötzlich lautlos hinter ihr auftauchte.

Die Wutträgerin wirkte nun nicht mehr traurig, sondern nur noch entschlossen, als sie über die Schulter ihrer Schwester ebenfalls in den Spiegel blickte.

„Ich weiß, was du vorhast", flüsterte sie voller Zorn, „aber dazu wird es nicht kommen."

Elizabeth bekam eine Gänsehaut auf den Armen und drehte sich ängstlich um, doch auch wenn sie Sammantas Anwesenheit spüren konnte, konnte sie sie nicht sehen.

„Er gehört mir", sagte Sammanta und stellte sich ganz nah zu Elizabeth. „Mir allein."

Mit diesen Worten öffnete sie den Flakon, den ihr die Alte auf dem Mystischen Markt gegeben hatte, und schüttete das schwarze Pulver über Elizabeths Kopf.

Die magische Substanz aus der Sinnlichen Welt verwandelte sich augenblicklich in Rauch und wirbelte in einer schwarzen Wolke um Emmas Schwester herum, immer schneller und schneller, bis die junge Frau einen zitternden Atemzug machte und die ganze Dunkelheit in ihren Mund strömte.

„Verdammt, was macht sie da?", stieß Ben hervor und machte unbewusst einen Schritt auf die beiden zu.

„Sie begeht einen fürchterlichen Frevel", antwortete Chantal ruhig.

Im nächsten Augenblick begann Elizabeth zu husten und griff sich an ihre Kehle. Sammantas Augen glitzerten vor Befriedigung, als sie ihre Schwester so sah, und die

Grausamkeit der Wutträgerin erfüllte mich mit Schrecken.

„Christopher", keuchte Elizabeth kraftlos und taumelte gegen die Kommode. „Ich kann nicht ..." Sie rang nach Luft.

„Spür den Schmerz", sagte Sammanta und betrachtete das Leiden Elizabeths ohne einen Funken Mitleid. „Ich weiß genau, wie sich das anfühlt. Ich habe selbst in diesem Bett gelegen und qualvoll nach Luft gerungen. Du hast doch nur darauf gewartet, dass ich sterbe, um ihn mir wegzunehmen. Aber das lasse ich nicht zu."

In diesem Moment brach Elizabeth zusammen und machte ihren letzten Atemzug. Dabei verließ die schwarze Wolke wieder ihren Körper und hüllte nun stattdessen Sammanta ein, die ihre Augen schloss und gleichzeitig den Mund öffnete, um der Dunkelheit Einlass zu gewähren.

„Oh nein", flüsterte ich, als Sammanta die schwarze Wolke gänzlich einatmete. Gleichzeitig stiegen aus Elizabeths Brustkorb bunte Farben empor, die wirbelnd umeinander tanzten. „Elizabeth wurde zu einer Sinnträgerin", wisperte ich und versuchte zu verstehen, was hier passiert war. „Meinst du, sie ist es? Meinst du, Elizabeth wurde der Schwarze Meister, weil sie von ihrer eigenen Schwester ermordet worden war?"

„Ich weiß es nicht", sagte Ben, als nun auch Sammanta zusammenbrach. Und während die tanzenden Sinnesfarben über Elizabeths Brustkorb in einem vertrauensvollen Weiß aufleuchteten, stieg ein einzelner roter Lichtpunkt aus Sammantas Brust und zischte pfeilschnell in den menschlichen Körper ihrer toten Schwester.

Elizabeth rang daraufhin qualvoll nach Luft und schlug die Augen auf. Kurz glomm ihre Pupille rötlich auf, während der weiße Lichtpunkt über ihrer Brust schwebte und versuchte, wieder zurück in den Körper zu tauchen.

„Verschwinde!", fauchte Elizabeth und rutschte über den Boden rückwärts zur Kommode. „Das ist jetzt mein Körper. Ich habe ihn dir genauso gestohlen, wie du ihn mir stehlen wolltest."

„Verdammte Scheiße", presste Ben hervor. „Wieso besteht meine gesamte Blutlinie aus verrückten Gewalttätern oder Mördern?"

„Das ist nicht deine gesamte Blutlinie", widersprach ich sofort. „Es ist nur sie."

Einige Sekunden beobachteten wir noch, wie das weiße Licht, das einmal Elizabeth gewesen war, verzweifelt versuchte, in ihren Körper zurückzugelangen, bis sie schließlich in einem gleißenden Leuchten verschwand.

„War es das jetzt?", fragte Ben voller Abscheu, als er Sammanta dabei beobachtete, wie sie sich in Elizabeths Körper in die Höhe stemmte und dann langsam mit den Fingern über ihre menschliche Haut strich.

Chantal schüttelte den Kopf. „Es gibt noch eine Station", erwiderte sie. „Dann hat das Blut seine Geschichte zu Ende erzählt."

Kapitel 10

Kaum hatte Chantal die Worte ausgesprochen, riss es uns den Boden unter den Füßen weg und der Sturz in die pechschwarze Finsternis dauerte diesmal so lange, dass ich schon fürchtete, er würde niemals enden.

In diesem Moment rauschten wir in eine neue Szene und ich griff Halt suchend nach Bens Arm, da sich die Welt um mich noch immer viel zu schnell drehte.

Ben hielt mich fest und sah sich dann um. Die spitz zulaufenden schwarzen Linien, die von seiner Wange bis zu seinem Hals hinunterreichten, glitzerten sanft und sein Herz schlug schneller als gewöhnlich.

„Wir waren hier schon einmal", sagte er und ich nickte. Wir befanden uns vor einem Friedhof mit einem hohen schmiedeeisernen Tor.

In diesem Moment fuhr eine Pferdekutsche vor, aus der Elizabeth und Christopher stiegen. Beide trugen dunkle Kleidung und wirkten ernst.

„Ist das vor oder nach dem Mord an Elizabeth?", fragte Ben mit einem Blick auf die junge Frau.

Chantal richtete ihre weißen Augen auf das Paar. „Es ist danach. Der Geist Sammantas lebt hier bereits in diesem Körper."

Ich schluckte und dachte daran, was die Alte auf dem Mystischen Markt gesagt hatte: dass Sammantas Absichten ein Frevel waren und sie noch einen Preis dafür bezahlen müsste.

Das junge Paar ging nun durch das schmiedeeiserne Tor und betrat den weitläufigen Friedhof. Hohe

Kastanienbäume spannten ihr Blätterdach über die Wege und keiner von uns sagte etwas, während wir hinter Elizabeth und Christopher an den Gräbern vorbeigingen.

Schließlich blieben sie vor einem weißen Grabstein stehen, in den mit goldenen Lettern der Name Emma und ihr Geburts- und Todesdatum eingraviert waren:

Emma
8.8.1788 – 31.12.1812

Christopher traten beim Anblick des Grabes Tränen in die Augen und er legte den Arm um Elizabeths Taille. „Ich habe deine Schwester geliebt", flüsterte er.

„Er hat keine Ahnung, dass sie es ist", murmelte ich.

Emma, beziehungsweise Sammanta im Körper von Elizabeth, straffte die Schultern und es dauerte einen Moment, bevor sie antwortete. „Ich weiß", sagte sie dann, ohne den Blick vom Grabstein zu nehmen.

„Und doch … liebe ich dich noch mehr", flüsterte er und drückte seine Lippen an ihren Hals. „Vielleicht … vielleicht war es tatsächlich so vorherbestimmt." Dabei strich er zärtlich über ihren Bauch.

Bei seinen Worten versteifte sie sich und ich konnte sehen, wie sehr seine Worte sie schmerzten.

„Lass uns nicht mehr darüber sprechen", presste sie hervor. „Am besten nie mehr." Dabei wand sie sich aus seinen Armen und erstarrte, als sich ein glitzernder weißer Mondlichttunnel neben dem Grab öffnete und eine schlanke Sinnträgerin daraus hervorsprang. Die Kapuze ihres Umhangs hing ihr so tief ins Gesicht, dass wir ihre Züge nicht sehen konnten und nur das weiße Strahlen ihrer Zeichnung hervorschimmerte.

„Denkst du das Gleiche, was ich denke?", fragte ich

und Ben nickte stumm.

Sammanta im Körper von Elizabeth wich keuchend einen Schritt zurück.

„Was ist mit dir?", fragte Christopher besorgt, der die Sinnträgerin nicht sehen konnte.

Sammanta schüttelte rasch den Kopf. „Es ist nichts", presste sie hervor. „Mir ist nur heiß. Sei so gut und mach mir das hier beim Brunnen nass." Damit drückte sie ihm ein weißes Spitzentaschentuch in die Hand. Es sah genauso aus wie das, welches Ben Chantal gegeben hatte.

Christopher nickte zögernd und nahm das Taschentuch an sich. Dann verschwand er damit zwischen den Bäumen und Sammanta machte einen Schritt nach vorn.

„Was willst du hier?", fauchte sie ihre Schwester an.

„Woher wusste sie, dass Elizabeth da ist?", fragte ich Ben leise.

„Sie hat sie wahrgenommen", erwiderte Chantal auf meine Frage. „Ihre Verbindung zur Sinnlichen Welt war noch so stark, dass sie die Sinnträger auch weiterhin sehen konnte – im Gegensatz zu den meisten anderen Menschen."

„Ich bin nur gekommen, um dir zu sagen, dass ich weiß, was du getan hast", erwiderte die Vertrauensträgerin gefasst. „Du hast mir meinen Körper genommen, obwohl meine Zeit noch nicht gekommen war. Du hast mich ermordet, Schwester."

„Und du wolltest ihn mir stehlen!", fauchte Sammanta.

„Ich wollte ihn dir nicht stehlen, und das weißt du. Du warst tot, Emma."

„ICH HABE GELEBT!", schrie Sammanta und aus ihren Augen sprühte der Zorn. „Ich habe gesehen, wie du dich an ihn rangemacht hast, ich musste es miterleben, an jedem Tag!"

„Nein, musstest du nicht. Es war deine Entscheidung, zuzusehen." Elizabeth machte eine kurze Pause. „Aber du wirst nicht ungestraft damit davonkommen."

Ein kalter Windstoß wehte über den Friedhof und Sammanta schnaubte schnippisch. „Was willst du denn machen? Der Zauber wirkt nur einmal. Du kannst nicht mehr zurück."

„Ich weiß", sagte Elizabeth. „Und ich will auch nicht zurück.

„Und was willst du dann hier?"

„Ich bin nur gekommen, um das hier zu tun."

Mit diesen Worten zog Elizabeth ein schwarzes Behältnis aus Glas aus ihrer Tasche. Es hatte die Form eines Herzens und ich griff instinktiv nach Bens Hand. Innerhalb von Sekunden zog sich der Himmel über dem Friedhof zusammen und eine schwarze Wolkendecke bedeckte die Szenerie. Der Wind fuhr raschelnd durch die Zweige der Bäume und Elizabeth machte einen Schritt auf Sammanta zu.

„Ich verfluche dich", sprach sie klar und laut. „Dich und dein schwarzes Herz. Du hast mir mein Leben und meine Liebe genommen, obwohl deine Zeit längst abgelaufen war."

„Nein", sagte Sammanta und wich kopfschüttelnd einen Schritt zurück. „Das kannst du nicht. Du hast nicht die Macht dazu, mich zu verfluchen."

„Ich habe hier alles, was ich brauche, Schwesterherz." Elizabeths Stimme klang völlig kalt. „Ein Tropfen deines Blutes und drei deiner ungeweinten Tränen, vermischt mit einem Tropfen meines Blutes und all den Tränen, die ich vergossen habe, wenn ich an deine elende Tat dachte." Ihre Stimme schwoll an. „Du und deine ganze Blutlinie seid verflucht! Ein jeder von euch soll den Schmerz *erleiden, den ich erlitten habe, ob nun hier oder in der anderen Welt. Jeder Seelenverbundene, den ihr trefft, soll sterben, jede Liebe verdorren und all eure Herzen mögen so schwarz werden vor Kummer und Gram wie deines!"*

Mit diesen Worten warf sie das gläserne schwarze Herz auf Sammanta, die mit einem Schrei zurückwich. Das Letzte, was ich sah, war, wie das schwarze Herz in tausend Scherben zersprang und ein blutroter, von dunklen Schlieren durchzogener Dampf daraus hervorstieg, der sich um Sammanta schlang und ihr in den Mund und die Nase glitt, sosehr sie sich auch dagegen wehrte.

„Dies ist die Geschichte deiner Ahnen", sagte Chantal im nächsten Moment und ich blickte mich desorientiert um. Der Friedhof und die Schwestern waren verschwunden, stattdessen befanden wir uns wieder in der düsteren Hütte im Erstaunensland. Ben und ich knieten am Boden und ich stützte mich mit beiden Händen ab, da sich der ganze Raum für mich noch immer leicht drehte.

„Und das ist es jetzt?", fragte Ben und richtete sich zitternd auf, wobei er Simeons Stein fest umklammert hielt. „Sammanta wurde verflucht und Lee soll deswegen sterben? Meine gesamte Blutlinie soll ihre Seelenverbundenen verlieren, nur weil diese eine Frau einen Wahnsinn begangen hat?"

„Welche Antwort wünschst du dir darauf?", sagte Chantal ruhig. „Du hast die Geister gerufen und sie haben dir deine Fragen beantwortet. Es liegt nicht in meiner Macht, dein Schicksal oder das deiner Seelenverbundenen zu ändern."

„Aber das kann doch nicht alles sein!", gab Ben heftig zurück. Die Feuerwesen im Raum kamen bedrohlich zischend näher und ich griff beruhigend nach seinem Arm. „Es muss doch einen Weg geben, um diesen Fluch zu brechen!"

„Jeder Fluch endet irgendwann", sagte Chantal und strich sich eine rote Haarsträhne zurück. „Allerdings kenne ich keinen Weg, ihn vorzeitig zu brechen. Ich habe euch gezeigt, was ihr wissen wolltet. Und nun möchte ich meine Bezahlung."

„Deine Bezahlung?", fragte ich und spürte mein Herz heftiger klopfen. „Ich dachte, die hättest du schon erhalten."

Chantal richtete ihre Augen auf mich, die noch immer einen milchigen Glanz aufwiesen, obwohl sie nicht mehr ganz so weiß waren wie während ihrer Trance. „Ich habe euch gesagt, dass es euch Blut kosten wird."

„Und Blut haben wir dir gegeben", entgegnete Ben dunkel. Dabei schob er mich mit der Hand halb hinter sich. „Wir gehen jetzt."

„Ihr werdet nichts dergleichen tun", sagte Chantal und hob die Hände. Die Feuerwesen an den Wänden rückten näher und ich spürte ihre Hitze auf meiner Haut. „Die Geister haben euch zweihundert Menschenjahre in die Vergangenheit gebracht. Dafür reicht ein Tropfen Blut nicht aus."

„Wie viel Blut möchtest du denn?", fragte Ben sarkastisch. „So viel, dass für uns nichts mehr übrig bleibt?"

Ein dämonisches Lächeln glitt über Chantals Gesicht und in dem Moment hatte sie nichts mehr mit dem unschuldigen jungen Mädchen gemein, das ich zu Beginn in ihr gesehen hatte. „Das ist eine ausgezeichnete Idee."

„Ben ...", flüsterte ich und tastete nach meinem Wächterstab, während der Feuerwächter mit den flammenden Hörnern und den langen Fingern aus der Wand glitt und wieder seine dreidimensionale Gestalt annahm.

Ben warf mir einen kurzen Blick zu und nickte beinahe unmerklich, bevor er mit dem Daumen über Simeons Stein rieb und ihn auf den Boden der Hütte warf.

Ein grellgrüner Blitz schlug vor unseren Füßen ein und riss ein qualmendes Loch von etwa zwei Metern Durchmesser in die Erde. Es schien von innen zu leuchten und ich spürte, wie Ben meine Finger noch fester umschloss, bevor er mit mir in Simeons strahlenden Notausgang sprang. Aus dem Augenwinkel sah ich, wie der Flammenwächter auf uns zustürmte und Chantals Gesicht sich zu einer dämonenhaften Fratze verzerrte, in der ich all die Bosheit erkennen konnte, von der die Sinnträgerin in Pampoa gesprochen hatte. Dann brüllte Ben vor Schmerz auf und im nächsten Moment rauschten wir durch den hellgrün leuchtenden Tunnel von Simeons Blitzzauber.

Siebzehn Herzschläge später landeten wir mitten auf einer weiten schneebedeckten Ebene. Von Simeons Magie war nichts mehr zu sehen und nach dem hellen Leuchten war es so dunkel, dass ich kaum etwas erkennen konnte.

„Ben! Bist du verletzt?", rief ich.

Er presste sich die Hand an die Seite. „Die verdammte Kreatur hat mich mit ihren Flammen erwischt." Dann tastete er hektisch seinen rauchenden Kampfanzug ab. „Verdammt. Ich finde Simeons Schutzzauber nicht.

Ich muss sie bei dem Angriff verloren haben."

Tatsächlich war der Anzug an einigen Stellen völlig verkohlt und die Taschen verbrannt. Ich schluckte und wollte mir nicht anmerken lassen, wie schlecht unsere Chancen dadurch standen. Währenddessen fuhr uns der brausende Wind ins Gesicht und es war so kalt, dass meine Haut vor Kälte schmerzte.

„Wir müssen von hier weg", flüsterte ich und schlang die Arme um meinen Körper. „Sonst erfrieren wir."

„Dieser Idiot", schimpfte Ben. „Er sagte, dass uns der Stein direkt in den Palast zurückbringen würde!"

„Vielleicht hatte Chantal einen Zauber dagegen", antwortete ich zitternd, als ich in einiger Entfernung ein feuerrotes Glühen wahrnehmen konnte. „Oh nein", stieß ich hervor.

„Was ist?" Ben sah auf und folgte meinem Blick. Dann biss er die Zähne zusammen. „Das ist ihr Feuerwächter. Wir müssen hier weg." Er packte mich an der Hand und zog mich mit sich durch den Schnee.

Es war so dunkel, dass wir kaum etwas sehen konnten, und obwohl ich zu rennen versuchte, sanken wir bei jedem Schritt so tief im Schnee ein, dass wir kaum vorankamen. Hektisch warf ich einen Blick über die Schulter. Chantals Feuerwächter war uns dicht auf den Fersen und kam in Windeseile näher. Wie ein Komet schoss er über die Schneelandschaft und hinterließ dabei eine flammende Spur, die das Eis zum Schmelzen brachte. Bei seinem Anblick wusste ich tief im Inneren, dass wir keine Chance hatten, vor ihm davonzulaufen.

In diesem Moment lugte der Mond zwischen den Wolken hervor und Ben blieb schlitternd stehen. Dann streckte er den Arm aus und ich sah, wie sich seine zerrissenen schwarzen Linien entfachten, während er die Magie durch seine Fingerspitzen nach draußen lenkte, bis sich ein tellergroßer Strudel bildete, der zu einem leuchtend schwarzen Loch anschwoll, das senkrecht vor uns in der Luft schwebte.

„Schneller!", drängte ich, da das Feuerwesen uns schon beinahe erreicht hatte. Ben schleuderte seine Magie in den Mondlichttunnel und seine schwarzen Schwingen brachen mit einem reißenden Geräusch aus seinem Rücken. Er packte mich und stieß sich gerade vom Boden ab, als ein Feuerball heranbrauste und beinahe einen seiner Flügel traf. Ächzend schoss Ben mit mir in die Höhe, als der Mondlichttunnel instabil wurde und vor unseren Augen zusammenbrach.

„Verdammt!", fluchte er und trudelte knapp fünfzig Meter weiter mit mir zu Boden.

„Alles okay?!", schrie ich, als wir in einer Wolke aus Eis und Schnee wieder in der tödlichen Kälte landeten.

„Das verdammte Vieh hat meine Konzentration gestört", keuchte er schmerzerfüllt, während seine Schwingen sich in einer Wolke schwarzen Rauchs auflösten. „Ich glaube nicht, dass ich es noch einmal schaffe."

„Wir müssen weiter!", rief ich und zerrte ihn in die Höhe. Gemeinsam rannten wir durch die eisige Dunkelheit. Immer wieder tauchten neben uns die Statuen eingefrorener Sinnträger auf und ich fragte mich kurz, ob es nicht besser gewesen wäre, für immer einzufrieren, als von einem Feuerwesen bei lebendigem Leib verbrannt zu werden.

Plötzlich spürte ich einen warmen Luftzug auf dem Rücken und obwohl es sich im ersten Moment gut anfühlte, wusste ich, dass das unser Untergang war.

„Dorthin!", keuchte Ben und riss mich nach links. Zwei eingefrorene Sinnträger standen knapp nebeneinander in der flachen Schneelandschaft und Ben ging mit mir hinter den beiden in Deckung. Dabei tastete er ein weiteres Mal über seinen rauchenden Anzug, um vielleicht doch noch einen von Simeons Zaubern zu finden.

Doch statt uns anzugreifen, kehrte der Feuerwächter um und flog zu Chantal zurück, die erhobenen Hauptes über die eisige Ebene schritt. Von unserem Platz aus konnte ich beobachten, wie sie barfuß der Schneise folgte, die das Feuerwesen in den Schnee geschmolzen hatte. Anscheinend schien der Wächter die Anweisung zu haben, sich nicht zu lange von ihr zu entfernen, denn er huschte ständig um sie herum, ohne sie jedoch zu berühren.

„Ihr könnt euch nicht vor mir verstecken", sagte Chantal mit ihrer mädchenhaften Stimme, nachdem sie mit ihrer Flammenkreatur näher gekommen war.

Ben und ich verhielten uns mucksmäuschenstill, doch Chantal schien genau zu wissen, wo wir waren, denn als sie plötzlich stehen blieb, huschte ein diabolisches Lächeln über ihr Gesicht. Dann wandte sie sich langsam in unsere Richtung und ihr Feuerwächter tat es ihr gleich.

„Ihr schuldet mir noch euer Blut", sagte sie ruhig und verschränkte die Arme vor der Brust. „Es hat keinen Sinn, davonzulaufen."

„Kannst du deinen Wächterstab aktivieren?", flüsterte Ben mir zu und ich tastete rasch nach dem Stab an meiner Hüfte. Sobald ich ihn berührte, fühlte ich das vertraute Prickeln in meinen Fingerspitzen, doch es war so viel schwächer als in der Zeit vor meinem Magieentzug. „Versuch, sie damit zu treffen", raunte er. „Nur ein Schuss."

Ich nickte und schloss die Augen. Dann konzentrierte ich mich auf meine Magie, um sie tief aus meinem Inneren hervorzuholen. Und die Magie reagierte auf meinen Ruf, sie durchfloss meinen ganzen Körper mit ihrer goldgelben Kraft.

„Hol sie dir", sagte Chantal und in diesem Moment öffnete ich die Augen und ließ die Magie durch mich hindurchströmen, von meinem Inneren durch meinen Arm und meine Fingerspitzen bis in den Wächterstab hinein.

Mit einem elektrischen Surren schoss ich einen Energiestrahl auf die Geisterbeschwörerin ab, doch ihr Feuerwesen warf sich davor und fing den Schuss ab. Ein qualvolles Fauchen war zu hören und Ben riss mich auf die Füße.

„Lauf!", schrie er mir zu und ich rannte. Wir ließen das Versteck mit den beiden gefrorenen Sinnträgern hinter uns und hetzten weiter über die schneebedeckte Ebene. Ein paar Meter entfernt tauchte wieder ein eingefrorener Sinnträger auf und ich holte alles aus meinem Körper heraus, um Chantals Feuerwächter zu entfliehen.

Mir war klar, dass der Strahl meines Wächterstabes ihn nicht langfristig aufhalten würde, und tatsächlich brauste in diesem Moment das Feuerwesen hinter uns heran. Ich spürte bereits seine Hitze in meinem Nacken. Trotz der Kälte ringsum war es so heiß, dass ich das Gefühl hatte, jeden Moment zu verbrennen, und dann hörte ich, wie es zischend die Luft einsog.

„Runter!", schrie Ben und riss mich mit sich in

den Schnee. Im nächsten Moment brauste eine Feuersbrunst knapp über uns hinweg, die so heiß war, dass ich vor Schmerz aufschrie. Die Flammen schlugen gegen den eingefrorenen Sinnträger vor uns und der Feuerwächter selbst schien so einen Schwung zu haben, dass er gegen den breiten Rücken der Eisskulptur knallte.

„Jetzt!", schrie Ben. „Versuch, ihn mit deinem Stab an das Eis zu drücken!"

Das Wesen fuhr herum und in seinen gelbroten Augen loderte der Hass. Wieder trug es grellgrüne Hörner auf dem Kopf und bei einem Blick in sein flammendes Gesicht wusste ich, dass es uns nun umbringen würde.

Hektisch riss ich meinen Wächterstab in die Höhe und legte all meine Angst und all meine Kraft in den Wunsch, das Wesen von uns fernzuhalten.

Ein leises elektrisches Summen ertönte und ich spürte das vertraute Kribbeln in meinen Fingerspitzen, als der Wächterstab zum Leben erwachte und sich eine schimmernde Energiehülle um die Kreatur schloss. Sie war nun gemeinsam mit dem eingefrorenen Sinnträger ein paar Meter vor uns in meiner Wächterkugel eingeschlossen und begann, wüst gegen die Wände zu toben.

„Oh Gott, Ben – ich kann es nicht mehr lange halten!", schrie ich, als meine Hand zu zittern begann und mich die Erschöpfung zu übermannen drohte. Die Magie in mir wuchs, aber sie war noch nicht so stark, um meinen Stab wieder normal bedienen zu können.

„Versuch, noch ein wenig durchzuhalten!", schrie Ben. „Sieh doch, er wird schwächer!"

Und tatsächlich wurden die Bewegungen des Feuerwächters immer langsamer, während er zischend und fauchend gegen die Barrieren meines Wächterstabes ankämpfte und dabei ständig gegen den gefrorenen Sinnträger geschleudert wurde, dessen Kälte ihm offenbar die Magie raubte.

„Ich … kann … nicht … mehr!", stöhnte ich und spürte, wie meine Hand zu Boden fiel. Es fühlte sich an, als würde ich jeden Moment ohnmächtig werden, und Ben schob mich hinter sich, als die knisternde Energiehülle meines Wächterstabes zuerst flackerte und dann völlig erlosch.

Augenblicklich war das Feuerwesen wieder frei – doch statt sich sofort auf uns zu stürzen, zischte es nur weg von dem eingefrorenen Sinnträger, dessen Eis durch die Hitze in der Kugel geschmolzen war.

„Es scheint ihn geschwächt zu haben", flüsterte Ben und zerrte mich in die Höhe. „Komm, wir müssen weiter."

Ich warf einen Blick über die Schulter und sah Chantal immer näher kommen. Ihr Feuerwächter umschwirrte sie wieder, doch sein Leuchten hatte tatsächlich abgenommen und war nun nur noch ein schwaches Flackern.

Völlig entkräftet ließ ich mich von Ben hochziehen und versuchte, mich zu motivieren, weiter zu rennen. Meine Beine fühlten sich wie Pudding an und ich war so müde, dass ich mich einfach in den Schnee legen und schlafen wollte.

„Du darfst jetzt nicht schlappmachen", stieß Ben hervor und zog mich an der Eisskulptur vorbei, von der durch den Kontakt mit dem Feuerwesen das Wasser tropfte. Als ich nur ein paar zitternde Schritte zustande brachte, warf er mich fluchend über seine Schulter.

„Nein, Ben, ich bin zu schwer", protestierte ich, obwohl mich die Anwendung meiner Magie so sehr geschwächt hatte, dass ich tatsächlich nicht mehr weiterkonnte.

„Red keinen Blödsinn", knurrte er und hetzte mit mir weiter, als ich einen Blick nach hinten warf und mein Herz einen Schlag aussetzte.

„Oh Gott, Ben, du musst stehen bleiben!"

„Was? Ich bleibe jetzt sicher nicht stehen!", fauchte er und rannte weiter.

„Bleib stehen, es ist Gabriel!", brüllte ich mit überschnappender Stimme. „Gabriel!", schrie ich ein zweites Mal und sah, wie der Eisriese, vor dessen breitem Rücken wir uns in den Schnee geworfen hatten, schwerfällig den Kopf hob. Seine Bewegungen waren sehr langsam, aber er hielt seinen Wächterstab noch immer fest in der Hand und schien meine Stimme zu erkennen.

„Das Feuerwesen hat ihn aufgetaut!", wisperte ich und Ben drehte sich mit mir auf der Schulter herum, bis er zurücksehen konnte.

„Verdammte Scheiße", knurrte er schwer atmend.

„Was? Was ist los?", schrie ich und strampelte mit den Beinen.

„Die Hexe scheint ein paar Beschwörungen gesprochen zu haben, denn das verdammte Feuerding sieht fast aus wie neu."

Hektisch blickte ich mich um. Ben hatte recht. Chantal schritt noch immer gemäßigten Schrittes auf uns zu, während ihr Feuerwächter den Schnee um sie herum schmolz. Obwohl er nicht mehr ganz so kräftig leuchtete wie zu Beginn, hatte er doch an Farbe gewonnen.

„Wir müssen hier abhauen."

Ich schüttelte den Kopf. „Lass mich runter."

Ben fluchte, als ich wieder zu strampeln begann, und setzte mich dann ab. Sofort rannte ich zu Gabriel zurück und legte meine Finger um seine eiskalten Hände.

„Gabriel", flüsterte ich. „Hörst du mich?"

Aus dem Augenwinkel sah ich das Feuerwesen erneut heranzischen, obwohl es diesmal wesentlich vorsichtiger war. Offenbar hatte es Respekt davor, wieder mit einem eingefrorenen Sinnträger in eine Wächterkugel gesperrt zu werden.

Gabriel bewegte langsam den Kopf und ich sah, wie viel Mühe es ihn kostete, die blauen Lippen voneinander zu lösen. Rasch stellte ich mich auf die Zehenspitzen und legte ihm meine Hand auf seine linke Wange, auf der seine weiße Zeichnung in Form einer Feder zu erkennen war.

„Gabriel, du musst zu dir kommen. Wir brauchen deine Hilfe", wisperte ich und hörte das Knirschen von kleinen Eiskristallen, die von seinen Wimpern fielen.

„Wächterin Lee", sagte Gabriel leise und beim Klang seiner tiefen Stimme traten mir Tränen in die Augen.

„Wir sind in Gefahr", fuhr ich dennoch schnell fort. „Jemand will uns töten. Du musst deinen Wächterstab benutzen."

Sofort kam mehr Bewegung in ihn.

„Jetzt hol sie dir endlich", hörte ich Chantal hinter Gabriel zischen und der Feuerwächter raste brausend heran.

„Lee! Pass auf!", schrie Ben und riss mich von

Gabriel weg, als das Feuerwesen hinter den breiten Schultern des Wächters hervorgeschossen kam und mich direkt attackieren wollte. Seine Hitze war so stark, dass es in meiner Kehle brannte, doch Gabriel schien es gutzutun, denn er atmete befreit durch und wirkte mit einem Mal weniger starr.

„Du wirst ihr kein Leid antun, Flammenkreatur", brummte er und richtete seinen Wächterstab auf das Wesen. Im nächsten Moment schloss sich eine knisternde Energiehülle um den Feuerwächter, der frustriert kreischte, als er aus seinem Gefängnis ausbrechen wollte.

„Du kannst ihn nicht ewig darin festhalten, und das weißt du auch", sagte Chantal ruhig, die hinter Gabriel hervorgetreten kam. Ihre flammend roten Haare wehten hinter ihr im Wind und sie wirkte so siegessicher, dass mir eine Gänsehaut über den Rücken lief.

„Nicht ewig", sagte Gabriel langsam und drehte sich schwerfällig in ihre Richtung, wobei die Wächterkugel mit dem gefangenen Feuerwesen mit ihm glitt. „Aber für eine gewisse Zeit."

„Leider bin ich keine besonders geduldige Sinnträgerin", gab Chantal zurück und ihre Augen loderten rot auf. Im nächsten Moment schoss sie einen Feuerball auf Gabriel ab, der ihn an der Schulter traf und seine Wächteruniform zerfetzte. Gabriel schrie vor Schmerz auf und die Wächterkugel zerplatzte, woraufhin der Feuerwächter sein Gefängnis verließ und zu ihr zischte.

„Nun werden wir euch gemeinsam töten", sagte Chantal und schoss einen weiteren Feuerball auf Gabriel ab, der ihn zu Boden warf.

„Wir müssen hier weg!", rief Ben und packte mich an den Schultern.

„Nein!", schrie ich und stürmte der Hexe entgegen, als Gabriel seinen Stab hob und ihn mit einem schmerzerfüllten Brüllen auf Chantal richtete, wo er sie und ihr Feuerwesen in einer leuchtenden Wächterkugel einschloss.

„Nein!", fauchte die Hexe und begann, gegen die magischen Wände ihres Gefängnisses zu hämmern, während ihr Feuerwächter hektisch in der Kugel hin und her zischte. „Hör auf damit, du verbrennst mich!", schrie Chantal, aber die Flammenkreatur hörte nicht auf. Kopflos raste das Feuerwesen durch die Kugel und setzte dabei mit seinen Flammen alles in Brand. Nicht nur das Kleid der Hexe, sondern auch ihre Haare, bis sie lichterloh brannte.

Mit zusammengebissenen Zähnen hielt Gabriel den Wächterstab auf sie beide gerichtet, bis Chantals Schreie leiser wurden und schließlich ganz verstummten, woraufhin sich ihr Feuerwächter in eine Stichflamme verwandelte und verschwand.

Schwer atmend kniete Gabriel im Schnee und es dauerte eine Weile, bis er den muskulösen Arm wieder sinken ließ. Als die Wächterkugel zerplatzte, fiel Chantal auf den Boden und obwohl mich ihr verbrannter Anblick schockierte, wusste ich, dass sie nichts anderes verdient hatte.

„Okay", sagte Ben nach einer Weile und bückte sich, um Gabriel auf die Beine zu helfen. „Ich sag's nur ungern, aber das war beeindruckend."

Gabriel zog seine buschigen Augenbrauen zusammen und betrachtete Ben eingehend. „Versuchst du, dich bei mir zu bedanken, Reisender?"

Ben schüttelte grinsend den Kopf. „Natürlich nicht."

„Lasst uns gehen", sagte ich schnell. „Bevor wir hier alle noch erfrieren." Dabei fiel mein Blick auf eine Pfütze geschmolzenen Schnees auf dem Boden. „Gabriel – denkst du, du kannst mit uns beiden durchs Wasser reisen?"

Der riesenhafte Wächter blickte auf die Pfütze und verzog missbilligend das Gesicht. „Muss der Ekelträger denn auch mit?"

„Ja, er muss auch mit", sagte ich schnell, bevor Ben antworten konnte.

„Dann bin ich mir nicht sicher", meinte Gabriel.

„Würdest du es bitte versuchen?", fragte ich und nahm seine Hand.

„Weil du es bist, Wächterin", erwiderte er langsam.

„Und weil wir sonst erfrieren", fügte Ben hinzu.

Ich warf ihm einen finsteren Blick zu und war froh, als wir endlich durchs Wasser reisten und die Eislandschaft hinter uns ließen.

Gabriel schaffte es tatsächlich, uns durch die Pfütze bis in die Nähe der Bunten Stadt zu bringen. Auf dem anschließenden Fußmarsch in Richtung Palast versuchte ich, ihm schonend die Veränderungen näherzubringen, die er durch seine Vereisung nicht mitbekommen hatte.

„Quirin ist tot?", wiederholte Gabriel nun schon zum zweiten Mal, während er ungläubig in den sternenübersäten Nachthimmel blickte.

„Ja. Er ist während eines Angriffs durch die Totaa gestorben."

„Und es gab … Krieg?"

„Einen fürchterlichen sogar", erwiderte ich und versuchte, die Erinnerungen an all den Schrecken und das Leid zurückzudrängen. „Doch wir haben gesiegt. Die Totaa wurden zurückgeschlagen, nur der Schwarze Meister ist seitdem untergetaucht."

Gemeinsam betraten wir die Stadt und Gabriel blickte staunend auf die bunten Gebäude. „Es hat sich viel verändert."

„Was du nicht sagst", bemerkte Ben.

„Aber du", sagte Gabriel und wandte seinen riesenhaften Kopf Ben zu, „du bist noch genau wie früher."

„Nein, er hat sich schon gebessert", erklärte ich und legte meine Hand auf Bens Arm.

„Du liebst ihn also wieder?", fragte Gabriel, der die Geste bemerkt hatte. Dann stapfte er weiter voran und seine starken Arme schwangen bei jedem Schritt mit. „Mir hat es besser gefallen, als du ihn nicht mehr geliebt hast."

„Tja, das nennt man wohl Pech", knurrte Ben und funkelte den Vertrauenswächter an.

Ich griff beruhigend nach Bens Hand und wandte mich dann an Gabriel. „Sobald wir den Palast erreichen, bringe ich dich zuerst zu einem Heiler. Danach solltest du wahrscheinlich mit Skellan sprechen. Er ist der neue Gestalter der Wachsamkeit und hat sicher eine Aufgabe für dich."

Gabriel nickte vertrauensvoll und ich schlug mit ihm den Weg zum Heiler ein, als ich im Palastgarten Simeon entdeckte. Bei unserem Anblick änderte er sofort die Richtung und kam rasch auf uns zu, woraufhin Ben sich ein genervtes Stöhnen nicht verkneifen konnte.

„Lee, Ben, was für ein Glück, ihr seid zurück", sagte Simeon und stockte kurz, als er Gabriel neben uns entdeckte. „Warst du nicht eingefroren?"

„Das ist eine lange Geschichte", murmelte ich. „Was ist denn los? Irgendwie wirken alle so aufgeregt." Dabei blickte ich mich auf dem Palastgelände um. Die Sinnträger unterhielten sich mit gedämpften Stimmen und irgendwie schien jeder in Eile zu sein.

„Wisst ihr es noch nicht?", stieß Simeon hervor und seine grüne Zeichnung entfachte sich schlagartig.

„Wir waren unterwegs und wären fast getötet worden, weil dein verdammter Zauberstein nicht funktioniert hat", gab Ben zurück. „Also nein, wir wissen es noch nicht."

„Der Gespaltene wurde gefasst!", platzte Simeon heraus und konnte die Neuigkeit offenbar keine Sekunde länger für sich behalten. „Ein Team der Sonderkommission hat ihn gefangen genommen und er sitzt in diesem Moment in unserem Gefängnis."

„Was?", rief ich und spürte, wie mein Herz einen Satz machte. „Können wir zu ihm?"

Simeon schüttelte den Kopf. „Skellan hat die Verantwortung. So lange er dich nicht rufen lässt, musst du leider warten." Dann wandte er sich Ben zu. „Aber was dich betrifft, mein Freund, habe ich eine wundervolle Überraschung."

„Was für eine Überraschung?", fragte Ben misstrauisch und machte vorsorglich einen halben Schritt zurück.

„Eine gemeinsame Mission!", strahlte Simeon, wobei sein Blick ein kleines bisschen flackerte. „Nur du und ich und sonst niemand – also geh am besten gleich packen, wir brechen in einer Stunde auf."

Kapitel 11

„Wächterin. Schön, dass du meiner Einladung gefolgt bist", empfing mich Skellan einige Tage später in einem kreisrunden Raum, der sich im unteren Teil des Palastes befand. Grauer Nebel waberte über die Wände, sodass die Tür, durch die ich gekommen war, nicht mehr zu sehen war.

„Ich hatte nicht mehr damit gerechnet", gab ich unumwunden zu.

Seit unserer Begegnung mit Chantal und der Enteisung Gabriels waren bereits vier Tage vergangen. Ben war noch nicht von seiner Reise mit Simeon zurückgehrt und Gabriel war ins Wachsamkeitsland aufgebrochen, um dort nach seinen Sandadlern zu sehen. Ich hatte mich in der Zwischenzeit mit dem Fluch von Bens Blutlinie beschäftigt, war dabei aber bisher zu keinem nennenswerten Ergebnis gekommen. Deshalb war es eine willkommene Abwechslung, nun von Skellan gerufen worden zu sein.

Konzentriert straffte ich die Schultern. „Wie ich hörte, habt ihr den Gespaltenen erfolgreich festgenommen?"

„Genau genommen war ich es", ließ sich Kay vernehmen, die plötzlich von der anderen Seite aus dem dichten Dunst trat. Die hübsche Sinnträgerin trug einen eng anliegenden schwarzen Anzug, der ihre schlanke Figur betonte, und reckte das Kinn in die Höhe. Dabei funkelte sie mich überheblich an.

Ich erwiderte ihren Blick kühl. „Hattest du nicht

ein Team dabei?"

Ihre Lippen waren nur eine schmale Linie. „Natürlich. Und zwar das fähigste."

Skellan verschränkte die Arme hinter seinem Rücken. „Die Verhaftung war nur der erste Schritt. Seit Tagen unterziehen wir den Gespaltenen dem Verhör, bislang jedoch ohne Erfolg, denn er versteht es, sich unseren Verhörmethoden zu widersetzen."

Ich kniff die Augen zusammen. „Das kann ich mir vorstellen. Ist das der Grund, warum ich hierherkommen sollte?"

Skellan lächelte. „Du begreifst schnell. Unseren Unterlagen zufolge war dir der Gespaltene früher zugetan – und auch wenn er jetzt die Persönlichkeit des Urgestalters in sich trägt, ist sein altes Ich noch irgendwo verankert. Wir haben eine Chance, dass du ihm nach wie vor nicht egal bist und aus der Reserve locken kannst. Ich gehe davon aus, dass du uns entsprechend zur Verfügung stehen wirst?"

Ich nickte. „Selbstverständlich."

Bei dem Gedanken, Jesper gegenüberzutreten, schoss mein Puls in die Höhe. Das letzte richtige Gespräch hatte ich mit ihm im Kubus der Totaa geführt, als er Ben vor meinen Augen töten wollte. Danach war er zu dem Gespaltenen geworden und nicht mehr annähernd der Sinnträger, mit dem ich erweckt worden war.

„Gut. Dann folge uns", sagte Skellan und machte mit seiner Hand eine schnelle Wischbewegung. Der wallende Nebel zog sich zurück und vor uns erschien eine goldene Tür, die zu einer riesigen Halle führte.

Große Fackeln mit schwebenden Lichtsteinen erhellten von beiden Seiten den dunklen Raum, in dessen Zentrum sich ein großer Kasten befand. Seine Scheiben waren mit einem schwarzen Samtvorhang verhängt und an jeder seiner Ecken stand ein Wächter postiert.

„Was ist das?", fragte ich und deutete mit dem Kinn auf den verhüllten Würfel.

„Es ist eine Verhörzelle. Eine besonders gesicherte Verhörzelle", erklärte Skellan und sein Tonfall machte deutlich, dass dem Kubus eine besondere Magie anhaften musste. Dann nickte der Gestalter den Wächtern zu und im nächsten Moment rasselte der Vorhang zu Boden, um den Blick auf sein Inneres freizugeben.

Auf einem einfachen Stuhl in der Mitte saß der Gespaltene mit hängendem Kopf. Er trug eine hochgeschlossene schwarze Uniform, die sich an seinen muskulösen Körper schmiegte, und hatte die Ellbogen auf seinen Oberschenkeln abgestützt. Als er langsam den Kopf hob, zuckte ich leicht zusammen, denn seine rechte Gesichtshälfte war völlig entstellt. Aus den nässenden Wunden seiner rot-schwarz verkohlten Haut tropfte Blut, während seine linke Gesichtshälfte unversehrt war. Nur die stahlblauen Augen erinnerten noch an Jesper, der Rest seiner Züge hatte sich denen des Urgestalters Fredomir angepasst. Dessen attraktives Gesicht wurde von braunem, leicht gewelltem Haar umrandet, das er zurückgekämmt trug. Der grausame Ausdruck seiner Augen bohrte sich direkt in mein Herz. Augenblicklich flackerte seine orangefarbene Gesichtszeichnung auf, die mich an eine Acht erinnerte. Die Lippen des Gespaltenen verzogen sich zu einem hämischen Grinsen, als er aufsprang und mit beiden Händen gegen die Glaswand schlug.

„Ich kann euch nicht sehen, aber ich kann euch fühlen!", donnerte er.

„Die Zelle ist durch spezielle Magie geschützt, unter anderem auch durch einen Zauber, der es uns erlaubt, ins Innere des Würfels zu sehen, ohne dass der Gefangene nach draußen blicken kann", sagte Skellan. „Er kann uns auch nicht hören."

„Ach, ist dem so?", fragte der Gespaltene amüsiert und seine eiskalten Augen wanderten in meine Richtung. „Lee, es freut mich, dass du zu mir gefunden hast."

Mein Herz machte einen Satz und meine Wachsamkeitslinien entbrannten sofort. Kay zog irritiert die Augenbrauen zusammen und Skellan bedachte mich mit einem geheimnisvollen Lächeln.

„Es ist nur ein Trick, er kann lediglich unsere Schwingungen wahrnehmen." Er atmete tief ein. „Aber es ist gut, er kann sich an dich erinnern. Vielleicht reicht das schon."

Der dunkelblonde Gestalter faltete seine Hände vor seiner Brust und senkte die Lider. Im nächsten Moment lösten sich dünne Nebelfäden aus seinen Fingerspitzen, die durch den Raum wehten. Sie umschmeichelten den Kubus wie bei einem Tanz und hüllten ihn ein, als wollten sie ihn verführen. Fast zärtlich strichen die grauen Schleier über die Glaswände und als Skellan die Augen wieder öffnete, durchbrachen die rauchigen Fäden die Scheiben, um sich im Inneren der Zelle zu einer Gestalt zu verdichten.

Ich schluckte, als sich ein Wesen aus den tanzenden Nebelschwaden löste. Mit einem Schlag kamen die Erinnerungen an seine hässliche Macht zu mir zurück.

Wie damals war die Kreatur in einen dunklen

Umhang gehüllt. Ihr Gesicht lag hinter einer grotesken weißen Maske verborgen, deren lang gezogener Schnabel ihr ein furchterregendes Aussehen verlieh. Das schwebende Wesen bestand nur aus dem Kopf und einem langen Korpus, dessen flatternder Umhang den Boden beinahe berührte. Es betrachtete den Gespaltenen bewegungslos und ich konnte die eiskalte Aura des Verdrängten bis hierher spüren, sodass mir ein kalter Schauer über den Rücken jagte.

„Bist du mit den Verdrängten bekannt?", wollte Skellan in dem Moment wissen.

Ich nickte. „Gestalter Quirin hat sie damals zur Befragung eingesetzt, als die Bücher der Macht aus dem achten Raum der Bruderschaft gestohlen wurden. Es sind uralte Wesen der Sinnlichen Welt, die in unser Innerstes vordringen und nach unseren tiefsten Geheimnissen graben."

Automatisch spürte ich wieder den Schmerz, den ich bei meinem Verhör durch die Verdrängten empfunden hatte. Ihre unerschöpfliche Gier hatte sich in mich gebohrt und mich Stück für Stück verzehrt. Ich fühlte die Erinnerung in mir, fühlte, wie sie sich auf der Suche nach meinen verborgenen Wahrheiten tief in mein Fleisch gehackt hatten. Ein Hauch des brennenden Schmerzes, den ihre tastenden Werkzeuge verursacht hatten, kam zurück. Die Kreaturen hatten versucht, meine innersten Mauern einzureißen, als würden sie Stück für Stück etwas aus mir herausbrechen wollen.

„Sie sind gefährlich", sagte ich zu Skellan und hoffte, dass er das leichte Zittern in meiner Stimme nicht bemerkte.

Ein leichtes Lächeln huschte über Kays Gesicht. „Bist du schon mal von ihnen verhört worden?"

„Das bin ich", gab ich unumwunden zu, weil ich vor Kay keine Schwäche zeigen wollte. Ich straffte die Schultern und fokussierte mich wieder auf den Glaskasten. „Und ihr hofft, über sie an Ergebnisse zu gelangen?"

Skellan nickte. „Die Verdrängten haben sich in der Vergangenheit des Öfteren als sehr effektiv bewiesen."

„Und Ihr habt sie unter Kontrolle?"

„Natürlich. Ich werde die Fehler meines Vorgängers nicht wiederholen", sagte Skellan und spielte auf den Ausbruch der Verdrängten an, der unter Quirins Regentschaft stattgefunden hatte. „Die Verhandlungen mit der Schattigen Unterwelt haben sich hier übrigens als sehr vorteilhaft erwiesen und ich bin froh, dass in wenigen Tagen die Delegation der neuen Regierung eintreffen wird. Wer weiß, was sie noch alles für uns haben."

Der Verdrängte schwebte noch immer bewegungslos im Glaskasten und fixierte den Gespaltenen, der sich inzwischen wieder hingesetzt hatte. Der Gefangene schien die Ruhe selbst zu sein und sich von der Kreatur nicht irritieren zu lassen.

„Wie meint Ihr das?", fragte ich. „Inwiefern haben sich die Verhandlungen als vorteilhaft erwiesen?"

Skellan atmete tief ein. „Die Schattige Unterwelt hat lange Zeit im Verborgenen gelebt und war eine Zufluchtsstätte für all jene, die an der Oberfläche keinen Platz mehr fanden. Kriminelle, der Abschaum der Gesellschaft – doch auch diese Sinnträger verfügen über Wissen und dunkle Magie. Magie, die sich manchmal als nützlich erweisen kann. Sagen wir so: Die Verdrängten sind dank der Möglichkeiten der Schattigen Unterwelt unter meiner Kontrolle."

„Meinen Informationen zufolge kennt Lee die Schattige Unterwelt sehr gut", bemerkte Kay. „Hast du dich dort nicht sogar eine Zeit lang versteckt?"

Ich spürte, wie meine Abneigung gegen die Wutträgerin mit jedem Augenblick weiter stieg, und setzte schon zu einer Antwort an, als Skellan uns bedeutete, still zu sein und unsere Aufmerksamkeit auf den Glaskubus zu richten.

Der Verdrängte, der beinahe doppelt so groß war wie der Gespaltene, legte mit einer langsamen Bewegung seinen Kopf schief. Dabei fixierten seine pechschwarzen Augen, die unter seiner weißen Maske hervortraten, den Gefangenen und ich war froh, nicht an seiner Stelle zu sein. Denn ich wusste, was nun kommen würde.

Aus dem Torso des Verdrängten schälten sich dunkle, rauchende Kettenfäden, an deren vorderstem Ende sich ein spitzer Eispickel befand. Das eisige Werkzeug schwebte bedrohlich in der Luft und eine unheimliche Stille spannte sich über den Raum. Es war, als ob die Kreatur sämtliche Geräusche in sich aufsog. Selbst Kay, die mich vorhin noch verächtlich angesehen hatte, wirkte wie festgefroren und ich hatte das Gefühl, nicht mal mehr meinen eigenen Herzschlag wahrnehmen zu können.

Der Gespaltene saß nach wie vor ruhig auf seinem Stuhl und seine Gelassenheit irritierte mich. Denn als Jesper hatte auch er die grauenhaften Verhöre der Verdrängten hautnah erlebt und wusste, was ihm nun bevorstand. Es sei denn …

Die spitzen Fäden krochen auf den Gespaltenen zu, um mit einem gezielten Stich in seinen Hals einzudringen. Ich sah, wie sich das entstellte Gesicht des Gefangenen vor Schmerz verzog, wie sich sein Körper nach hinten bog und seine Arme und Beine unter der Kälte der Befragung zu zucken begannen. Dann brüllte der Gespaltene auf und der Laut fuhr mir durch Mark und Bein, bevor das Geräusch in ein schallend lautes Lachen überging.

Ich glaubte, meinen Augen nicht zu trauen, als der Gespaltene aufstand und sich dem Verdrängten entgegenstellte. Sein eiskalter Blick fixierte das Wesen, das sich unter seiner Aufmerksamkeit zu winden begann. Der Gespaltene murmelte ein paar Worte in einer fremden Sprache und der Verdrängte schien gegen eine unsichtbare Kraft zu kämpfen, die ihm das Leben zu nehmen schien.

Im nächsten Moment dröhnte ein gellender Schrei durch die Halle. Es war ein grässliches Kreischen, das sich aus Tausenden schreienden Stimmen zusammensetze und die Qual aller Gefolterten wiedergab – die vollkommene Mischung aus Schmerz und Angst. Schnell schlug ich die Hände auf meine Ohren, um die hässlichen Laute abzuschwächen.

Begleitet wurde das furchtbare Kreischen von einem Luftzug, der über uns hinwegfegte und aus einer älteren Welt zu kommen schien. Meine Haare wurden aufgewirbelt und ich sah aus den Augenwinkeln, wie sich auch die postierten Wächter unter dem schmerzerfüllten Schrei krümmten, bis der Verdrängte in schwarze Staubpartikel zerfiel und sonst nichts mehr von ihm übrig blieb.

Der Gespaltene drehte seinen Kopf langsam zu uns. „Glaubt ihr wirklich, mich mit dieser Kreatur weich schlagen zu können? Ich bin ein Urgestalter, ich habe diese Wesen beherrscht!"

Beim Klang seiner Stimme bekam ich eine Gänsehaut.

Skellans Körper war angespannt wie eine Feder. „Es ist noch nicht zu Ende", flüsterte er und machte dann auf dem Absatz kehrt, um die Halle zu verlassen. Es war ihm deutlich anzusehen, dass er seinen Trumpf verspielt hatte und sich von dem Verdrängten mehr erhofft hatte.

Ein verzerrtes Lächeln erschien auf dem Gesicht des Gespaltenen und der Blick aus seinen stahlblauen Augen richtete sich auf mich. „Lee, komm doch näher. Wir können uns ein wenig unterhalten."

„Und worüber?", fragte ich, ohne mich von der Stelle zu rühren. Offenbar war er entgegen Skellans Annahme doch stark genug, um den Sicht- und Hörschutz der Verhörzelle zu brechen.

„Worüber du möchtest. Ist es nicht eine Ironie, dass wir uns hier begegnen? Ich, festgehalten in einem Glaskubus – war es das letzte Mal nicht andersherum? Bevor ich dieses", er strich sich mit der Hand über seine entstellte Gesichtshälfte, „dieses Aussehen bekommen habe?"

„Du genießt es, nicht wahr?", fragte ich, während Kay uns nicht aus den Augen ließ.

„Mein Aussehen?"

„Das auch. Du hättest alle Möglichkeiten, dich zu verändern, wenn du wolltest. Gerade eben hast du uns doch erst einen Teil deiner Macht demonstriert."

Der Gespaltene leckte sich mit der Zunge über die Lippen. „Es stimmt, es wäre ein Leichtes, mir ein anderes Äußeres zu verleihen. Aber es ist viel zu verführerisch, es zu behalten und zu zeigen, wer ich wirklich bin. Wie viele überdecken mit ihrem hübschen Gesicht ihre innere Hässlichkeit?"

„Und du zeigst, dass du gespalten bist?"

Er tippte mit seinen Fingerspitzen gegen die Glasscheibe. „Zumindest ein wenig, denn natürlich genießt der Wutträger, den du kanntest, meine ganze Herrlichkeit. Jesper, Jesper, Jesper – was ist bloß von ihm übrig geblieben?" Er machte eine kurze Pause. „Wie geht es übrigens deinen anderen Gefährten? Wie viele von ihnen haben ihren Ausflug in die Katakomben des Schreckens überlebt? Haben sie die Spiele genossen?"

Kay zuckte bei der Erwähnung der Katakomben kaum merklich zusammen und mir wurde bewusst, dass das orangefarbene Buch noch immer eine starke Verbindung zu dem Gespaltenen haben musste, wenn er von den furchtbaren Spielen wusste.

„Ich denke nicht, dass du deine Hässlichkeit nach außen tragen möchtest", sagte ich, ohne auf seine Frage einzugehen.

Er hob eine Augenbraue. „Und was möchte ich dann?"

„Es bereitet dir Freude, den Schrecken und die Panik der anderen bei deinem Anblick zu sehen."

Er runzelte den Teil seiner intakten Stirn. „Und warum hast du keine Angst vor mir, Wächterin?"

Ich machte einen Schritt auf ihn zu. „Weil du verloren hast. Jesper. Fredomir. Gespaltener."

Er wirkte belustigt. „Ach, habe ich das?"

„Sag du es mir. Du sitzt in einem Glaskubus fest."

„Stimmt. Da war ja noch etwas." Die aufgesetzte Gleichgültigkeit, mit der er das sagte, machte mich wachsam und ich fühlte, wie sich die Linien meiner Zeichnung erhitzten.

„Ich habe dich in dem Spiegel sterben sehen", sagte ich aus einem Impuls heraus.

Ein eigenartiger Ausdruck huschte über das Gesicht des Gespaltenen und er fuhr sich unruhig durch seine braunen Haare. „Du lügst."

„Bist du dir da so sicher?", fragte ich und machte noch einen selbstbewussten Schritt auf ihn zu.

„Ist das dein Versuch, mich mit dem Spiegel aus dem Konzept zu bringen? Er zeigt Möglichkeiten der Zukunft, Wächterin, und ich bin mir sicher, dass er dir diese Zukunft nicht gezeigt hat."

„Warum? Weil du ihn selbst benutzt hast?"

Der Gespaltene rieb sich über das Kinn. „Deine Art, mich zu provozieren, hat etwas Unterhaltsames. Wusstest du, dass der Spiegel von zwei Urgestaltern erschaffen wurde? Von Ernesto und Azrael. Azrael hat schon immer ein Faible für die Zukunft gehabt, während Ernesto für seine magischen Spielereien und seine bildhübsche Tierverbundene schwärmte. Nun, er war schon immer getrieben von seinen hoffnungslosen Wünschen. Spieglein, Spieglein an der Wand, wer war der Letzte in meinem Land?" Er lächelte breit und in dem Moment flackerte der Blick des Gespaltenen kurz, als hätte er zu viel verraten. „Die Urgestalter haben wunderbare Dinge erschaffen – so wie die Bücher der Macht, nicht wahr?"

„Darüber kann man geteilter Ansicht sein", erwiderte Kay schroff und trat aus dem Hintergrund an die Glasscheibe heran. „Ich habe langsam genug von deinem Geplänkel. Wer ist der Schwarze Meister? Und wo versteckt er sich?"

Der Gespaltene drehte sich einmal um seine eigene Achse. „Ich kann dich nicht hören, leider! Die Magie dieses Würfels ist zu stark", lachte er und legte seinen Kopf in den Nacken. „Der Schwarze Meister ... Ist es überhaupt der Schwarze Meister oder der Blaue, Grüne, Rote, Gelbe, Weiße, Violette Meister?" Sein Lachen schwoll an und rollte durch die Halle. „Oder gar der Orangefarbene?"

„Komm, wir gehen", sagte Kay und obwohl ich ihren Befehlston nicht leiden konnte, schloss ich mich ihr an. Dabei zogen die Worte des Gespaltenen durch meinen Kopf. *Azrael hat schon immer ein Faible für die Zukunft gehabt, während Ernesto für seine magischen Spielereien und seine bildhübsche Tierverbundene schwärmte.*

Ich dachte an das, was ich über den Urgestalter des Erstaunens wusste. Er war es gewesen, der in seinem magischen Artefakt den Kompass versteckt hatte, der uns in weiterer Folge zu den silbernen Schatullen geführt hatte. Deren Rätsel war damals durch Simeon gelöst worden, der auch das Grüne Buch der Macht entdeckt hatte – allerdings hatte er erst seinen Wunsch unterdrücken müssen, das Buch der Macht finden zu wollen. *Nun, er war schon immer getrieben von seinen hoffnungslosen Wünschen. Spieglein, Spieglein an der Wand, wer war der Letzte in meinem Land?*

„Das war Zeitverschwendung", schnaubte Kay, als wir die Halle verlassen hatten und durch den Nebel des kreisrunden Raumes einen langen Korridor betraten.

„Bist du dir da so sicher? Fredomir liebt Rätsel. Vielleicht hat er uns eines gestellt?", dachte ich laut nach.

Kay warf mir von der Seite einen abschätzigen Blick zu. „Das sind doch nur die verrückten Worte eines Psychopathen. Willst du wirklich noch mehr

Zeit verschwenden, indem du ihnen Gewicht gibst?",
zischte sie mich an und ich war froh, dass wir die
herrschaftliche Treppe erreichten, die uns nach oben
führte. „Skellan hat große Hoffnungen in dieses Treffen
gesetzt. Der Plan mit dem Verdrängten war gut."

„Ich glaube nicht, dass es nur verrückte Worte
waren. Ich glaube, dass Fredomir genau weiß, was
er tut. Und ich bin mir nicht sicher, ob er sich nicht
freiwillig in der Zelle befindet."

Kays Augen verdunkelten sich. „Du glaubst, dass er
sich absichtlich hat fangen lassen?"

„Du hast doch gesehen, wozu er imstande ist. Er
verfügt über uralte Magie. Wieso konntet ihr ihn also
gerade jetzt schnappen? Er hätte sich doch überall
verstecken können."

„Er hat vielleicht noch ein paar Tricks auf Lager,
aber das ist auch schon alles. Wir hingegen haben
unseren Auftrag nicht durch Tricks erfüllt, sondern
durch hervorragende Arbeit", erwiderte sie kühl und
musterte mich von oben bis unten. „Kommst du
etwa nicht damit klar, dass es einmal nicht du bist,
die die Sinnliche Welt vor ihren Gefahren rettet? Ich
habe deine Akte gelesen und sie strotzte nur so vor
Geltungsdrang. Der Kampf gegen Ruwen, der Kreis
der Auserwählten und jetzt eine Achtsame. Du kannst
es nicht ausstehen, wenn dich jemand übertrifft."

Ich glaubte, nicht richtig zu hören. „Du denkst, dass
ich mit Absicht gegen Ruwen gekämpft habe? Dass
ich mich darum gerissen habe, eine Auserwählte zu
werden und mein Leben aufs Spiel zu setzen?"

„Es sieht ganz danach aus. Aber jetzt unterstehst
du meinem Team, Lee. Was bedeutet, dass du
meinen Anweisungen zu gehorchen hast. Und meine

Anweisung lautet: Kümmere dich nicht um die verrückten Worte des Gespaltenen, sondern darum, den Schwarzen Meister zu finden."

Als ich Simeons Gemächer betrat und mir die Schlüsselmünze für den Verschlussraum aus seinem Geheimversteck schnappte, das ich schon in den ersten Tagen als Achtsame ausfindig gemacht hatte, wusste ich, dass ich gegen Kays Anweisung verstieß. Nach der Diskussion mit ihr war mir das aber nur recht und ich verfluchte es, dass sie die Sonderkommission leitete und blind war für das, was wir gehört hatten. Denn mein Instinkt sagte mir, dass Fredomir nicht so verrückt war, wie er vorgab.

Während ich den labyrinthartigen Gängen des Plastes folgte, versuchte ich, mich so unauffällig wie möglich zu benehmen. Der Verschlussraum lag im zweiten Stock und ich hätte Ben am liebsten in meine Überlegungen miteinbezogen. Leider hatten wir, seit er mit Simeon aufgebrochen war, überhaupt nicht mehr miteinander sprechen können und ich wusste nicht mal, wo er sich im Moment aufhielt. Ich wusste nur, dass seine Reise mit der Verbesserung des Mahnmals zu tun hatte.

Die letzten Tage hatte ich damit verbracht, in den magischen Bibliotheken des Palastes und der Sinnlichen Welt nach Informationen über Bens Fluch zu suchen. Leider hatte ich dabei keine großen Fortschritte erzielt und hoffte nun, wenigstens in dieser Sache einen Schritt weiterzukommen.

„Du wünschst Zutritt, Achtsame Lee?", fragte mich der steinerne Mund, der zu dem kreisrunden Gesicht gehörte, das die Tür zum Verschlussraum zierte.

Seine kleinen grauen Augen verengten sich und der Türwächter rümpfte die spitze Nase.

„Ja, das wünsche ich", sagte ich und steckte Simeons funkelnde grüne Zutrittsmünze in den Mund des grauen Gesichtes. Es verzog die Lippen, schob sie nach links und nach rechts, bis es die Münze akzeptierte.

„Zutritt gewährt." Das Gesicht spuckte die Münze wieder aus und die beiden hohen Steintüren schwangen langsam auf.

Schnell betrat ich den lang gezogenen Raum, an dessen Wänden Dutzende gläserne Tische standen. Auf jedem dieser Tische befand sich mindestens ein magischer Gegenstand und ich registrierte erleichtert, dass ich allein war. Mit einem knirschenden Geräusch fielen die Türen hinter mir zu und ich beschloss, mich zu beeilen.

Mit schnellen Schritten ging ich an den Tischen vorbei, auf denen ich nicht nur die goldene Truhe, sondern auch einige magische Waffen erkannte. Ich versuchte, ihnen nicht zu viel Aufmerksamkeit zu schenken, und näherte mich dem Tisch, über dem der Spiegel schwebte. Sein Rahmen war mit gold-schwarzvioletten Blättern verziert und ein sanftes, unheilvolles Glühen ging von ihm aus. Mein Blick fiel auf die glatte Fläche, auf der ich mich spiegelte. Einen Herzschlag später lief ein Zittern über die Oberfläche und mein Spiegelbild verschwand vor meinen Augen, um mir etwas anderes zu zeigen.

Ich sah mich, wie ich mit Ben durch den Palastgarten schritt. Ein leichter Schimmer umgab mich und es wirkte, als würden Ben und ich streiten, bevor er sich prüfend an die Brusttasche seines festlichen Anzugs griff. Die Szene verschwamm vor meinen Augen und einen Moment später erkannte ich Simeon, wie er mit Etienne zusammen war. Sie zitterte am ganzen Körper und er fuhr ihr zärtlich über die Wange, bevor er sie zu sich zog und küsste. Bei diesem Anblick schluckte ich und als sich erneut das Bild verschob, zeigte mir der Spiegel einen turmhohen Raum mit Bücherregalen, die bis an die Decke reichten. Sie waren mit Tausenden Kopien der Bücher der Macht gefüllt. Das goldene Tor des Raums öffnete sich und Gestalterin Vandora trat ein. Kurz sah sie sich verstohlen um, bevor sie zielsicher zu einem der Regale schritt und ein violettes Buch der Macht daraus hervorzog.

Unwillkürlich trat ich einen Schritt zurück. Eigentlich war es nicht meine Absicht gewesen, den Spiegel zu aktivieren. Ich durfte mich von den Bildern nicht ablenken lassen. Fredomir hatte behauptet, dass Ernesto für magische Spielereien geschwärmt hatte. Was, wenn er auch hier eine Spielerei eingebaut hatte, so wie er es damals bei seinem magischen Artefakt getan hatte? Was war, wenn „Spieglein, Spieglein an der Wand, wer war der Letzte in meinem Land?" tatsächlich ein Rätsel war? Wenn der Spiegel vielleicht von selbst preisgeben konnte, wer ihn zuletzt besucht hatte?

Mit klopfendem Herzen trat ich von hinten an den magischen Gegenstand heran und begann, seinen prunkvollen Rahmen zu untersuchen. Dabei entfachten sich die filigranen Linien meiner Gesichtszeichnung. Vorsichtig tastete ich mit den Fingerspitzen die gold-schwarzvioletten Blütenblätter ab. Dabei nahm ich jedes Detail und jede Unebenheit in ihrer Form wahr – doch ich konnte leider nichts Auffälliges entdecken.

Frustriert stellte ich mich wieder vor den Spiegel,

getrieben von dem Wunsch, mehr herauszufinden. In dem Moment fiel mir wieder ein, was mit den silbernen Schatullen passiert war. Erst als sich Simeon von dem Wunsch befreit hatte, ihr Geheimnis zu lüften, hatten sie sich ihm offenbart.

Ich zog tief die Luft ein und versuchte, mich von der Neugierde zu lösen, wer den Spiegel vor mir benutzt hatte. Dabei wandte ich jene Techniken an, die ich im Training zur Stärkung meiner magischen Fähigkeit erlernt hatte. Ich leerte meine Gedanken und schaltete meinen Kopf für einen Augenblick vollkommen aus. Es klappte nicht sofort, doch als ich an Ben dachte, als ich einfach nur in meine Gefühle für ihn eintauchte und diese enorme Liebe durch mich hindurchrauschen ließ, blitzte ein grüner Schein über die glatte Oberfläche des Spiegels. Im nächsten Moment sah ich mich, wie ich vor dem magischen Gegenstand stand, danach erkannte ich Simeon und Etienne. Und dann zeigte mir der Spiegel alle Gestalter, wie sie nacheinander einen Blick in die mögliche Zukunft warfen. Dabei waren es jedoch nicht nur die Gestalter, die sich öfter des Spiegels bedienten – sondern auch jemand anderer. Coel.

„Was machst du hier?", hörte ich plötzlich eine Stimme in meinem Rücken und fuhr mit einer schnellen Bewegung herum. Hinter mir trat Coel durch die steinerne Tür. Er trug eine grüne Robe und fixierte mich düster.

„Ich soll den Spiegel untersuchen", log ich.

Coels grüne Gesichtszeichnung entfachte sich. „Hast du die Genehmigung eines Gestalters?"

„Natürlich."

„Dann zeig sie mir. Wie du weißt, ist sie zur

Betretung des Verschlussraumes notwendig."

„Und wo ist Eure Genehmigung?", gab ich widerborstig zurück. Auch wenn Coel gern Gestalter wäre, war er es noch lange nicht.

„Ich kann sie dir gern zeigen", erklärte Etiennes Achtsamer, der noch immer in der Tür stand, und zog eine rote Schlüsselmünze aus seinem funkelnden Umhang hervor. Er tippte darauf und Etiennes leuchtendes Konterfei erschien.

„Coel, ich beauftrage dich, dir den gefundenen Spiegel genauer anzusehen." Coel ließ die Münze wieder in seinem Umhang verschwinden, während er seine Augen nicht von mir nahm. „Und – wo ist deine Genehmigung?", fragte er kühl. „Wie du weißt, ist der Spiegel von besonderem Wert. Das bedeutet, dass jeder, der sich ihm ohne Berechtigung nähert, besonders verdächtig ist."

Ich fühlte, wie sich mein Puls beschleunigte. Fieberhaft überlegte ich, wie ich aus der Sache hier herauskam. Auch wenn mir Simeon die Schlüsselmünze höchstwahrscheinlich sowieso anvertraut hätte, hatte ich sie ihm jetzt doch entwendet und deshalb keine Genehmigung.

„*Ich* habe Lee beauftragt, sich den Spiegel genauer anzusehen", ertönte in dem Moment Alfonsus' Stimme. Der neue Gestalter der Angst trat hinter Coel hervor und bedachte diesen mit einem knappen Lächeln.

Coel, dem es sichtlich missfiel, mich – und damit notgedrungenerweise auch Simeon – vom Haken zu lassen, nickte. „Selbstverständlich." Das Wort klang bitter aus seinem Mund.

„Würdet Ihr uns für einen Moment entschuldigen?

Ich möchte gern unter vier Augen mit der Achtsamen des Grünen Gestalters sprechen", sagte Alfonsus nun und Coel presste die Lippen aufeinander, bevor er sich unwillig zurückzog.

„Danke", sagte ich, nachdem sich die Türen hinter dem Achtsamen geschlossen hatten.

„Meine Sympathie für Coel hielt sich schon während seiner Regentschaft in Grenzen", erwiderte Alfonsus und machte ein paar Schritte durch den Raum.

„Und wegen dieser Antipathie habt Ihr mir geholfen?"

Er schüttelte den Kopf. „Nein, nicht deswegen, Lee. Ich kenne dich mittlerweile lange genug, um zu wissen, dass du deine Gründe hast, wenn du etwas tust."

„Und die wollt Ihr nicht wissen?"

Er schüttelte erneut den Kopf. „Das brauche ich nicht. Schließlich vertraue ich dir." Er lächelte mich an und ich spürte den Anflug eines schlechten Gewissens, weil ich Alfonsus in den zertrümmerten Ruinen des Angstlandes verdächtig hatte, der Schwarze Meister zu sein. „Aber ich vertraue nicht jedem hier im Palast", fügte er hinzu. „Und ich befürchte, dass die Bücher der Macht nicht so sicher sind, wie alle glauben."

„Wie kommt Ihr darauf?"

Der Gestalter mit den grau melierten Haaren lächelte. „Nenne es ein Gefühl, nenne es meinen Sinn. Aber ich habe die Gräueltaten des Schwarzen Meisters miterlebt und sie haben sich in mein Gedächtnis gebrannt. Ich denke nicht, dass er schon erreicht hat, was er wollte. Ich denke, dass er die Bücher für etwas benötigt und noch immer hinter ihnen her ist."

„Aber wieso?"

„Das kann ich dir leider nicht sagen", meinte

Alfonsus und ich konnte die Neugierde in seinen Augen funkeln sehen. „Aber ich würde es liebend gern wissen."

Kapitel 12

An diesem Abend kam Ben endlich von seiner Mission mit Simeon zurück und ich war unendlich froh, ihm alles über mein Gespräch mit dem Gespaltenen und den Besuch beim Spiegel erzählen zu können. Woraufhin er mir erklärte, dass wir sofort wieder mit dem Kampftraining beginnen würden.

„Fester, du kannst ruhig fester zuschlagen", knurrte Ben am Morgen des nächsten Tages und ich deutete einen rechten Haken an, während ich ihm in Wirklichkeit mit einem schnellen Kick die Beine wegtreten wollte. Ben wich mir jedoch geschmeidig aus und drehte sich mit einer raschen Bewegung hinter mich. Ruckartig fuhr ich herum, doch im nächsten Moment hielt er mich bereits an meinen Oberarmen fest. „Was ist bloß los mit dir? Du bist so unkonzentriert."

Ich atmete tief ein und löste mich aus seinem Griff. Dann ging ich ein paar Schritte und bückte mich nach einer Flasche, die am Rand des Trainingskreises stand. In der kuppelförmigen Halle, in der wir trainierten, befanden sich Dutzende solcher kreisrunden Markierungen auf dem steinernen Boden, die jeweils in den Farben der Sinnträger schimmerten, die dort gerade ihre Übungen ausführten.

In einiger Entfernung sah ich Carinna mit Etienne in einem gelb-roten Kreis trainieren und dann noch ein paar Träger, dich ich nur vom Sehen kannte.

Keuchend öffnete ich die Flasche und trank ein paar Schlucke daraus.

„Ich habe das Gefühl, dass du mir seit deiner Rückkehr etwas verheimlichst."

Ben trat an mich heran und wischte sich die schweißnassen Haare aus der Stirn. „Was soll ich dir denn verheimlichen? Wir haben die ganze Fluchgeschichte gestern Abend mehrfach durchgekaut. Und wir sind auch dadurch nicht weitergekommen."

Ich schüttelte den Kopf. „Darum geht es nicht. Aber ich habe dir alles über das Verhör mit dem Gespaltenen, den Spiegel und Coel erzählt – und du hältst dich noch immer bedeckt, was deinen geheimen Auftrag mit Simeon anbelangt."

Bens Augen verengten sich. „Ich halte mich bedeckt, weil es nichts zu erzählen gibt."

„Sicher?"

„Ganz sicher. Simeon hat mich von einem seltsamen Ort zum nächsten geschleppt, um Gegenstände von den Urgestaltern einzusammeln, und sich dabei über alles gefreut, was ihm in die Quere kam. Selbst Ernestos alte Socke hat ihn fröhlich gestimmt, es war echt eigenartig. Jedenfalls meinte er, es ginge bei dem Mahnmal um Authentizität, die er mit den persönlichen Gegenständen stärken wollte – ich meine, es geht um seinen ganz persönlichen Wahnsinn."

„Und das ist wirklich alles?"

Ben strich mir sanft über die Schulter und sah mir tief in die Augen. „Das ist alles."

Auch wenn Simeons Enthusiasmus für das Mahnmal nicht untypisch für ihn war, ließ mich das Gefühl nicht los, dass hier doch mehr dahintersteckte.

„Und du bist sicher, dass es nichts mit dem Fluch

zu tun hat? Dass du dich nicht absichtlich von mir distanzierst, um mich unter keinen Umständen in Gefahr zu bringen?"

Ben warf mir einen ungläubigen Blick zu. „Würde es denn helfen, wenn ich mich von dir distanzieren würde?"

Ich schüttelte den Kopf und Bens Mundwinkel zuckten nach oben.

„Eben. Also versuche ich es gar nicht." Er machte eine Pause und ein dunkler Schatten glitt über seine Züge. „Aber ich würde lügen, wenn ich mir nach dem, was wir gesehen haben, keine Sorgen machen würde."

Ich nahm Bens Hand und meine Finger verwoben sich mit seinen. „Wir werden das hinkriegen, egal was kommt."

In dem Moment zerriss ein angstvoller Schrei die Luft und wir wandten uns in die Richtung, aus der er gekommen war. Ich sah, wie Carinna Etienne beruhigend die Hand auf die Schulter legte. Ein leichtes Zittern ging durch die Gestalterin der Wut, die einen hochgeschlossenen dunklen Anzug mit roten Edelsteinen trug. Die dunkelblonden Haare hatte sie zu einem hohen Zopf gebunden und ihre türkisgrünen Augen starrten auf den Boden, während ihre Gesichtszeichnung in einem dunklen Violett erstrahlte. Meine Wachsamkeitslinien entfachten sich und ich konzentrierte mich auf die Gestalterin, die mit ihrer Trainerin nun in einem gelb-violett schimmernden Kreis stand.

„Beruhige dich", hörte ich Carinna zu ihr sagen. „Es ist ein Teil von dir, du musst es akzeptieren."

„Aber das kann ich nicht, ich will diese Angst nicht mehr in mir spüren." Etiennes Stimme klang viel dünner als sonst und ihre Gesichtszüge strahlten auch nicht die Stärke und Anmut aus, für die sie bekannt war.

„Atme tief durch. Ein Atemzug nach dem anderen."

Etienne schüttelte den Kopf und ich sah, wie eine glitzernde Träne ihre Wange hinunterrann. „Ich will nicht zwei Sinne in mir tragen, ich fühle mich zerrissen. Ich spüre, dass die lodernde Wut zu mir gehört, dass sie es ist, die mir Lebenskraft gibt – aber die Angst nimmt sie mir."

„Die Angst kann auch ein starker Begleiter sein, Etienne", erklärte die weißhaarige Trainerin. „Aber du musst dich auf sie einlassen. Du hast sie jahrelang unterdrückt, du musst dich lieben, so wie du bist. Erst wenn du annimmst, was zu dir gehört, wird es sich verändern."

„Aber ich will die Angst nicht", schluchzte Etienne erstickt und verdeckte ihr Gesicht mit beiden Händen. „Ich will nicht, dass sie ein Teil von mir ist. Wieso ich? Wieso bin ich mit beiden Sinnen erweckt worden?"

Carinna presste die Lippen aufeinander. „Das kann ich dir leider nicht sagen. Ich weiß nur, dass es nicht viele von dir gibt. Aber nimm das Geschenk doch an, du hast dich lange genug dagegen gewehrt. Du hast die Angst weggedrückt und dich der Wut hingegeben und jetzt bricht sie aus dir heraus."

Etienne sank zu Boden. „Ich möchte diesen Sinn nicht in mir, ich möchte nicht, dass er immer wieder unkontrolliert herausbricht. Die Anfälle werden häufiger, sie kommen ganz plötzlich über mich und ich kann nur abwarten, bis sie vorbei sind. Es ist furchtbar." Die Gestalterin der Wut schlang zitternd die Arme um ihren Körper und ihre türkisgrünen

Augen zuckten panisch herum. „Ich kann nur warten, bis es vorüber ist", wiederholte sie abwesend.

„Es sind nur Anfälle, solange du dich dagegen wehrst." Carinnas Stimme klang sanft und sie bückte sich zu der Wechslerin hinunter. „Lass los, Etienne. Akzeptiere, was du bist, aus deiner Besonderheit kann Stärke erwachsen. In dir liegt die Kraft von zwei Sinnen, nutze sie – lerne, sie zu nutzen."

Etienne schüttelte den Kopf. „Nein, nein … Ich wünschte, es würde aufhören, das ist mein größter Wunsch", murmelte sie und in dem Moment leuchtete ihre Zeichnung hellviolett auf, bis die Linien ihre Farbe änderten und von einem dunklen Rot eingenommen wurden.

Augenblicklich straffte Etienne die Schultern und richtete sich wieder auf. Der Blick aus ihren türkisgrünen Augen wurde klar und wanderte zu mir. Für einen Moment betrachtete sie mich eindringlich, bevor sie sich wieder abwandte.

„Ich werde es in den Griff bekommen", sagte sie nüchtern. „Danke für deine Hilfe, aber ich möchte das Training für heute beenden, Carinna." Mit diesen Worten drehte sie sich um und verließ die Halle.

„Das wundert mich nicht", raunte Ben mir zu, der Etienne hinterherblickte. „Bei dem Sinn der Angst würde ich auch durchdrehen."

Ich hob eine Augenbraue. „Würdest du nicht bei jedem Sinn durchdrehen, der nicht ekelhaft ist?"

Er grinste. „Gut erkannt, Wächterin", sagte er. „Aber jetzt lass uns weitertrainieren."

Nach dem Training mit Ben suchte ich Simeon, doch ich konnte ihn nirgends finden. Seit er mit Ben von diesem speziellen Auftrag zurückgekehrt war, hatte ich ihn nicht mehr gesehen und fragte mich, wo er sich wohl herumtrieb.

„Du machst dir unnötig Sorgen", erklärte Ben, als wir abends im Bett lagen. „Mach es lieber wie ich: Erfreue dich an seiner Abwesenheit."

Ich kuschelte mich an ihn. „Ich habe das Gefühl, dass hier etwas im Gange ist, etwas, das wir nicht sehen."

Ben küsste mich auf die Stirn. „Du hast heute ganz schön viele Gefühle, Lee. Dabei solltest du doch nur ein Gefühl haben – und das für mich."

Ich blickte ihm in die Augen und schüttelte nur leicht den Kopf, um einer lauernden Diskussion über Bens Perfektion zu entgehen. „Mein Gefühl ist Wachsamkeit. Und es rät mir, bei dir wachsam zu sein", antwortete ich lächelnd. „Und nicht nur bei dir. Ich habe dir doch gesagt, was ich im Spiegel gesehen habe."

„Du meinst, dass Etienne und Simeon sich geküsst haben? Du weißt doch, dass der Spiegel nur *Möglichkeiten* der Zukunft bereithält." Er schnaubte. „Außerdem halte ich es für *unmöglich*, dass eine so schöne Frau wie Etienne jemanden wie Simeon wirklich küssen würde."

„Aber wenn Coel nun tatsächlich seine Finger im Spiel hat?"

Ben schnaubte. „Selbst dann."

Seufzend schüttelte ich den Kopf. „Ich habe den Eindruck, dass ganz viele Puzzlesteine vor mir liegen, die ich nicht zusammenfügen kann. Simeon und Etienne – was läuft zwischen ihnen? Und was ist mit Coel, steckt er da auch mit drin? Geht es ihm nach wie vor nur um den Gestalterposten oder doch um mehr? Und welches Ziel verfolgt der Schwarze Meister? Haben wir überhaupt den blassesten Schimmer, was er in Wirklichkeit plant?"

Ben strich mir eine Haarsträhne aus der Stirn. „Du glaubst, dass es ihm nicht um die Vernichtung der Menschverbundenen geht?"

Ich seufzte. „Ich weiß es auch nicht, aber irgendwie kommt es mir vor, als hätte er nur mit uns gespielt. Ich habe mir noch einmal die Berichte von der Gefangennahme des Gespaltenen angesehen. Kay hat einen Tipp bekommen, wo er sich aufhält, und der Gespaltene hat sich ohne große Gegenwehr festnehmen lassen. Da stimmt doch etwas nicht."

„Du glaubst, er hat sich absichtlich einschleusen lassen?"

„Es könnte zumindest so sein."

Ben runzelte die Stirn. „Und warum hat er das getan? Geht es ihm um die Bücher der Macht, so wie Alfonsus vermutet?"

„Vielleicht, vielleicht hat es aber auch einfach etwas mit dem Schwarzen Meister zu tun. Vielleicht wollte er in dessen Nähe sein", murmelte ich und gähnte. „Könntest du dir vorstellen, dass Coel der Schwarze Meister ist?"

„Das könnte ich", erwiderte Ben mit ernster Stimme. „Aber ich könnte mir auch vorstellen, dass es Skellan, Vandora oder Simeon ist."

Ich verdrehte die Augen. „Simeon? Echt jetzt?"

„Er hat uns schon einmal getäuscht", sagte Ben trocken, doch er konnte das amüsierte Funkeln in seinen Augen nicht verbergen. „Außerdem hängt er noch immer an dem Grünen Buch der Macht.

Offenbar interessiert er sich sehr für den grünen Urgestalter Ernesto, bei unserer kleinen Reise wollte er alles über ihn wissen."

Ich nickte und gähnte noch einmal.

„Komm, lass uns schlafen", sagte Ben. „Das Training scheint dir ordentlich zugesetzt zu haben."

„Hat es nicht", widersprach ich und boxte ihn in die Schulter. „Oder soll ich dir wieder einen Kinnhaken verpassen?"

Nach der Episode mit Etienne hatte ich mich wieder besser konzentrieren können. Nachdem ich in meine alte Form zurückgefunden hatte, hatte Ben kein leichtes Spiel mehr gehabt.

„Das war nur Glück", behauptete er gähnend und zog mich an sich, bevor wir beide einschliefen.

In dieser Nacht träumte ich von Simeon und Etienne sowie von Vandora, die sich in den Sicherheitsturm der Bücher der Macht schlich. Dabei verzogen sich ihre weißen Lippen zu einem hämischen Lächeln und ich zuckte zusammen, als die Dunkelheit aus ihren schwarzen Augen brach.

Als ich halb schlafend nach Ben griff, stellte ich fest, dass das Bett leer war. Müde richtete ich mich auf und blinzelte einige Male, bis ich Ben am Fenster stehen sah. Das Licht des Mondes beleuchtete sein Gesicht und seinen muskulösen Oberkörper. Gedankenverloren starrte er nach draußen und war gerade dabei, seine Klamotten anzuziehen.

„Wo willst du hin?", fragte ich und bekam schon wieder dieses ungute Gefühl, dass mir Ben etwas verheimlichte.

„Ich kann nicht schlafen und wollte nur einen kurzen Spaziergang machen." Er drehte sich zu mir.

„Leg dich wieder hin, Lee."

Ich schüttelte den Kopf. „Nein, ich kann auch nicht schlafen. Hattest du wieder einen Albtraum?"

Er nickte und ich schlüpfte aus dem Bett, um zu ihm zu gehen. Dann schmiegte ich mich an seinen Rücken.

„So schlimm?"

Er zuckte mit den Schultern. „Ich wollte nur etwas frische Luft schnappen."

„Gut", sagte ich, „dann komme ich mit."

Gemeinsam spazierten wir durch den Palastgarten, dessen üppige Schönheit im Mondlicht noch bewundernswerter war. Ausladende grüne Äste, deren schimmernde Blüten den Wegesrand streiften, verliehen dem riesigen Park eine mystische Atmosphäre. Der süße Duft einer exotischen Wachsamkeitslilie wurde mit einer leichten Brise zu uns herangetragen und ich zog tief die kühle Nachtluft in meine Lungen.

Ben hielt meine Hand und es hatte etwas Romantisches, mit ihm des Nachts durch die Gartenanlage zu streifen. Dabei brauchten wir keine Worte, sondern genossen bloß die Anwesenheit des anderen.

Plötzlich nahm ich ein paar Meter entfernt eine Bewegung wahr und meine Wachsamkeitslinien glommen sanft auf. Rasch zog ich Ben hinter einen üppigen Busch, dessen Form einer riesigen Acht entsprach.

„Du hättest doch nur etwas sagen müssen", raunte mir Ben ins Ohr. „Ich wäre auch freiwillig mit dir ins Gebüsch gegangen."

Ich legte ihm schnell den Finger auf den Mund

und deutete auf den Kiesweg, auf dem wir eben noch spaziert waren, während wir uns hinter der Hecken-Acht versteckten. In dem Moment schritt eine dunkle Gestalt über den Weg und mein Herz setzte einen Moment aus, als ich erkannte, um wen es sich handelte. Auch Ben blickte mich ungläubig an. Was machte Simeon mitten in der Nacht im Palastgarten?

Wir warteten einen Moment, bis er um die Ecke bog und aus unserem Sichtfeld verschwand.

„Wo will der Kerl bloß hin?", flüsterte Ben mir zu, doch ich bedeutete ihm rasch, still zu sein. Denn wir waren nicht allein.

Ein Schatten löste sich aus der Dunkelheit und ich sah, wie dieser Simeon folgte. Ben und ich warfen uns einen kurzen Blick zu, bevor wir uns zunickten, denn wir wussten, was wir zu tun hatten.

„Es ist schon seltsam. Wir verfolgen Coel, der Simeon verfolgt", wisperte Ben, als wir einige Zeit später durch die verwinkelten Gassen der Bunten Stadt schlichen. Dabei achteten wir darauf, genug Abstand zu Coel einzuhalten, damit er uns nicht entdeckte – ihm aber gleichzeitig nahe genug zu bleiben, um ihn nicht aus den Augen zu verlieren. Ben schnaubte. „Hast du einen blassen Schimmer, was hier los ist?"

Ich schüttelte den Kopf. „Aber es ist seltsam. Zu seltsam", sagte ich.

Wir drückten uns an eine Häuserwand und warteten, bis wir Coels Umhang hinter der nächsten Ecke verschwinden sahen, dann setzten wir uns wieder in Bewegung.

„Simeon scheint in Richtung Marktplatz unterwegs zu sein."

Ben nickte. „Glaubst du, dass es ihm um sein Mahnmal geht?"

„Könnte sein. Aber warum bricht er um diese Uhrzeit dorthin auf? Was muss er erledigen, was er tagsüber nicht tun kann?"

Ich atmete die kühle Nachtluft ein und überlegte, was Coels Absichten sein könnten. Ging es ihm einfach nur darum, etwas zu entdecken, das Simeons guten Ruf als Gestalter zunichtemachte, oder hatte er etwas ganz anderes im Sinn?

Bei dem Gedanken, dass es sich bei Coel um den Schwarzen Meister handeln könnte, der sein Verschwinden nach Bens Anschlag auf die Macht der Acht nur inszeniert hatte, rann mir ein kalter Schauer über den Rücken. Hatte er uns mit der Sache mit dem Schutzkristall, in den er und Joost sich während des tödlichen Angriffs gerettet hatten, nur getäuscht?

Wir bogen um die Ecke und erreichten den Marktplatz, der wie ausgestorben vor uns lag. Noch nie hatte ich den Platz derart verlassen gesehen. Bis auf das Mahnmal, das sich wie ein bunt leuchtendes Karussell im Kreis drehte, war das Gelände vollkommen leer. Die Stände, die tagsüber den ganzen Platz füllten, mussten von ihren Besitzern in der Nacht weggeschafft werden – wahrscheinlich aus Sicherheitsgründen.

Ich erkannte gerade noch, wie Simeon in den schmalen Eingang des geschlossenen Mahnmal-Pavillons schlüpfte. In einiger Entfernung, in der Dunkelheit verborgen, entdeckte ich Coel, der sich im Schatten eines Hauses versteckte.

„Glaubst du, er ist Simeon gefolgt, um ihn zu töten?", flüsterte Ben in mein Ohr.

Ich schüttelte den Kopf. „Ich kann es mir nicht

vorstellen."

In dem Augenblick wandte sich Coel ab und zog sich in die Straßen der Bunten Stadt zurück.

Wir warteten einige Minuten und als wir uns sicher waren, dass er nicht mehr umkehren würde, liefen wir zum Mahnmal und betraten den Pavillon, der sein strahlendes Licht ruhelos in die Umgebung sandte.

„Du musst doch etwas wissen", zischte Simeon die grüne Wachsfigur an, bei der es sich um die von Ernesto, den Urgestalter des Erstaunens, handelte. Seine langen Haare hingen ihm ins Gesicht und ich musste mich erst wieder an den Anblick seiner wächsernen Gestalt gewöhnen. Bei der lebendigen Statue handelte es sich um eine detailgetreue Nachbildung des Urgestalters, die ganz in der Farbe seines Sinnes gehalten war. Die Figuren der restlichen Urgestalter standen verteilt in ihren Sinnesfarben an den Wänden und mein Puls schnellte in die Höhe, als ich Fredomirs Nachbildung sah. Automatisch musste ich an mein Aufeinandertreffen mit Jesper in der Verhörzelle denken und an sein hämisches Grinsen, das eine gefährliche Überlegenheit ausgestrahlt hatte.

Schnell ließ ich meinen Blick über die anderen Urgestalter gleiten. Dabei sah es fast so aus, als würden sie Simeons und Ernestos Diskussion beobachten. Die beiden Magiebegabten standen in der Mitte des achteckigen Raumes, direkt neben dem Kunstwerk der Bücher der Macht, bei dem die Duplikate der Bücher überkreuzt übereinander arrangiert worden waren.

„Vielleicht ist deine Magie zu schwach und die Erinnerungen, mit denen du mich versorgst, sind zu wenige." Die Stimme des Urgestalters war tief und anklagend.

„Vielleicht bist du gar nicht in der Lage, mir zu helfen", spie ihm Simeon entgegen. Er raufte sich seine hellblonden Haare und zuckte zusammen, als er uns wahrnahm. „Lee, Ben, was macht ihr denn hier?"

Auch der Urgestalter des Erstaunens wandte sich uns mit seinem schmalen Gesicht zu. Seine buschigen Augenbrauen zogen sich zusammen. „Was für eine Überraschung – ist es denn eine gute oder eine schlechte, euch hier anzutreffen?"

„Das wüsste ich auch gern", knurrte Ben.

„Was machst du hier, Simeon?", fragte ich geradeheraus.

Der Erstaunensträger rieb sich über die Augen. „Ihr wisst, was ich hier mache. Ich bin hier, um das Mahnmal mit neuen Informationen zu versorgen. Den Informationen, die Ben und ich in den letzten Tagen gesammelt haben. Die Magie ist hier wirklich eine ganz erstaunliche Sache. Jeder Gegenstand, der eine Bedeutung für die Urgestalter hatte, kann in das Mahnmal eingespeist werden und zusätzliche Erinnerungen freilegen. Es ist wirklich spannend."

Ich kniff die Augen zusammen. „Und das musst du um diese Uhrzeit tun? Erinnerungen freilegen?"

„Warum denn nicht?"

„Erzähl keinen Scheiß", sagte Ben kühl und machte einen Schritt auf Simeon zu.

Ich legte meinen Kopf leicht schief. „Wo sind denn die Gegenstände, die ihr gesammelt habt?"

„Die sind hier", sagte Simeon und zog einen kleinen Beutel aus seinem Umhang hervor, um ihn mir zu geben. Ich öffnete den Sack und erkannte in seinem magischen Inneren diverse Gegenstände wie eine

Tasse, drei Bücher und eine Socke.

Der Urgestalter des Erstaunens blickte mir über die Schulter. „Die hat er schon eingespeist. Geholfen haben sie ihm noch nicht viel."

„Waren das alles Eure Sachen?", fragte ich.

„Natürlich. Er ist doch nur an meinem Wissen interessiert, die Gegenstände der anderen Gestalter befinden sich anscheinend in seiner Miste-Kiste – ein Umstand, der die Urgestalterin der Wut überhaupt nicht erfreut, denn sie würde gern ihre Zornesperlen wiederhaben", gab Ernesto zurück und ich bemerkte, wie sich Simeons Atem beschleunigte. Offenbar machten ihn Ernestos Worte nervös.

„Also – worum geht es?", verlangte ich, von ihm zu wissen.

Der Urgestalter des Erstaunens verschränkte die Arme vor der Brust und seufzte. „Willst du es ihnen sagen oder soll ich es tun?"

Simeons Blick verdunkelte sich und er straffte die Schultern. „Warum seid ihr eigentlich hier? Seid ihr mir etwa gefolgt?"

„Natürlich nicht", meinte Ben und grinste mir kurz zu, da wir tatsächlich nicht Simeon, sondern Coel gefolgt waren. „Und lenk jetzt nicht ab – also, was ist los?"

Simeon atmete tief ein und strich sich über den Stoff seiner grünen Robe, die unter seiner Berührung leise knisterte. „Es ist gar nichts los."

„Simeon – das glaube ich dir nicht", erwiderte ich. „Dafür kennen wir uns schon zu lange. Hat es mit Etienne zu tun? Habt ihr vielleicht doch mehr als nur eine professionelle Beziehung?"

Der Magiebegabte fuhr sich unruhig über den Bart.

„Wie kommst du denn darauf?"

„Ich habe gesehen, dass ihr euch geküsst habt." Dabei erwähnte ich nicht, dass mir das nur im Spiegel des Dunklen Meisters gezeigt worden war.

Simeon wurde ganz bleich. „Aber wie konntest du … Wir waren doch immer …" Er stockte. „Das ist eine Falle, nicht wahr?"

„Also stimmt es", sagte ich und schüttelte den Kopf. „Simeon, du weißt doch, dass Coel nur auf eine Gelegenheit wartet, um dich loszuwerden. Und wenn du dich mit einer Gestalterin einlässt, gibst du ihm dafür einen verdammt guten Grund. Mal abgesehen davon, dass du uns in Bezug auf Etienne angelogen hast."

Simeon strich sich verzweifelt durch die hellblonden Haare. „Es tut mir leid, okay? Ich wollte mich ja von ihr fernhalten, aber es ging einfach nicht. Ich habe mir das auch nicht ausgesucht und wenn ich deswegen mein Amt verliere, ist es eben so. Aber ich habe so etwas noch nie empfunden und ich kann mich doch nicht gegen meine Gefühle stellen!" Frustriert schlug Simeon gegen die Skulptur der Bücher der Macht und sah mich an. „Glaubst du nicht, dass ich versucht habe, unsere Beziehung professionell zu halten, Lee? Aber gegen dieses Gefühl habe ich keine Chance."

Im ersten Moment war ich über Simeons heftige Reaktion sprachlos und auch Ben schien von diesem Verhalten überrumpelt zu sein.

„Nun, ich denke, jetzt hast *du* es ihnen gesagt", ergriff Ernesto als Erster das Wort. „Und ich kann es nur zu gut nachvollziehen. Auch ich liebte einst eine wunderschöne Trägerin. Sie war das bezauberndste Wesen, das ich je gesehen hatte, erfüllt von einer unglaublichen Zartheit. Doch auch unserer Liebe stand etwas im Weg – es war nicht die Tatsache, dass ich ein Gestalter war, nein, es ging darum, dass sie die Tierverbundenheit in sich trug. Wie verpönt das hinter vorgehaltener Hand doch war! Alle glaubten, es ginge nur um die Unterschiede zwischen Hell und Dunkel, waren dabei jedoch blind für das, was noch auf uns zukam. Meine Liebste litt darunter, dass ihre Freunde sie verstießen. Sie drohte, innerlich Stück für Stück zu zerbrechen, und ich wusste instinktiv, dass nicht die Vereinigung von Hell und Dunkel notwendig wäre, sondern die von Tier- und Menschverbundenen. Mein tiefer Wunsch wurde es, uns zu vereinen, für immer und unwiderruflich. Erstaunlich, dass sich die Themen auch über die Zeit hinweg kaum verändern, nicht wahr?" Er fixierte Simeon. „Ist deine Liebste denn auch eine Tierverbundene?"

Simeon seufzte. „Ja, ist sie, aber darum geht es mir nicht."

„Worum geht es dir dann?", wollte ich wissen. „Was versuchst du, von dem Urgestalter zu erfahren? Du scheinst eine Information von ihm zu benötigen."

Simeon rieb sich über den Nacken und zögerte einen Moment, bevor er antwortete. „Ich versuche zu erfahren, wie ich Etienne heilen kann."

„Du willst was?", wiederholte Ben ungläubig.

„Ich will sie von ihrem Sinn befreien", sagte Simeon.

„Darum geht's?" Ben fuhr sich mit beiden Händen durch seine Haare und blickte mich an. „Lee, kannst du mich bitte von ihm befreien?", fragte er und drehte sich wieder zu Simeon um. „Deswegen mussten wir durch die Sinnliche Welt reisen – weil du sie von ihrem Sinn heilen willst?"

„Sie leidet darunter. Mann, Ben – du würdest doch das Gleiche auch für Lee tun, oder?"

Ben schnaubte. „Aber ich würde dich da nicht mit reinziehen. Du hast mich schon wieder belogen, Simeon."

„Nein, das habe ich nicht", erwiderte er. „Ich habe dir nicht die ganze Wahrheit gesagt. Das ist ein Unterschied."

Bens Kiefer spannte sich an. „Ehrlich? So versuchst du, deinen Kopf aus der Schlinge zu ziehen? Mit dieser Kindergartenlogik?"

Simeon richtete sich die Ärmel seiner grünen Robe. „Es geht ihr jeden Tag schlechter, Ben. Und ich kann dabei nicht zusehen, ich muss etwas unternehmen."

„Wie lange läuft das zwischen dir und Etienne schon?", fragte ich.

„Noch nicht lange. Und auch nicht besonders intensiv, wir wollen es langsam angehen."

„Bitte keine Details", murrte Ben.

„Für erstaunliche Details wäre ich schon zu haben", warf der Urgestalter ein und Ben warf ihm einen finsteren Blick zu, der ihn sofort verstummen ließ.

„Und du bist dir sicher, dass hier nicht Coel dahintersteckt?"

Simeon ging ein paar Schritte durch den Raum. „Ich bin mir sicher. Es ist sogar ziemlich paradox, denn obwohl er diesmal nichts mit der Sache zu tun hat, ist er doch irgendwie dafür verantwortlich, dass wir uns ineinander verliebt haben."

„Inwiefern?", fragte ich.

„Nun ja, ich fand Etienne schon immer sehr attraktiv, aber nach Coels Manipulationsversuchen hielt ich natürlich Abstand zu ihr. Außerdem war ich wie ein

Vogel, was die Liebe anbelangt – wenn ihr versteht, was ich meine. Aber gerade durch die Distanz kamen wir uns näher." Er machte eine kurze Pause und es war irgendwie süß, ihn so verliebt zu sehen. „Sie ist etwas ganz Besonderes."

Ich runzelte die Stirn. „Hast du ihr etwas von unseren Verdächtigungen gegenüber Coel erzählt?"

Simeon schüttelte den Kopf. „Nein, ich wollte sie nicht in eine blöde Situation bringen."

Ernesto legte seinen grünen Kopf schief. „Also hast du ein Geheimnis vor ihr? Ich liebe Geheimnisse, habe ich schon immer."

„Es ist nicht wirklich ein Geheimnis", wandte Simeon ein.

„Wenn du es ihr nicht erzählt hast, ist es ein Geheimnis. Und das ist gut, Geheimnisse sind immer gut, ich liebe alles, was mit Geheimnissen zu tun hat."

Das glaubte ich ihm nur zu gern. „Ihr habt den Spiegel mit dem gold-schwarzvioletten Blätterrahmen mit einer besonderen Magie belegt, nicht wahr?"

„Ach, es war nur ein hübscher Zauber, um zu klären, wer sich den Spiegel angesehen hat. Ich mag es nicht so gern, wenn jemand meine Sachen benutzt. Azrael, mit dem ich den Spiegel erschaffen hatte, fand es übertrieben und leider zeigt der Zauber nur die letzten 18 Träger, die einen Blick hineingeworfen haben ... Tja, die Magie funktioniert leider nicht immer so, wie man es sich wünscht. Überhaupt ist das mit Wünschen so eine Sache ..." Wehmut schlich sich in seinen Blick und seine Gedanken schienen in die Vergangenheit abzudriften.

„Und der Spiegel zeigt tatsächlich nur verschiedene Möglichkeiten der Zukunft?", fragte ich und fühlte, wie sich meine Wachsamkeitslinien erwärmten.

„Meistens", entgegnete Ernesto. „Es gibt jedoch auch Sinnträgern, bei denen er immer die unumstößliche Zukunft anzeigt. Verrückt, oder? Wie ich sagte, die Magie ist nicht immer zu bändigen, im entscheidenden Moment gelang es mir auch nicht. Aber was ist mit euren Geheimnissen?" Er richtete seine Aufmerksamkeit auf Ben. „Du hast eines, nicht wahr? Ich spüre es, es ist ein kleines Geheimnis, das dir viel bedeutet."

„Bullshit", entgegnete Ben und steckte seine Hände in die Hosentaschen. Sein ganzer Körper schien sich zu verspannen.

„Von wegen! Ich habe Geheimnisse schon immer gespürt, wie ich auch die Raffinesse der Magie gespürt habe. Ich wusste schon immer mehr über die anderen." Er beugte sich vertraulich zu uns. „Ich wusste, dass Tulla gern einen über den Durst trank und Azrael Experimente auf seiner kleinen Insel machte. Mir war auch nicht entgangen, dass Fredomir eine abartige Vorliebe für Ekelsauger hatte, während unsere sonst so perfekte Walerie sich den Verlockungen des Verschmelzungszaubers hingab, der sie im Gegenzug mit Albträumen plagte."

Ben versteifte sich. „Verschmelzungszauber?", wiederholte er. „Walerie hat sich mit Verschmelzungszaubern beschäftigt?"

„Ja, das hat sie. Sie war regelrecht besessen davon, dass sie sogar ein Buch zu dem Thema verfasst hat. Natürlich unter Pseudonym … Ich glaube, es war Veranda … nein, Veritata. Eden wusste es nicht, obwohl er ein Auge auf Walerie geworfen hatte. Dafür wusste ich, dass er gern Selbstgespräche führte, die ihm nachher immer unheimlich peinlich waren, da sie seine Macht untergruben. Wura hatte eine Gier nach Schmuck und Velvet konsumierte illegale Vertrauenselixiere."

Ich hatte den Eindruck, dass sich die bunten Wachsfiguren um uns noch weiter versteiften, und ein ungutes Gefühl beschlich mich.

Ernesto bedachte uns der Reihe nach mit seinem Blick und strich sich seine langen Haare zurück. „Wir alle haben unsere Geheimnisse. Tut nicht so, als ob das bei euch anders wäre."

Kapitel 13

„Hier", sagte Simeon und legte das goldene Buch mit dem glänzenden Einband auf seinen Tisch, als wir wenig später in seinem Arbeitszimmer standen.

In dem Moment änderte sich die Landschaft hinter seinem bogenförmigen Panoramafenster. Anstatt einer glitzernden Seelandschaft war nun eine rot funkelnde Wüste zu sehen, in der es gerade Nacht wurde.

„Ich war so damit beschäftigt, mehr über die alte Lösungsmagie für Etienne zu erfahren, dass ich das Buch gar nicht aufgeblättert habe. Ich wusste nicht, dass hier etwas über die Verschmelzung drinsteht. Sorry, Ben."

Ben nickte.

„Glaubt ihr denn, dass es euch helfen wird?"

„Das werden wir nur erfahren, wenn wir es öffnen", sagte Ben und bedeutete mir, das Buch aufzuschlagen. Ich legte meine Fingerspitzen auf den glatten Einband, auf dem nur *Veritata* stand, und versuchte, den Buchdeckel anzuheben, doch es klappte nicht. Das Buch ließ sich nicht öffnen.

Simeon runzelte die Stirn und versuchte es als Nächster, doch auch bei ihm funktionierte es nicht und Waleries Werk blieb geschlossen. „Anscheinend hat Walerie ihr Buch mit einer Magie belegt."

„Ich kann sie spüren", sagte Ben in dem Moment.

„Was meinst du?"

„Ich kann die Magie des Verschmelzungszaubers spüren", sagte er und trat langsam an den Schreibtisch heran, um das Buch zu öffnen.

Plötzlich erstrahlte ein goldenes Licht, das den ganzen Raum in Besitz nahm, bevor dunkler Nebel aufwallte und alles verschluckte.

Ben, hörte ich eine gefährliche Stimme flüstern. Es war eine Stimme, die ich kannte, es war die Stimme des Schwarzen Meisters. *Du gehörst mir.* Meine Wachsamkeitslinien brannten schmerzhaft auf und ich hatte das Gefühl, als würden wir uns plötzlich nicht mehr in Simeons Arbeitszimmer, sondern an einem anderen Ort befinden. Doch der graue Dunst war so dicht, dass ich nur eine Handbreite weit sehen konnte.

Töte sie, hauchte die Stimme in meinem Ohr und ein kalter Schauer rann mir über den Rücken, während mein Herz wie verrückt gegen meinen Brustkorb schlug. Auf einmal schien die Welt um mich herum zu explodieren. Glassplitter flogen durch die Luft und ein gewaltiges Krachen erklang, während ich vor Schreck erstarrte.

Du und ich, flüsterte die dunkle Stimme weiter, *sind vom selben Blut.* Ich war wie gelähmt und spürte, wie etwas an mir zog, wie mich etwas in meinem Innersten ansprach. *So wie du mir hilfst, werde ich auch dir helfen. Wir beide, Ben, können zusammen Großes vollbringen.*

Obwohl ich wusste, dass das hier nicht real war, fühlte ich die enorme Kraft, die von dem Verschmelzungszauber ausging. Es war eine Gewalt, der ich mich nicht entziehen konnte, eine Dunkelheit, die von mir Besitz nahm und sich meines Körpers bemächtigte. Eine Dunkelheit, die sich viel zu gut anfühlte.

Ja, Ben, flüsterte die Stimme des Schwarzen Meisters. *Genau so soll es sich anfühlen. Ganz genau so.*

Mit einem Schlag lichtete sich der Nebel und wir standen wieder in Simeons Arbeitszimmer.

„Bei allen Überraschungstürmen, was war das denn?", keuchte Simeon und ich blickte von ihm direkt in Bens Gesicht, das kalkweiß geworden war.

„Das war meine Verschmelzung mit dem Schwarzen Meister", erklärte Ben tonlos. „Kurz bevor ich die Macht der Acht hingerichtet habe."

Ich machte einen Schritt auf Ben zu und griff nach seiner Hand. „Du kannst nichts dafür."

Sein Blick war abwesend. „Aber trotzdem habe ich es getan." Er sah mich an. „Ich werde den Mistkerl dafür büßen lassen, Lee."

Ich nickte und Simeon klatschte in dem Moment in die Hände. „Schaut mal – das Buch, es hat sich geöffnet", sagte er und beugte sich darüber, um uns daraus vorzulesen.

Meine Erkenntnisse sollen sich nur jemandem öffnen, der seinen Blick für die Verschmelzung bereits geöffnet hat. Nicht den eingeschränkten Geistern, die in dieser Magie etwas Verwerfliches vermuten, sondern jenen, die offen sind, neue Blickwinkel einzunehmen, und ihr Denken nicht durch die eigene Wahrnehmung begrenzen möchten. Getrieben von der Vorstellung, dass man selbst die Wahrheit kennt, wird oft vergessen, dass es nur die eigene Wahrheit ist, die man erblickt. Bei allen Wachsamkeitsblumen, es ist nur eine! Dabei gibt es doch so viele Wahrheiten. Einige davon durfte ich bereits entdecken und habe dadurch meinen Geist von den Schranken der Engstirnigkeit befreit! Wieso sollten wir die Magie nicht nutzen, die es uns erlaubt, zu besseren, zu größeren, zu perfekteren Sinnträgern zu werden? Es gilt, die Eindimensionalität unserer Realität zu durchbrechen und das große Spektrum unserer Möglichkeiten zu verstehen. Durch die Verschmelzung werden zwei Geister zu einem und das Potenzial des eigenen Seins wird weiter ausgeschöpft. Je nachdem, wie lange die Verschmelzung andauert, kann man auf die Erinnerungen des anderen zugreifen und seine Perspektive verändern. Ich habe einen Kreis Gleichgesinnter um mich geschart, die das Verschmelzen auf einem hohen Niveau praktizieren. Dabei haben sie nicht nur die Verschmelzung mit mehreren Trägern ausprobiert, sondern sind sogar zur endgültigen, wahrhaftigen Verschmelzung übergegangen, die sich nicht mehr rückgängig machen lässt! Der Handlungsspielraum dieses starken Zaubers ist enorm, wir müssen ihn nur nutzen.

Ich selbst habe erst ein paar kurzfristige Verschmelzungen durchgeführt, aber selbst sie haben meinen Geist erleuchtet! Die Albträume, die mich seitdem begleiten, nehme ich gern in Kauf. Wahrscheinlich schaffen wir durch die kurzfristige Verschmelzung eine lose Verbindung zu unserer Blutlinie. Doch ich möchte mehr tun und bin geneigt, eine endgültige Verschmelzung durchzuführen. Pikondus, ein alter Wachsamkeitsträger und einer der Erfahrensten aus unserem Kreis, hat dies bereits gemacht. Er hat sich seiner alten Hülle entledigt und ist mit dem Körper und Geist des jungen Wutträgers Merikon verschmolzen, einem Mitglied seiner Blutlinie. Dadurch hat Pikondus nicht nur sein Sichtfeld erweitert, sondern genießt nun auch die Vorteile eines jungen Körpers, eines frischen Geistes und der Verschmelzung von zwei Sinnen – Wachsamkeit und Wut. Aber nicht nur das: Er kommt auch in den Genuss einer neuen Seelenverbundenen! Nachdem seine eigene Verbundene bereits verstorben ist, darf er die beflügelnden Gefühle der Liebe nun endlich wieder neu für sich entdecken. Und das Beste ist: Merikons Seelenverbundene Kilata erwidert diese Liebe! Die einzige Voraussetzung schien hier zu sein, dass Kilata im Verschmelzungsprozess Pikondus' Sinn empfinden musste, um sich zu ihm hingezogen zu fühlen. Offenbar war sie wachsam, denn ansonsten hätte es nicht geklappt. Einer der Älteren erzählte mir von einer missglückten Verschmelzung, bei der die Verbindung zu den jeweiligen Seelenverbundenen getrennt wurde, weil sie nicht den Sinn des Verschmelzungspartners empfunden hatten. Auch habe ich von Sinnträgern gehört, bei denen es funktioniert hat und die nun die Freuden zweier Seelenverbundener genießen können!

Und auch Pikondus und Merikon wurden eins. Der Geist des Älteren übernahm dabei den des Jüngeren, wobei hinter vorgehaltener Hand getuschelt wurde, dass Merikon diese Verschmelzung gar nicht mehr wollte. Allerdings geht es doch hier nicht um ihn, sondern um die Erschaffung der Perfektion!

Ich werde ganz aufgeregt, wenn ich darüber nachdenke, dass diese endgültige Verschmelzung natürlich noch weiter vorangetrieben werden kann. Was, wenn acht Träger der unterschiedlichsten Sinne nach und nach miteinander verschmelzen? Wenn man seinen gereiften Geist bereichert und ihn mit den anderen sieben Sinnen füttert? Ein paar der anderen haben Angst, dass ihr eigenes Ich bei der Verschmelzung verschwindet, doch diese Sorge kann ich nicht teilen. Der ältere Geist übernimmt die der jüngeren, man muss nur aufpassen, sich nicht mit einer reiferen Seele zu vereinen, dann bleibt das eigene Ich bestehen. Und es wäre doch wirklich schade, wenn mein Ich verloren ginge …

Simeon blätterte kopfschüttelnd weiter und las dann noch einige von Waleries Erfahrungsberichten vor, in denen sie über Sinnträger schrieb, die sich der mehrmaligen Verschmelzung hingegeben und sich an dem Prozess berauscht hatten.

„Was für eine abgedrehte Tante", sagte er und ließ sich auf seinen Schreibtischstuhl sinken. Seine Gesichtszeichnung glomm grün auf. „Und das war eine Urgestalterin. Ich bin mehr als überrascht."

„Alle hatten ihre Eigenheiten", sagte ich und musste an Merikon denken, der dieser Verschmelzung sicher nicht freiwillig zugestimmt hatte. Es war absolut bestialisch, seinen Geist mit einem schwächeren zu vereinen und ihn somit zu absorbieren.

„Besonders krank finde ich den Teil mit den Seelenverbundenen", murrte Ben. „Wahrscheinlich haben sie sie dazu gezwungen, anwesend zu sein und den Sinn des Verschmelzungspartners zu empfinden. Nur um auch über sie und ihre Liebe zu verfügen. Das ist einfach nur abscheulich."

„Das ist es", sagte Simeon und schluckte, während Ben sich das Buch schnappte und darin herumblätterte, als würde er nach etwas Bestimmtem suchen.

„Wonach suchst du?", fragte ich.

„Nach einer Möglichkeit, meine Albträume zu beenden. Die kurzfristige Verschmelzung mit dem Schwarzen Meister muss sie hervorgerufen haben, vielleicht gibt es auch einen Weg, diese Verbindung zu kappen", murmelte er, während sein Blick über die Seiten des golden glänzenden Buches flog.

„Vielleicht", sagte ich, obwohl ich nicht viel Hoffnung schöpfte.

„Nichts", schnaubte er nach einem Augenblick. „Hier steht nur der ganze Blödsinn über die Erweiterung ihres Horizonts."

„Hey, wenn es um die Albträume geht, kann ich dir vielleicht helfen", sagte Simeon und lehnte sich auf seinem Stuhl zurück. „Ich kann dir ein Mittel besorgen, das sie unterdrückt."

Ben steckte die Hände in die Hosentasche und ich zog die Augenbraue hoch. „Ist es legal?"

„Fast."

„Simeon, *fast* legal gibt es nicht", sagte ich.

„Nun ja, sagen wir einmal so – es liegt in einer Grauzone. Wie so einige Mittelchen." Sein Blick schwenkte zu dem grün glänzenden Bücherregal links von ihm, in dem sich auch einige dampfende Elixiere befanden. Dabei fixierte er kurz ein dunkelgrünes Fläschchen mit schimmerndem Korbgeflecht und ich fragte mich unwillkürlich, welche illegale Substanz sich darin wohl befand.

„Es geht nicht nur um die Albträume", knurrte Ben. „Es geht darum, dass es aufhört. Ich möchte keine Verbindung zu dem Schwarzen Meister haben. Was ist, wenn er noch einmal auf mich zugreift? Schon mal auf die Idee gekommen, dass ich die Neue Acht auch noch killen könnte?"

Simeon versteifte sich augenblicklich. „Das würdest du doch nicht machen, oder?"

Kaum merklich schüttelte ich den Kopf. „Wenn der Schwarze Meister auf dich zugreifen wollte, hätte er es doch schon längst getan, Ben."

Ben zog tief die Luft ein. „Wer weiß, vielleicht war der Zeitpunkt bis jetzt noch nicht der richtige. Ich glaube langsam echt nicht mehr, dass es dem Schwarzen

Meister um die Vernichtung der Menschverbundenen geht."

Simeon horchte auf. „Warum nicht?"

Ben schnaubte. „Meine Albträume geben mir das Gefühl, dass er etwas anderes plant, etwas Größeres."

Simeon runzelte die Stirn. „Etwas Größeres als die Vernichtung der Menschverbundenen?" Seine Stimme nahm einen spöttischen Tonfall an. „Was denn? Die Vernichtung der ganzen Sinnlichen Welt?"

„Was auch immer er plant, ich kann mir vorstellen, dass der Gespaltene dabei eine Rolle spielt", sagte ich aus einem Impuls heraus. „Kommt es dir nicht auch seltsam vor, dass Kay ihn so einfach schnappen konnte? Vielleicht hat Jesper sich mit Absicht fangen lassen."

Simeon sah mich ungläubig an. „Glaubst du das wirklich?"

„Ich ziehe es zumindest in Betracht."

Er atmete tief durch und schüttelte dann rigoros den Kopf. „Die Verhörzelle wurde von führenden magischen Wissenschaftlern entwickelt und es ist kein Sinnträger bekannt, der es geschafft hätte, daraus auszubrechen. Also selbst wenn es Jespers Ziel gewesen war, sich einsperren zu lassen, endet der Plan in dieser Zelle. Sie ist absolut ausbruchsicher, Lee."

Trotz Simeons Worte wurde ich mein ungutes Gefühl nicht los und schaute zu Ben. Er wirkte in sich gekehrt und machte gedankenverloren ein paar Schritte durch den Raum.

„Glaubst du etwa auch, dass der Gespaltene noch eine Gefahr darstellt?", fragte Simeon.

Ben zuckte mit den Schultern. „Ich weiß es nicht. Aber ich denke, dass wir ihn nicht unterschätzen sollten. Genau wie den Schwarzen Meister. Sein Herz ist pechschwarz und nach dem, was ich von meiner Blutlinie weiß, traue ich ihm so gut wie alles zu. Die beschissene Verschmelzung, der verdammte Fluch …"

Simeon legte den Kopf leicht schief. „Was für ein Fluch?"

Ben warf mir einen kurzen Blick zu und es war klar, dass er Simeon auf ihrer kleinen Reise noch nichts über Chantal erzählt hatte. Ich wusste nicht, ob es daran lag, dass ihm das Thema unangenehm war und er es lieber für sich behalten wollte, oder ob er inzwischen außer mir tatsächlich niemandem mehr vertraute.

Für einen Moment zögerte Ben, doch dann gab er sich einen Ruck. „Der Fluch meiner Blutlinie. Eine meiner großartigen Vorfahrinnen hat sich nach ihrem Tod in die Sinnliche Welt begeben, um mithilfe eines speziellen Zaubers wieder in die andere Welt zu gelangen und ihre Schwester aus ihrem Körper zu verdrängen."

Simeon riss entsetzt die Augen auf. „Sie hat was?! Eine Rückkehr? Ich dachte, das sind nur Gerüchte! Und das funktioniert? Aber warum hat sie es gemacht?"

„Sie wollte wieder zu ihrem Geliebten zurück, der sich in der Zwischenzeit in ihre Schwester verliebt hatte. Dafür hat sie ihre Schwester getötet – die dann als Vertrauensträgerin in die Sinnliche Welt kam und daraufhin meine ganze Blutlinie verflucht hat, damit wir niemals mit unseren Seelenverbundenen glücklich werden können. Das ist die Zusammenfassung des Fluchs", sagte Ben knapp und ich erschauderte, als ich an die Bilder zurückdachte, die Chantal uns gezeigt hatte. Der Moment, in dem Sammanta Elizabeths Körper übernommen hatte, hatte sich tief in mein Gedächtnis geprägt.

Simeon blickte von Ben zu mir und dann wieder zurück. „Und woher weißt du das alles? Was hat der Fluch für euch zu bedeuten?"

„Noch gar nichts", sagte ich, weil ich Bens Sorge nicht noch weiter schüren wollte. „Wir haben jetzt einfach ein Puzzlestück mehr, was die Vergangenheit von Bens Ahnen anbelangt. Letztendlich wissen wir deswegen aber noch nicht mehr über den Schwarzen Meister."

Simeon fuhr sich besorgt über seinen Bart. „Aber ihr seid vorsichtig, nicht wahr?"

Ben blickte mich bezeichnend an. „Ich wäre gern vorsichtig, aber Lee will sich nicht von mir lösen."

„Das hast du gut erkannt", sagte ich und hoffte, das Thema nicht schon wieder diskutieren zu müssen. „Wir werden eine Möglichkeit finden, diesen Fluch zu brechen."

„Wisst ihr denn etwas über diese Vertrauensträgerin?", wollte Simeon wissen und lehnte sich nach vorn, um seine Unterarme auf seinem Schreibtisch abzustützen. „Also die, die Bens Blutlinie verflucht hat. Lebt die noch?"

„Das wissen wir nicht", erklärte Ben.

„Wir haben schon überlegt, ob wir einen Ausflug in die Menschenwelt unternehmen, um einen persönlichen Gegenstand der Schwester zu entwenden und zu versuchen, sie damit hier ausfindig zu machen", sagte ich, auch wenn ich wusste, dass Ben von der Option nicht besonders angetan war. Denn es bedeutete, dass wir wieder Kontakt mit dem mürrischen Begleiter aufnehmen müssten, um dann mithilfe eines Bluthundes die Vertrauensträgerin zu finden – falls sie überhaupt noch existierte.

„Könnte sie der Schwarze Meister sein?", fragte Simeon weiter und Ben nickte.

„Es ist eine Möglichkeit, die wir in Betracht ziehen müssen."

„Aber ich dachte, dass es sich bei dem Schwarzen Meister um diesen Tom handelt, der sich in Azrael verwandelt hat?"

„Das dachten wir auch", stimmte ich ihm zu. „Wir sind bis jetzt davon ausgegangen, aber hundertprozentig sicher können wir uns nicht sein. Immerhin wissen wir einfach zu wenig über den Schwarzen Meister – ist er ein Mann oder eine Frau?"

Simeon rieb sich über die Augen. „Das heißt, ihr wollt wieder in die Menschenwelt aufbrechen?" Ein Lächeln umspielte seinen Mund. „Ich kann die Begeisterung in Bens Gesicht förmlich sehen."

Ben warf Simeon einen vernichtenden Blick zu. „Lee ist dafür, aber ich konnte sie davon überzeugen, dass wir uns zuerst dem Fluch widmen. Er hat für mich vorerst Priorität."

Auch wenn ich anderer Meinung war, wusste ich, dass es keinen Sinn hatte, mit Ben weiter über dieses Thema zu diskutieren. Wenn es nach mir gegangen wäre, hätten wir uns zuerst um den Schwarzen Meister und dann um den Fluch gekümmert, aber Ben bestand darauf, zuerst herauszufinden, wie ich an seiner Seite überleben konnte. Automatisch musste ich wieder an den Spiegel des Meisters denken und daran, dass er mir meinen eigenen Tod gezeigt hatte.

„Bislang habe ich in den Bibliotheken noch nichts über den Fluch gefunden", ergänzte ich. „Was nicht verwunderlich ist, da die Magie sehr alt und sehr gefährlich zu sein scheint."

„Und was habt ihr dann vor?"

„Wir werden uns am Mystischen Ort umsehen", erklärte Ben geradeheraus. „Wir wissen, wie die Tante aussieht, die die Magie des Fluches verkauft hat. Wenn jemand weiß, wie man den Fluch zurücknehmen kann, dann sie."

„Ich muss euch nicht sagen, dass der Mystische Markt illegal ist. Seit ein paar Menschverbundene dort spezielle Magie gegen Tierverbundene verkaufen, ist der Markt der Neuen Acht ein Dorn im Auge und es wird sicher nicht gern gesehen, wenn sich dort zwei Achtsame rumtreiben." Simeon amtete tief ein. „Ihr dürft euch dort keinesfalls erwischen lassen." Dann hielt er inne. „Wann wollt ihr aufbrechen?"

„Nach dem Empfang für die Delegation der Schattigen Unterwelt", sagte ich und beobachtete, wie es hinter Simeons Panoramafenster auf einmal violette Steine zu regnen begann, die zischend vom Himmel fielen. „Denn erstens würde unsere Abwesenheit beim Empfang vielleicht auffallen und zweitens möchte ich mit Thaya sprechen. Sie kann uns eventuell helfen. Skellan hat fallen gelassen, dass die Schattige Unterwelt über spezielles, sehr hilfreiches Wissen verfügt."

„Skellan? Auf sein Wort würde ich nicht allzu viel geben", meinte Simeon und strich sich durch seine hellblonden Haare. „Der Typ hat sich groß gebrüstet, dass er etwas aus dem Gespaltenen rausbekommt und mit seiner Sonderkommission den Schwarzen Meister finden wird." Er machte eine Pause und blickte uns an. „Aber bislang sind seine Ergebnisse wirklich mehr als überschaubar."

Kapitel 14

Nach dem Gespräch mit Simeon nutzten Ben und ich den Rest der Nacht, um uns noch etwas hinzulegen. Ich versuchte zu schlafen, wachte aber immer wieder auf. Dabei musste ich ständig an das denken, was in den letzten Tagen alles passiert war. Die grausame Begegnung mit Chantal, der Fluch, die Erweckung von Gabriel und das Gespräch mit dem Gespaltenen. Coel, der Simeon hinterherspionierte, und Simeon, der sich in Etienne verliebt hatte – ich hatte das Gefühl, als würden sich die Ereignisse überschlagen. Es war fast so, als würden wir auf irgendeine Katastrophe zusteuern.

„Und, bist du so weit?", fragte Ben, als wir uns am nächsten Abend für den Empfang fertig machten. Als Zeichen des Respekts für die Schattige Unterwelt hatten wir die Anweisung, uns alle in Schwarz zu kleiden. Ich hatte mich für ein langes, schulterfreies Abendkleid entschieden, das sich sanft an meinen Körper schmiegte. Dazu trug ich eine Hochsteckfrisur und Bens Kette, die er mir vor einiger Zeit geschenkt hatte. Ihr Anhänger war mit schwarzen und gelben Edelsteinen besetzt, die sich zu einer Acht formten und zart glitzerten.

„Das ist die einzige Farbe, die ich an dir sehen möchte – Schwarz", sagte Ben, als ich aus dem Bad trat. „Du siehst unglaublich aus."

„Danke, du siehst auch ganz okay aus", gab

ich schmunzelnd zurück und wusste, dass es eine Untertreibung war. Ben trug einen schwarzen Anzug, dessen Material aus mehreren Dunkelschattierungen bestand und ihn noch verwegener aussehen ließ, als er es ohnehin schon tat. Seine braunen Haare hingen ihm ins Gesicht und beim Blick in seine düster funkelnden Augen machte mein Herz einen Satz.

„Ganz okay? Ich sehe ganz okay aus?", wiederholte Ben. „Du meintest wahrscheinlich *perfekt*."

Ich legte den Kopf schief. „Kannst du eigentlich jemals wieder damit aufhören?"

„Natürlich nicht", erklärte er mit absoluter Selbstverständlichkeit und zog mich an sich, um mich zu küssen. Und auch wenn ich wusste, dass wir zu dem Empfang mussten, hätte ich ewig so weitermachen können.

„Ben, Lee – wie schön, euch zu sehen", hörten wir eine bekannte Stimme, als wir wenig später über den gepflegten Rasen schritten, der sich im Zentrum des Palastgartens befand. Auf ihm fand der Empfang für die Schattige Unterwelt statt, was auf den ersten Blick schon zu sehen war. Denn neben den exotischen Pflanzen, die den Rasen an den Seiten begrenzten und deren Blüten heute alle in Schwarz erstrahlten, schwebten schwarze Kerzen zwischen den unzähligen Gästen vorbei und erhellten die Nacht. Die Kerzen hinterließen dabei eine kleine Rauchspur, die sich einen Herzschlag später wieder in Luft auflöste.

„Kassandra, Logan – ich wusste nicht, dass ihr Teil der Delegation seid", sagte ich und lächelte die beiden an, die in der Schattigen Unterwelt zu unseren Freunden geworden waren.

„Waren wir ursprünglich nicht, aber da die Verhandlungen mit der Oberwelt so gut voranschreiten, haben wir uns entschieden, dass der Neue Rat diesen Besuch unterstützt und ebenfalls zugegen sein wird", erklärte Logan und ich freute mich, den Ekelträger mit den hellblauen Augen und den kurz geschorenen Haaren wiederzusehen.

„Es tut gut, dich zu sehen – vor allem lebend", sagte er zu Ben und klopfte ihm kameradschaftlich auf die Schulter. „Hast du in der Zwischenzeit wieder Ärger gemacht?"

„Mann, das überlasse ich dir. Wer hat denn einem entflohenen Verdächtigen Unterschlupf gewährt und ihn vor der Hinrichtung bewahrt?", bemerkte Ben trocken, doch seine Mundwickel zuckten leicht nach oben.

„Der größte Fehler meines Lebens", antwortete Logan grinsend, während mich Kassandra in eine herzliche Umarmung schloss.

„Es ist schön, dass es euch gut geht."

Ich nickte der Erinnerungsvampirin mit den kastanienroten Haaren zu. „Das kann ich nur erwidern. Wie läuft es mit dem Neuen Rat in der Schattigen Unterwelt?"

„So weit, so gut", erklärte Kassandra. „Wir verhandeln mit der Neuen Acht gerade über die Integrationsmaßnahmen. Wie du dir sicher denken kannst, ist es nicht so einfach – aber wir machen gute Fortschritte. Euer Gestalter Skellan ist ein raffinierter, weitsichtiger Mann."

„Ist es okay, wenn ich dir deinen Ekelträger entführe? Ich sterbe vor Hunger", fragte Logan, bevor ich ihm lächelnd zunickte und er sich mit Ben in Richtung

Buffet aufmachte.

Reichhaltig gedeckte Tische waren an der Stirnseite der Veranstaltungsfläche aufgebaut worden. An der gegenüberliegenden Seite unterhielt ein Nachtharfenkünstler die schwarz gekleideten Gäste mit klassischer Musik. Dabei tanzten die Noten um ihn herum, bevor sie wie die Rauchfäden der Kerzen einfach vor unseren Augen verschwanden.

Ein Kellner kam mit einem rauchenden Tablett an uns vorbei, auf dem sich Gläser mit einer schwarz prickelnden Flüssigkeit befanden. Kassandra nahm zwei der Getränke entgegen und drückte mir eines davon in die Hand. „Sie geben sich viel Mühe."

„Das tun sie. Es geht ihnen um eure Magie, nicht wahr?"

Kassandra prostete mir zu und nahm dann einen tiefen Schluck aus ihrem Glas. „Das stimmt. Skellan ist sehr interessiert an dem Wissen und der dunklen Magie, die sich über Jahrzehnte in der Schattigen Unterwelt angesammelt haben. Wir besitzen Möglichkeiten, die ihn reizen."

„Das kann ich mir nur zu gut vorstellen", erwiderte ich und dachte an seinen zufriedenen Gesichtsausdruck, als er den Verdrängten in der Verhörhalle unter seiner Kontrolle gehabt hatte.

„Aber wir müssen vorsichtig sein, nicht jedem ist zu trauen", fügte Kassandra hinzu. Dabei fixierte sie die weiße Gestalterin Vandora, die sich gerade in einer Ecke mit Kay unterhielt. Vandora schien unsere Aufmerksamkeit zu spüren, denn sie wandte uns in dem Moment ihren Blick zu und betrachtete mich aus ihren dunklen Augen. Es war nur ein kurzer Augenblick, aber er reichte, dass mein Puls in die

Höhe schoss und mir eine Gänsehaut über den Körper jagte. Dabei erinnerte ich mich daran, was ich im Spiegel gesehen hatte: Vandora, die sich im Turm mit den Büchern der Macht verstohlen umgesehen hatte, bevor sie nach dem violetten Buch griff. Und auch mein Traum kam mir wieder in den Sinn, bei dem die Dunkelheit aus ihren Augen gebrochen war. Konnte Vandora die Schwarze Meisterin sein? Handelte es sich bei ihr um die weiße Trägerin, die den Fluch über Bens Blutlinie gebracht hatte?

„Alles okay?", wollte Kassandra wissen, die meinen nachdenklichen Ausdruck bemerkt haben musste.

„Ja, alles okay. Als du sagtest, dass nicht jedem zu trauen ist – meintest du da vielleicht jemand Speziellen?", fragte ich etwas leiser. „Gibt es jemanden, den du im Blick hast? Dem du besonders misstraust?"

Kassandra strich sich eine Haarsträhne aus der Stirn. „Ich nehme ein paar dunkle Schwingungen auf, Lee. Aber das hat noch nichts zu bedeuten. Die Zeiten sind nach wie vor unruhig, auch wenn die Gespräche mit der Neuen Acht gut laufen und wir uns gegenseitig schon einige Zugeständnisse gemacht haben. Dennoch lässt mich das Gefühl nicht los, dass sich etwas Großes zusammenbraut."

Ich runzelte die Stirn. „Wie meinst du das?"

„Es ist schwer in Worte zu fassen. Und es ist letztendlich nur ein Gefühl in einer Welt voller Gefühle." Sie lächelte schwach.

„Das erinnert mich an Bens Albträume, die er seit der Verschmelzung mit dem Schwarzen Meister hat."

Kassandra zog die Augenbrauen zusammen. „Wie oft hat er diese Albträume?"

„Fast jede Nacht", antwortete ich wahrheitsgemäß.

„Sie scheinen durch die Verschmelzung hervorgerufen worden zu sein. Aber das ist noch nicht alles." Ich zog Kassandra ein Stück von dem Empfang weg und wir stellten uns unter die Ranken einer schwarzen Trauerweide. Eigentlich hatte ich vorgehabt, Thaya nach dem Fluch zu fragen – in der Hoffnung, dass sie in der Schattigen Unterwelt irgendetwas aufgeschnappt hatte. Doch Kassandra lebte schon viel länger im Verborgenen und die Chancen standen weit höher, dass sie etwas wusste. „Letztens waren Ben und ich bei einer Geisterbeschwörerin und sie hat uns in die Vergangenheit seiner Ahnen mitgenommen."

Kassandra hob interessiert beide Augenbrauen und ich berichtete ihr rasch von Chantal und unseren Erlebnissen.

Die Erinnerungsvampirin runzelte die Stirn. „Also ich weiß nichts über diesen Fluch, aber die alte Freudeträgerin, die die Kunst der Sandmalerei beherrscht, könnte mir bekannt sein. Ihr Name ist Dibella und sie ist eine gefährliche Trägerin, ihr solltet euch lieber von ihr fernhalten."

„Aber das kann ich nicht", erwiderte ich und spürte, wie mein Herz schneller zu schlagen begann. „Wir müssen sie finden, denn wir benötigen jeden Hinweis, den wir irgendwie bekommen können."

Kassandra atmete tief ein und senkte die Stimme, als sie weitersprach. „Dibella ist eine Kannibalin, Lee. Sie ist dafür bekannt, sich alles unter den Nagel zu reißen, was ihr dienlich ist. Sie zieht Magie und Gefühle aus den Sinnträgern und macht nicht einmal vor der Unantastbarkeit der Liebe halt." Dabei glitt ihr Blick zu Ben und Logan, die sich am Buffet miteinander unterhielten.

„Was höre ich da? Ihr sprecht von der Unantastbarkeit der Liebe? Hier kommen wir doch gerade recht", ertönte eine melodische Stimme neben uns und ich lächelte Viktor und Thaya an, die Hand in Hand auf uns zuspaziert kamen.

Der Erinnerungsvampir mit den golden glänzenden Haaren und den ebenmäßigen Zügen machte eine tiefe Verbeugung. „Lee, was für eine angenehme Überraschung, dich hier wiederzusehen." Er richtete sich in seinem schwarzen Samtanzug mit dem violetten Einstecktuch wieder auf. „Meinst du nicht auch, Liebste?"

„Natürlich", pflichtete Thaya ihm bei und schmiegte sich an Viktors Schulter. Ihre schwarzen Haare waren länger als bei unserer letzten Begegnung, sie reichten ihr nun wieder bis zum Kinn. „Hast du die Einladung zu unserer Hochzeit erhalten, Lee?"

Ich nickte. „Das habe ich, vielen Dank."

„Werden du und dieser Ekelträger dann auch unsere Gäste sein?", fragte Viktor und rieb sich mit dem Daumen über seine blutroten Lippen, die einen starken Kontrast zu seiner blassen Haut darstellten.

„Ich gehe davon aus." Bislang hatte ich Ben noch nicht überzeugen können, endgültig zuzusagen.

„Ben wehrt sich, nicht wahr?", fragte Thaya, die einen schwarzen Hosenanzug trug, der ihre athletische Figur betonte. „Viktor, ich habe dir doch gesagt, dass es zu viel war, sowohl Angst- als auch Trauermagie in die Einladungskarte einweben zu lassen. Diese Art von Zauber ist nicht jedermanns Sache."

Ich musste Thaya vollkommen recht geben und empfand nicht viel dafür, dass sie die Karte hatte magisch verändern lassen.

Viktor lächelte. „Aber so wird die Erinnerung an unsere Einladung auch wirklich allen in Erinnerung bleiben."

Kassandra zupfte sich die Ärmel ihres schwarzen Kleides zurecht. „Die Frage ist nur, ob sie es wollen."

„Ich befreie sie gern von ihrer Erinnerung, wenn sie es wünschen. Denn die schönsten Erinnerungen sind nicht immer die besten", erwiderte Viktor. „Manchmal sind es die besonders intensiven Erinnerungen, die uns bereichern. Die uns wachsen lassen." Ein eigenartiger Ausdruck huschte über sein Gesicht und ich fragte mich, worauf er anspielte.

„Ich würde mich auf alle Fälle sehr freuen, wenn ihr zu der Schattigen Zeremonie kommen könntet. Ich habe auch Edomir und Simeon eingeladen, denn als Auserwählte haben wir viel gemeinsam durchgestanden – auch wenn ich mit unseren Missionen nicht immer schöne Erinnerungen verbinde." Thayas filigrane Gesichtszeichnung, die sich anmutig von ihrem Mund bis zu ihrer Schläfe verästelte, glomm dunkelblau auf. „Es macht mich noch immer traurig, wenn ich daran denke, wen wir alles verloren haben."

Ich nickte und auch meine Gedanken wanderten kurz zu Jaron, Caprice und Jesper. „Umso mehr freut es mich, zu sehen, dass du glücklich bist, Thaya", sagte ich schnell, weil ich mich diesen schweren Erinnerungen nicht hingeben wollte. „Wir werden selbstverständlich versuchen, bei eurer Hochzeit anwesend zu sein."

„Wie schön. Aber nun lasst uns diesen reizenden Empfang genießen. Wir sehen uns", meinte Viktor und Thaya lächelte mir noch einmal zu, bevor sich die beiden unter die Gäste mischten.

„Ein eigenartiges Paar", murmelte Kassandra.

„Ich habe es anfangs auch nicht glauben können", stimmte ich ihr zu. „Ich hatte nicht den Eindruck, dass Viktor jemand ist, der sich gern bindet."

Sie nickte. „Aber es scheint Liebe zu sein. Ich gehe davon aus, dass die Hochzeit stattfindet."

„Außer, er bekommt noch kalte Füße und beschert Thaya damit einen besonders intensiven Moment", erwiderte ich und straffte dann die Schultern, um wieder auf das Thema zurückzukommen, das mich beschäftigte. „Wo finden wir diese Dibella, Kassandra? Ist sie noch immer auf dem Mystischen Markt zugegen?"

Kassandra zögerte kurz, bevor sie mir antwortete. „Ja, aber ich habe dich gewarnt, Lee. Dibella ist eine boshafte, sehr gefährliche Person."

In dem Moment erklang ein Trommelwirbel, der über den Platz rollte, und ich sah, wie Skellan sich in der Mitte der Veranstaltungsfläche von einer kleinen runden Plattform nach oben tragen ließ, bis er alle Gäste überragte.

„Werte Mitglieder der Neuen Acht und Sinnträger aus der Oberwelt, werte Gäste aus der Schattigen Unterwelt", hallte die Stimme des dunkelblonden Wachsamkeitsministers über den Platz, der einen rauchenden schwarzen Anzug trug. „Es freut mich, dass wir heute Abend zusammengefunden haben."

Er machte eine kurze Pause und ließ seinen wachsamen Blick über die Gesellschaft schweifen.

„Nach den Übeltaten des Krieges liegt der Neuen Acht selbstverständlich der Friede am Herzen. Es ist wichtig, dass wir in unserer Gemeinschaft keinen Nährboden für – die anwesenden Ekelträger verzeihen mir bitte meine Formulierung – Hass und

Diskriminierung bieten. Wir sind alle ein Volk, wir gehören zusammen, wir sind Kinder der Sinnlichen Welt. Wir sind nicht dafür geboren worden, um Krieg zu führen, und so wahr ich hier stehe, werde ich alles tun, um einen Vierten Sinnlichen Krieg zu vermeiden. Wie sagt man so schön in der anderen Welt? Aller guten Dinge sind drei – ich möchte dieses Sprichwort umwandeln: Aller schlechten Dinge sind drei. Denn es wird hier kein viertes Mal geben. Die Bücher der Macht befinden sich in unserem Gewahrsam und der Empfang, der heute hier stattfindet, ist ein weiterer Schritt in eine bessere Zukunft. Er ist ein Symbol des Neuanfangs. Die Integration der Schattigen Unterwelt wird uns in eine bessere, tolerante Zukunft führen."

Die Sinnträger applaudierten und Skellan nickte zufrieden, als der Beifall verklungen war.

„Und jetzt appelliere ich an Sie, miteinander zu reden. Unterhalten Sie sich, tauschen Sie sich aus. Nutzen Sie diesen Empfang, um Ihr Wissen zu teilen und sich besser kennenzulernen."

„Wie hat dir Skellans Rede gefallen?", fragte ich, als Ben und ich wenig später durch den Palastgarten schritten, um abseits des Trubels ein wenig allein zu sein. Dabei blieb mein Blick an der Fassade des Palastes hängen. Dunkle Nebelwolken zogen darüber hinweg und änderten ihre Form, bis sie immer wieder die Zahl Acht ergaben.

„Die Rede war relativ nichtssagend, so wie der ganze Typ", ätzte Ben und legte seinen Arm um meine Schultern.

Ich lächelte. „Und das liegt nicht nur daran, dass du etwas eifersüchtig bist, was ihn betrifft?"

„Ich eifersüchtig?", wiederholte Ben grinsend. „Ich bin weder auf Skellan noch auf Quentin eifersüchtig. Immerhin bin ich das Beste, was dir je passiert ist."

Ich schüttelte nur den Kopf und versuchte mich mit einem Themenwechsel. „Ich habe Simeon gar nicht gesehen, war er überhaupt da?"

„Ja, er ist später gekommen und hat etwas von Nachschub und einem Mittelchen geschwafelt, das er für Etienne besorgt hat. Irgendetwas, das zu einer Linderung ihrer Angstanfälle führt. Den Typen hat es echt erwischt." Ben machte eine Pause und wurde nachdenklich. „Ich habe übrigens mit Logan gesprochen, er wusste leider nichts über den Fluch. Aber der Verschmelzungszauber war ihm bekannt und er hat bestätigt, dass es Sinnträger gab, die mehr als einmal eine endgültige Verschmelzung durchgeführt haben. Einer hat Zuflucht in der Schattigen Unterwelt gesucht, bevor er sich selbst umgebracht hat."

„Wieso das denn?"

„Weil er die Kraft der anderen Sinne irgendwann nicht mehr ertragen hat. Wir sind anscheinend nicht dafür bestimmt, alle acht Sinne in uns zu vereinen."

„Das kann ich mir vorstellen", sagte ich und betrachtete das Mondlicht, das sich in den üppigen Blättern einer Riesenrose spiegelte. „Ich habe mich mit Kassandra unterhalten und weiß nun, dass die alte Sinnträgerin, die Sammanta auf dem Mystischen Markt aufgesucht hat, Dibella heißt."

Ben lächelte mich an. „Das ist zumindest ein Anfang."

Ich nickte. „Aber Kassandra hat mich vor ihr gewarnt. Sie soll sehr gefährlich sein. Anscheinend ist sie eine Kannibalin, die andere ihrer Magie und

Gefühle beraubt." Ich stockte. „Und auch ihrer Liebe."

Ich merkte, wie Bens Atem sich beschleunigte. „Dann gehe ich allein, Lee."

„Das wirst du nicht", sagte ich und betrachtete sein scharf geschnittenes Profil.

„Und wie ich das tun werde. Kannst du dich noch erinnern, wie es war, als Casimir unser Band der Liebe zerrissen hat? Das werde ich nicht noch einmal zulassen." In seiner Stimme lag eine absolute Bestimmtheit.

Mein Herz klopfte mir bis zum Hals. „Und glaubst du, dass ich es zulassen werde, dass du dich allein zu der Trägerin aufmachst?", zischte ich, weil ich Bens Alleingänge zu oft erlebt hatte.

„Es gibt keine andere Option", sagte er wütend. „Es ist meine Blutlinie, Lee. Lass mich das lösen." Dann griff er sich an die Brusttasche seines Anzugs, als wolle er prüfen, dass noch etwas da war. „Ich habe mir das heute eigentlich anders vorgestellt"", meinte er dann. „Eigentlich wollte ich …"

Ich blieb stehen und mir wurde schlagartig übel.

„Was ist?", wollte Ben wissen und sah mich besorgt an.

„Ich habe diesen Streit schon einmal gesehen. In dem Spiegel – er hat mir diese Szene gezeigt", sagte ich, als plötzlich ein Blitz über den Nachthimmel zuckte. Dem Blitz folgte ein so gewaltiger Donner, dass ich zusammenzuckte und Ben mich ruckartig an sich zog. Im nächsten Moment begann es, violette Blütenblätter zu regnen – sie fielen in einer Dichte vom Himmel, als würden sie das Ende der Welt ankündigen –, und dann ging eine schwarze Sonne auf.

Es war genau wie auf den Bildern, die der Spiegel

uns gezeigt hatte, und ich keuchte erstickt auf, als es passierte. Zuerst verlief die Zeit am Himmel rückwärts und der Mond mitsamt den Sternen verschwand, bevor es taghell wurde und die schwarze Sonne immer höher stieg, als würde sie den Aufstieg des Schwarzen Meisters selbst zeigen.

„Das sind keine normalen Zeitanomalien mehr", knurrte Ben, während ein explosives Donnergrollen nach dem anderen über uns hinwegbrach und die Erde so stark erschütterte, dass wir uns kaum noch auf den Beinen halten konnten.

„Ich fürchte nicht", flüsterte ich und wandte mein Gesicht zum Westflügel des Palastes, den uns der Spiegel ebenfalls gezeigt hatte. In diesem Moment explodierte ein Teil davon mit solch einer Wucht, dass uns die Druckwelle von den Füßen riss. Ben und ich wurden gemeinsam ins Gras geschleudert und ich erstarrte, als ich mich wieder aufrappelte. Die Explosion hatte offenbar auch die Sicherheitsmagie von Simeons Bücherturm zerstört, denn ich sah den brennenden Turm hinter den Mauern des Westflügels in die Höhe ragen und verstand endlich, wieso die Fläche hinter dem Palast für angebliche Pflanzungen gesperrt gewesen war.

Doch wesentlich schlimmer als der Anblick des brennenden Turmes war die furchtbare Erkenntnis, dass die Zukunft genau so eintrat, wie sie uns von dem Spiegel gezeigt worden war.

Es war ein Bild der Zerstörung, das sich uns bot. Der ganze Westflügel des Palastes lag in Trümmern vor uns und die aufsteigenden Rauchwolken waren so dicht, dass wir kaum etwas sehen konnten. Der

Himmel war erfüllt von den Schreien der Verwundeten und wir mussten über Leichen steigen, deren zerfetzte und abgerissene Körperteile den Boden bedeckten. Herbeigerufene Heiler kümmerten sich bereits um die Überlebenden und Magiebegabte riefen die schwarzen Kerzen des Empfanges zu sich, um den dunklen Ort zu erhellen. Ich hielt nach Simeon Ausschau, der nirgends zu sehen war. Es herrschte das totale Chaos und Sinnträger rannten aufgeregt hin und her, um zu helfen. Auch Ben und ich befreiten Träger, die unter riesigen Mauerteilen begraben waren. In einiger Entfernung konnte ich auch Logan und Kassandra sehen, die kräftig mit anpackten.

„Der Gespaltene ist ausgebrochen!", hallte irgendwann Kays Stimme durch die Nacht und bestätigte damit meine schlimmsten Befürchtungen. Die Gesichtszeichnung der Wutträgerin leuchtete in dunklem Rot und sie ließ ihren Blick wütend über den zerstörten Palastflügel gleiten.

„Und was ist mit den Büchern?", schrie Ben ihr entgegen. „Sind sie in Sicherheit?"

Kay, deren Gesicht vollkommen verrußt war, strich sich mit dem Handrücken über die Stirn und ihre Stimme zitterte, als sie die nächsten Worte aussprach. „Nein. Sie sind weg."

„Ruhe! Wir müssen jetzt Ruhe bewahren!", brüllte Skellan, als wir uns eine knappe Stunde später im Versammlungsraum zusammengefunden hatten.

Die Neue Acht und ihre Achtsamen waren von der Explosion gezeichnet – die festliche Kleidung war verschmutzt und unsere Gesichter trugen dunkle Schlieren. Ein paar Träger hatten auch Verletzungen an Armen und Beinen davongetragen und ich konnte erkennen, dass die Achtsamen von Furia fehlten. Wahrscheinlich befanden sie sich unter den geborgenen Leichen. Erleichterung kam über mich, als ich neben Alfonsus auch Simeon wohlbehalten vorfand. Selbst Vandora war hier – nur Coel konnte ich nirgends entdecken.

„Der Gespaltene ist ausgebrochen und hat die Bücher der Macht gestohlen! Wie sollen wir da ruhig bleiben?", rief Furia und schmiss ihren roten Zopf zurück.

„Es gibt einen Verräter, in unseren Reihen gibt es einen Verräter", zischte Casimir und sein Blick wanderte zu Simeon. „Du hast gesagt, dass die Magie nicht gebrochen werden kann!"

Simeon rieb sich mit bebenden Fingern über seinen Bart. „Ich weiß auch nicht, wie das passieren konnte. Nur wenn alle Gestalter gleichzeitig den Turm der Bücher betreten, bringt der Sicherheitsmechanismus die wahren Bücher der Macht zum Vorschein. Ansonsten zeigt er nur die nutzlosen Duplikate."

„Anscheinend war dein Zauber nicht gut genug, anscheinend warst du nicht gut genug", fauchte Vandora und starrte Simeon aus ihren dunklen Augen an.

„Das ist doch alles kein Zufall", wandte Etienne ein.

„Das glaube ich auch nicht", kam ihr Alfonsus mit ruhiger Stimme zu Hilfe. „Der Gespaltene ist ausgebrochen und das hier scheint von langer Hand geplant zu sein."

„Wie konnte der Gespaltene unter den hohen Sicherheitsmaßnahmen überhaupt fliehen? Wie hat er es geschafft, an den Wächtern vorbeizukommen?", fauchte Tyll und schob sich ihre blaue Haarsträhne aus dem Gesicht.

„Die Wächter sind alle tot", erklärte Skellan mit eisiger Stimme. „Und nicht nur die Wächter, wir zählen bislang achtzehn Tote, alles Angestellte aus dem Palast."

Tylls blaue Gesichtszeichnung flammte auf. „Wir können nur froh sein, dass der Empfang draußen stattgefunden hat, sonst hätten wir weit mehr Verluste zu beklagen."

Furia nickte. „Zwei meiner Leute sind tot und ich werde nicht eher ruhen, bis der Schuldige gefunden ist. Fakt ist, dass sich ein Verräter unter uns befindet, ein Verräter, den wir finden und töten müssen!"

Daraufhin entbrannte eine heftige Diskussion und die Gestalter schrien sich gegenseitig an. Ihre Gesichtszeichnungen entfachten sich und der Raum wurde erfüllt von der Präsenz ihrer Sinne. Als Vandora für eine kurze Pause plädierte, bei der Furia aus dem achteckigen Saal stürmte, kamen Alfonsus und Simeon auf uns zu.

„Ich hätte niemals gedacht, dass jemand den Sicherheitsmechanismus des Turms knacken könnte", murmelte Simeon tonlos und raufte sich die Haare.

„Hast du keine Idee, wie das möglich sein konnte?", fragte Ben.

Simeon schüttelte den Kopf. „Aber ich habe mich ja auch bei der Verhörzelle geirrt."

Im nächsten Moment entfachte sich zwischen Casimir und Skellan eine solch hitzige Diskussion, dass Alfonsus mit dem Kopf zur Tür nickte. „Lasst uns ein paar Schritte gehen."

Gemeinsam traten wir vor den Versammlungsraum,

wo Kay mit dem Rücken gegen die Wand lehnte. Sie hatte die Augen geschlossen und sah genauso erschöpft aus, wie ich mich fühlte. Als sie uns kommen hörte, öffnete sie die Augen und nahm Haltung an. „Gestalter."

„Kay", grüßte Alfonsus sie. „Wie geht es dir?"

Die Wutträgerin atmete tief ein und es war das erste Mal, dass ich sie nicht so selbstbewusst wie sonst erlebte. „Es gab schon bessere Tage", murmelte sie mit einem Blick in Richtung des Westflügels.

Alfonsus nickte. „Gibt es irgendetwas, das du uns über den Ausbruch des Gespaltenen sagen kannst?"

Sie schnaubte leise und schüttelte den Kopf. „Ich dachte, es wäre unmöglich, aus dieser Verhörzelle zu entkommen." Ihre Stimme wurde bitter. „Aber offenbar habe ich mich getäuscht."

„Genau dasselbe habe ich auch eben gesagt", bemerkte Simeon und fuhr sich durch seine blonden Haare.

Ich räusperte mich. „Offenbar hatte der Gespaltene von Anfang an das Ziel, die Bücher der Macht zu stehlen. Anscheinend musste er dafür lediglich auf den richtigen Zeitpunkt warten."

Ben runzelte die Stirn. „Was genau meinst du damit?"

Ich atmete tief ein. „Hast du dir schon mal die Frage gestellt, warum er nicht schon vor Tagen diesen Überfall durchgeführt hat? Ich denke, dass er es erst jetzt geschafft hat, den Sicherheitsmechanismus zu umgehen." Dann stockte ich. „Hat jemand Coel gesehen?"

Simeon schüttelte den Kopf und Alfonsus zog irritiert die Augenbrauen zusammen. „Ich habe das

Verzeichnis der Leichen überflogen, konnte seinen Namen aber nicht finden. Glaubst du denn, dass er dahintersteckt?"

„Ich würde es zumindest nicht ausschließen", erwiderte ich unbehaglich. Schon allein die Vorstellung, dass es sich bei Coel um den Schwarzen Meister handelte, jagte mir einen kalten Schauer über den Rücken.

War Coel Bens Blutsverwandter? Handelte es sich bei ihm in Wirklichkeit um Tom, der sich in Azrael verwandelt und sich als Coel die perfekte Tarnung erarbeitet hatte? Immerhin war Coel dabei gewesen, als Ben die Macht der Acht hingerichtet hatte.

Simeon zog die Augenbrauen zusammen. „Das würde doch Sinn ergeben. Was ist, wenn Coel mir nicht deshalb hinterherspioniert hat, weil er sich für mein Amt interessiert, sondern für den Sicherheitsmechanismus des Bücherturms? Immerhin habe ich sehr lange daran gearbeitet, um … um ihn wirklich perfekt zu machen." In diesem Moment schnappte er nach Luft. „Oh mein Gott."

„Was?", fragte Ben sofort.

„Die Zusatzsicherung der Verhörzelle! Die habe ich ja ganz vergessen!"

„Was ist das für eine Zusatzsicherung?", hakte ich angespannt nach.

Simeon wurde immer aufgeregter. „Die Zelle trägt eine spezielle Magie in sich – ich habe darüber gelesen. Es ist laienhaft ausgedrückt ein Fährtenzauber, der dafür gedacht ist, der Spur eines entflohenen Verdächtigen zu folgen." Hektisch blickte Simeon sich in dem Flur um. „Ich wollte so einen Fährtenzauber auch für den Bücherturm installieren, aber es hat sich mit meiner Magie gebissen und nach ein paar nutzlosen Versuchen …"

„Komm zum Punkt", presste Ben hervor.

Simeon schluckte. „Wenn wir Glück haben, können wir mithilfe des Fährtenzaubers aus der Verhörzelle dem Weg des Gespaltenen folgen."

„Wirklich?", stieß ich hervor und beugte mich nach vorn.

Simeon nickte hektisch. „Aber wir müssen sofort aufbrechen. Das Zeitfenster eines Fährtenzaubers ist auf eine Stunde begrenzt – und ich fürchte, die ist so gut wie um."

Kapitel 15

Einen Moment lang starrten wir Simeon alle an.

„Worauf warten wir dann noch?", stieß Kay schließlich hervor und machte einen Schritt auf Simeon zu. „Zeig mir, wie wir dem Gespaltenen folgen können!"

Er nickte und kurz darauf rannten wir alle durch den Palast in Richtung des Vernehmungsraumes.

„Ich brauche noch etwas aus meinem Arbeitszimmer!", rief Simeon, als wir daran vorbeikamen. Er raste hinein, griff nach einem Fläschchen, steckte noch eine Handvoll grüne Murmeln ein und rannte dann mit uns weiter.

Auf dem Weg zur Verhörzelle trommelte mein Herz wie wild. Wenn dieser Fährtenzauber tatsächlich funktionierte, hatten wir womöglich die Chance, die Bücher der Macht zurückzuholen.

„Stopp!", rief Simeon, als wir an einem großen Blutfleck auf dem Boden vorbeikamen. „Kay, ist hier eine der Wachen gestorben?"

Die Wutträgerin presste die Lippen zusammen und nickte.

„Gut, dann muss der Gespaltene hier vorbeigekommen sein."

Mit fliegenden Fingern holte Simeon das grüne Fläschchen mit dem Korbgeflecht hervor, das er vorher aus seinem Arbeitszimmer geholt hatte, und fluchte unterdrückt.

„Das ist das falsche." Dann steckte er es wieder ein

und zog stattdessen eine glitzernde Phiole hervor, um sie auf den Boden zu schleudern. „Ich hoffe, dass es noch nicht zu spät ist", flüsterte er, als eine glitzernde Dampfwolke daraus in die Höhe stieg. „Jetzt tief einatmen!", schrie er dann und ich nahm einen tiefen Atemzug, woraufhin ich das Gefühl hatte, durch die Luft katapultiert zu werden.

Die Magie von Simeons funkelnder Dampfwolke schleuderte uns mit einer Wucht auf den Boden, dass es mir die Luft aus den Lungen presste. Keuchend rappelte ich mich hoch und hatte keine Ahnung, wo wir uns befanden.

„Lee, ist alles in Ordnung?", hörte ich Ben knapp neben mir rufen und nickte rasch. Die Luft roch schwer nach moschusartigen Blüten und es war so schwül, dass meine Haare mir schon nach wenigen Sekunden feucht im Nacken klebten.

„Es geht mir gut", antwortete ich und blickte mich um. Dichtes violett schimmerndes Blattwerk umgab uns, durch das vereinzelt helle Sonnenstrahlen fielen. Neben mir richtete sich Alfonsus stöhnend auf und blieb für einen Moment vornübergebeugt stehen.

„Ich bin zu alt für so etwas", sagte er leise. „Weiß jemand, wo wir sind?"

Simeon richtete sich ächzend auf. „Wir können überall sein. Die Fährtenmagie ist stark genug, um einem Geflohenen an jeden Ort in der Sinnlichen Welt zu folgen. Selbst geschützte magische Bereiche sind da kein Problem. Sie könnte uns sogar unter Wasser oder mitten in der Luft absetzen, wenn der Verdächtige sich dort aufhalten würde."

„Zum Glück sagst du uns das jetzt erst", knurrte

Ben und schlug sich auf die Wange, als ein surrendes Insekt mit acht violetten Flügeln sich auf seinem Dreitagebart niederließ. „Offenbar sind wir mitten in einem beschissenen Urwald gelandet."

„Wir müssen vorsichtig sein", sagte ich. In diesem Moment ertönte von irgendwo ein Schrei, der so entsetzt klang, dass mich der violette Sinn überrollte. „Oh nein. Habt ihr das gehört?"

Mit einem Schritt war Ben bei mir und zog mich an sich. „Es war ein Fehler, herzukommen", flüsterte er mir zu, während er sich in dem violett schimmernden Dschungel umblickte.

Trotzig schüttelte ich den Kopf, obwohl mich die Angst selbst fest im Griff hatte. „Es war das einzig Richtige", hielt ich dagegen. „Wir können nicht zulassen, dass der Schwarze Meister alle Bücher der Macht in seinem Besitz behält."

„Damit hat er tatsächlich unvorstellbare Macht", flüsterte Simeon mit zitternder Stimme. Als es irgendwo im Unterholz raschelte, fuhr er ängstlich herum. „Wenn er die Bücher gemeinsam einsetzt, kann er praktisch alles damit machen. Er könnte die Menschverbundenen auslöschen, er könnte ganze Landstriche auslöschen. Wahrscheinlich könnte er sogar die Sinne auslöschen, bis nur noch der eine übrig bleibt, dem er selbst angehört."

„Wir befinden uns im Land der Angst", sagte Alfonsus in diesem Moment. „Der violette Sinn spricht aus Euch, Gestalter."

Ich spürte, wie Ben mich stärker an sich drückte, und hätte Simeon am liebsten gefragt, ob uns die Fährtenmagie auch wieder zurückbringen konnte. Mit all meiner Kraft versuchte ich, die Angst zurückzudrängen und mich wieder auf meine Wachsamkeit zu fokussieren.

„Wir sollten besser leise sein", sagte Kay nun und blickte sich mit riesigen Augen um. „Es kann sein, dass der Gespaltene noch ganz in der Nähe ist."

Simeon schluckte. „Wenn, dann müsste er eine glitzernde Spur hinterlassen haben. Da wir den funkelnden Dampf eingeatmet haben, sollten wir sie sehen können."

„Lee, sieh dich um", sagte Alfonsus in dem Moment und legte mir seine Hand leicht auf die Schulter. „Nutze deinen Sinn. Kannst du Rückstände der Fährtenmagie finden?"

„Ich versuche es", murmelte ich und ließ meine Wachsamkeit mit voller Kraft durch mich hindurchströmen. Die Linien meiner goldgelben Zeichnung erhitzten sich unter dem Strom der Magie und ich spürte, wie mich mein Sinn vom Kopf bis zu den Zehenspitzen erfüllte. Dann blickte ich mich um.

Die Schönheit des Urwalds war nicht zu leugnen, dennoch fühlte ich eine starke Bedrohung beim Anblick der verschiedenartigen Pflanzen und Insekten. Bunte Pollen schwebten durch die Luft und die Federn fremder Vögel hingen vereinzelt in den Blättern der Bäume.

Langsam richtete ich meinen Blick nach oben. Von den hohen Ästen hingen lange Lianen herunter und ich konnte sehen, wie sich einige Blätter in unsere Richtung neigten. Ohne meinen Sinn hätte ich gesagt, es läge am Wind, doch nun erkannte ich ein Muster, das von den Baumwipfeln bis zu den Wurzeln hinunterlief und mir das Gefühl gab, dass uns der Wald selbst beobachtete.

Ein kalter Schauer lief mir über den Rücken und ich richtete meinen Blick rasch hinunter zum Boden. Außer den Fußspuren, die von uns selbst stammten, waren darin keine Abdrücke zu sehen – allerdings entdeckte ich aus dem Augenwinkel ein sanftes Glitzern. Rasch lief ich hin und ging in die Hocke, bevor ich ein großes Blatt zur Seite streifte. Darunter befand sich ein lavendelfarbener Pilz mit weißen Membranen, auf dem sich eindeutig Rückstände der Fährtenmagie fanden.

„Hier", sagte ich und winkte die anderen herbei. „Ich habe Spuren gefunden. Sie weisen in diese Richtung." Dabei nickte ich mit dem Kopf nach vorn. Dort befand sich ein schmaler Pfad, der in sanften Biegungen ins dunkle Unterholz führte.

„Ich sehe nur, dass du *eine* Spur gefunden hast", sagte Kay. „Wer garantiert uns, dass die Richtung stimmt?"

Ich zog die Augenbrauen zusammen. „Die Spur führt von unserem Ankunftsort eindeutig zu diesem Pfad."

Sie atmete tief ein. „Ich sehe nur, dass der Pilz glitzert. Wer sagt dir, dass der Gespaltene von dort aus nicht ins Unterholz abgebogen ist?"

Ich schüttelte den Kopf. „Darauf deutet nichts hin."

„Deshalb schlage ich vor, dem Weg zu folgen, den die Wächterin vorgibt", mischte sich Alfonsus ein und die Wutträgerin setzte sich mit rot funkelnder Gesichtszeichnung an die Spitze der Gruppe. Ich wollte ihr direkt folgen, aber Ben schob mich hinter sich, danach kam Simeon und den Abschluss bildete Alfonsus.

„Habt Ihr eine Ahnung, in welchem Teil des

Angstlandes wir uns befinden, Gestalter?", fragte ich Alfonsus nach ein paar Minuten über die Schulter. Die weiche Erde verschluckte jeden unserer Schritte und die fremdartigen Düfte des Dschungels lagen schwer in der Luft. Kay und Ben schoben beide die fleischigen Blätter der Bäume zur Seite, die unter einem bestimmten Lichteinfall violett schimmerten.

„Ich bin mir nicht sicher", erwiderte Alfonsus nach kurzem Zögern. „Vor dem Krieg habe ich in der Magischen Bibliothek von einer verschollenen Insel gelesen. Sie war lange Zeit ein fester Bestandteil der Sinnlichen Welt, verschwand aber im Verlauf des Ersten Sinnlichen Krieges von den magischen Landkarten."

„Und was war die gängige Erklärung dafür?", wollte Ben über die Schulter wissen, während er sich weiter mit Kay durch das dichte Buschwerk kämpfte und die Blätter zur Seite bog, damit wir leichter auf dem Pfad bleiben konnten.

„Nun, es gab mehrere Theorien", setzte Alfonsus an. „Die einen sagten, der Krieg hätte die Insel zuerst schrumpfen und dann verschwinden lassen – da ja viele Sinnesländer unter dem Ausbruch der Kämpfe litten. Allerdings sprach dagegen, dass die Insel zum Gebiet der Angst gezählt wurde, welches während Kriegszeiten gemeinhin an Größe gewinnt und nicht einfach verschwindet."

„Das heißt, jemand muss diese Insel mit Magie geschützt haben", sagte Simeon und ich sah das Leuchten seiner grünen Zeichnung bis zu mir nach vorn. „Um sie vor den anderen verschwinden zu lassen."

„Eine ganze Insel?", fragte Kay ungläubig und

wandte sich um. Ihre glänzenden schwarzen Haare klebten ihr verschwitzt in der Stirn und ihre Wangen waren von der Anstrengung gerötet. „Ist dafür nicht jede Menge Magie vonnöten?"

„Unglaublich viel Magie", murmelte Simeon und strich mit den Fingern über die gefurchte Rinde eines Baumes, die ein ganz besonderes wellenförmiges Muster aufwies, das nicht mehr natürlich wirkte. In diesem Moment begann Simeon, sich vor unseren Augen zu verändern, und ich keuchte erschrocken auf.

„Simeon, nimm sofort die Hand da weg!"

Er riss die Hand zurück und starrte mich an. „Wieso? Was ist los?"

„Verdammt", murmelte Ben nach einem Blick auf ihn. „War das der Baum?"

„Ich weiß nicht – ich habe das Gefühl, die Insel macht das absichtlich", presste ich hervor.

„Was? Was ist los?", rief Simeon leicht hysterisch.

Ich atmete tief ein. „Du bist etwa fünfzehn Jahre gealtert."

Hektisch griff er sich ins Gesicht, das nun von einigen tiefen Falten durchzogen war. In diesem Moment traf es mich wie ein Blitz. So hatten Ben und ich Simeon auch in dem Spiegel gesehen.

„Vielleicht lässt es sich rückgängig machen", sagte Alfonsus. „Der Baum scheint die Zeit zu manipulieren. Versuch, die Bewegung rückwärts durchzuführen."

„Und was ist, wenn Eure These nicht stimmt und die Magie ihn so weit altern lässt, bis er stirbt?", stieß Kay hervor.

„Ich weiß nicht. Ich glaube, ich bleibe einfach so", sagte Simeon unsicher.

„Hast du denn nichts dabei, was uns helfen könnte,

die Magie zu neutralisieren?", fragte ich und dachte an das grüne Fläschchen mit dem Korbgeflecht.

Simeon schüttelte den Kopf. „Leider nicht. Ich habe nur
einen Schwächungszauber dabei", murmelte er widerstrebend. „Damit mache ich es wahrscheinlich nur noch schlimmer."

„Was für ein Schwächungszauber?", fragte Ben.

Simeon wurde rot. „Nur etwas, um das mich Gestalterin Etienne gebeten hat."

Ich kniff die Augen zusammen und verstand, dass Simeon ihr den Schwächungszauber wahrscheinlich besorgt hatte, um ihren violetten Sinn zu schwächen, als mich der violette Sinn selbst plötzlich erneut überrollte. In meinem Nacken kribbelte es und ich hatte das untrügliche Gefühl, nicht mehr allein zu sein. „Hier ist jemand", wisperte ich.

Augenblicklich spannte jeder in der Gruppe die Muskeln an und ich sah, wie die anderen mit zusammengekniffenen Augen durch das dichte Blattwerk linsten.

„Hast du außer deinem Schwächungszeugs keine Magie, die uns hier von Nutzen sein kann?", fragte Ben leise.

Simeon blickte sich mit weit aufgerissenen Augen um. „Ich habe nur etwas zur Verteidigung dabei. Aber nichts zum Auskundschaften."

„Leider habe ich auch keinen Nachrichtenwürfel in der Tasche, den ich losschicken kann, um die Gegend zu erkunden", fügte Alfonsus leise hinzu.

„Lasst uns weitergehen", entschied Kay und schüttelte ihr zartes Handgelenk, als eine lilafarbene Raupe aus einem der Bäume auf ihren Handrücken purzelte. „Der Trampelpfad macht hier eine Biegung, vielleicht können wir danach mehr sehen."

Simeon nickte und wir setzten unseren Weg mit erhöhter Vorsicht fort. Jeder Schritt führte uns noch tiefer in den Dschungel hinein und ich hatte das Gefühl, dass die Urwaldgeräusche immer lauter wurden. Gleichzeitig fuhr der Wind durch die hohen Baumkronen und brachte die Lianen zum Schwingen. Lauschend hob ich den Kopf. Ein leises Wispern erfüllte die Luft, von dem ich nicht wusste, ob es von den hin und her schaukelnden Lianen oder etwas anderem stammte. Ich hoffte von ganzem Herzen, dass es nur die Lianen waren.

„Hier ist etwas", sagte Kay plötzlich, als wir der Biegung des Pfades folgten und das Rauschen von Wasser immer lauter wurde. Dahinter verbreitete sich der Weg zu einer Art winziger Lichtung, die frei von den herabhängenden grünen Ranken und den fleischigen Blättern war. Stattdessen befand sich auf der linken Seite des Pfades ein hoher Totempfahl aus schwarzem Holz, der mit fremdartigen Mustern bemalt worden war. Eine glatte lilafarbene Maske mit schwarzen Augenschlitzen war an der Spitze angebracht worden – und ungefähr im Bereich des Brustbereiches prangte ein violettes A.

„Wie es aussieht, wurdet Ihr hier schon erwartet, Gestalter", sagte Kay misstrauisch und schwenkte herum zu Alfonsus.

„Das A steht für Azrael", sagte ich und blickte mich schaudernd um. Erst jetzt fiel es mir wie Schuppen von den Augen und ich hatte keine andere Erklärung, als dass der violette Sinn der Insel meine Aufmerksamkeit beeinträchtigt hatte, weil es mir erst so spät einfiel.

„Simeon und Ben, erinnert ihr euch, als das Mahnmal auf dem Marktplatz erzählte, dass Azrael irgendwelche Experimente auf seiner kleinen Insel durchgeführt hat? Offenbar sind wir genau hier gelandet."

„Na toll", meinte Simeon und ging vorsichtig weiter.

Hinter der nächsten Biegung verlief ein Weg rechts in das dichte Unterholz, während der andere etwas abschüssig zu einem Wasserfall führte, der ein natürliches Steinbecken von etwa fünf Metern Durchmesser mit glasklarem Wasser speiste.

Dahinter erhob sich in etwa fünfhundert Metern Entfernung eine riesige sandfarbene Tempelruine zwischen den dicht stehenden Bäumen. Sie war an einigen Stellen schon eingestürzt, strahlte aber dennoch eine beängstigende Boshaftigkeit aus, die meinen Pulsschlag in die Höhe trieb.

„Ich würde sagen, dass dies nach einem guten Versteck für die Bücher der Macht aussieht", flüsterte Simeon neben mir.

Ich nickte und blickte mich um. Nach wie vor hatte ich das hässliche Gefühl, dass wir beobachtet wurden.

„Die beiden Wege zu dem Tempel könnten mit Fallen gespickt sein", ließ sich Alfonsus vernehmen. Trotz seines höheren Alters hatte er gut mitgehalten, doch als ich ihn jetzt ansah, waren auch ihm die Spuren der Erschöpfung ins Gesicht geschrieben. Seine grau melierten Haare klebten an seinen Schläfen und die würfelförmige Zeichnung auf seiner Wange glitzerte anhaltend.

„Das Risiko müssen wir wohl eingehen", erwiderte Kay. „Ich bin dafür, den Weg durch den Dschungel zu nehmen."

„Aber im Dschungel könnte sich jemand

verstecken", erwiderte ich. „Ich habe schon länger das Gefühl, dass wir nicht allein sind. Der Weg durch das Wasserbecken ist übersichtlicher."

„Auf den ersten Blick", konterte Kay unfreundlich und funkelte mich an. „Vielleicht ist das Wasser aber auch auf andere Art gefährlich. Ich sage, wir gehen weiter durch den Wald."

Daraufhin nickten die anderen und ich versuchte, mein ungutes Gefühl in den Hintergrund zu drängen. Falls die Wege zum Tempel wirklich mit Fallen versehen waren, machte es wahrscheinlich ohnehin keinen großen Unterschied, welchem Pfad wir folgten.

„Wartet", sagte Simeon in diesem Moment. „Ich konnte vorhin noch ein paar von den Dingern hier einstecken." Dabei kramte er einige grüne Kugeln aus seiner Tasche. „Das sind Verwirrbomben", erklärte er dann, während er jedem von uns eine in die Hand gleiten ließ. „Falls wir angegriffen werden, werft sie auf den Boden. Die magischen Effekte sind vielfältig."

„Was soll das heißen: vielfältig?", fragte Ben skeptisch, während er seine Murmel entgegennahm.

„Ich will damit sagen, dass die Magie nicht immer das macht, was man erwartet", murmelte Simeon in sich hinein. „Aber es ist definitiv besser als nichts."

„Danke, Simeon", flüsterte ich und wünschte, ich hätte noch Zeit gehabt, meinen Wächterstab mitzunehmen. Nach all dem Training, um meine Magie wiederzuerwecken, hätte er mir womöglich eine echte Hilfe sein können. Das einzig Positive war, dass ich mit entsprechender Konzentration zumindest wieder auf meine magische Fähigkeit zugreifen konnte, um den Sand zu kontrollieren – wenn auch nicht allzu lange.

„Also los. Haltet die Ohren und Augen offen", sagte Kay und warf mir noch einen giftigen Blick zu, bevor sie voranging.

Schritt für Schritt folgten wir dem gewundenen rechten Pfad, der wieder tiefer in den Dschungel hineinführte. Achtflügelige Insekten umschwirrten uns und ich hörte Simeon leise fluchen, als ihn eines der Dinger in den Hals biss.

Ben hielt meine Hand fest umschlossen, während wir immer weitergingen. Obwohl ich wusste, dass ich mich auf den Wald konzentrieren sollte, wurde mein Blick immer wieder von dem alten Tempel angezogen. Für den Bruchteil einer Sekunde war sein Eingang durch die Bäume hindurch erkennbar gewesen und der Einlass erinnerte mich an einen schwarzen rechteckigen Schlund. Die Steine darüber waren auf eine Weise angeordnet, dass sie wie Zähne aussahen, und aus der Entfernung wirkte es, als würde ein Monster sein Maul aufreißen und nur darauf warten, seine Eindringlinge zu verspeisen.

„Absolute Ruhe", flüsterte Kay, bevor wir den Dschungel betraten.

Obwohl wir uns vorher die ganze Zeit durch das dichte Buschwerk gekämpft hatten, war es nun anders. Eine unnatürliche Stille lag in der Luft und alles in mir spannte sich an, als ich nicht mal mehr das Rauschen des Wasserfalles vernehmen konnte, was eigentlich nicht möglich war.

Das muss Stillemagie sein, dachte ich und sah, wie Ben etwas zu mir sagte, ohne dass ich auch nur ein Wort verstehen konnte. Auch Simeon formte Worte mit seinen Lippen, die von der durchdringenden Lautlosigkeit ringsum verschluckt wurden. Schließlich verständigten wir uns mit Zeichen, die Augen offen zu halten.

Wachsam ging ich weiter und wünschte mir zum ersten Mal, dass wir Quentin mitgenommen hätten. Als Naturverbundener hätte er uns in diesem Dschungel sicher von unschlagbarem Nutzen sein können.

In diesem Moment fühlte ich ein vertrautes Prickeln im Nacken und wusste, dass wir nicht allein waren.

Hektisch blickte ich mich um und entdeckte einen nackten Sinnträger mit einem Lendenschurz und einer gemusterten violetten Holzmaske zwischen den Bäumen. Die Maske reichte nur bis über seine Nase und mir wurde eiskalt, als ich erkannte, dass die Musterung nicht aus violetten Strichen bestand, sondern lauter winzige A waren – wie Azrael. In diesem Moment setzte der Sinnträger ein Blasrohr an seine Lippen und ich duckte mich instinktiv, als das Geschoss in unsere Richtung flog.

Als Ben meine Bewegung bemerkte, fuhr er alarmiert herum und warf Simeons Kugel in die Richtung, in die ich zeigte, wo sie in einer gewaltigen Wolke aus Rauch und Blütenblättern explodierte. Inzwischen sah ich weitere Geschosse zwischen den Bäumen auf uns zufliegen und riss Simeon zur Seite, als eines der Dinger nur knapp seinen Hals verfehlte.

Kay schrie etwas, das ich in der magisch erzeugten Stille nicht hören konnte, und deutete dabei in Richtung des Tempels. Dann lief sie los und hetzte im Zickzack durch den bedrohlichen Dschungel, in dem sich jetzt immer mehr Sinnträger mit violetten Holzmasken bewegten.

Keuchend warf ich einen Blick über die Schulter. Es war beinahe wieder wie im Krieg, nur ohne die

Schreie und die Schüsse. Simeon und Alfonsus rasten hinter uns durch den Wald und ich richtete meinen Blick wieder nach vorn, als ein abgerissener Arm an mir vorbeisegelte. Völlig geschockt schlug ich mir die Hand vor den Mund und sah Ben einen stummen Schrei von solchem Hass ausstoßen, dass sich mir der Brustkorb zusammenschnürte.

Kay war offenbar auf eine Sprengfalle getreten, denn obwohl in der magischen Lautlosigkeit nichts davon zu hören gewesen war, hatte es ihren Körper in mehrere Teile zerfetzt.

Wieder zischte eines der Geschosse aus den Blasrohren in einem irren Tempo heran und ich konnte Ben gerade noch aus der Schussbahn stoßen, als Alfonsus mich um die Hüfte packte und gegen den Stamm eines Baumes presste. Im nächsten Moment zuckte er zusammen und ich sah einen der kleinen spitzen Pfeile in seinen Hals eindringen. Hektisch riss er ihn sich sofort wieder heraus, doch die Haut um die Einstichstelle verfärbte sich sofort lila.

Simeon warf eine seiner Kugeln in Richtung des Angreifers und diese zeigte endlich Wirkung, denn ein Teil des Waldes ging in lodernden grünen Flammen auf.

„Wir müssen hier weg!", brüllte er dann und ich war unendlich froh, dass die Explosion offenbar die Stillemagie aufgehoben hatte.

Im nächsten Moment packte mich Ben an der Hand und zerrte mich weiter. Alfonsus und Simeon waren knapp hinter uns und Simeon stützte den Angstgestalter auf seinem Weg. Während wir rannten, waren aus dem Dschungel die hohen Schreie der maskierten Sinnträger zu hören, die von schnell schlagenden dumpfen Trommeln begleitet wurden.

„Es ist nicht mehr weit", stieß Ben hervor und zerrte mich über den gewundenen Pfad zum Eingang des Tempels. Ich warf einen hektischen Blick über die Schulter und sah, wie die Angreifer plötzlich innehielten. Es war, als würde sie der Tempel selbst abschrecken, denn als wir näher kamen, begannen sie, irgendetwas zu schreien, drehten sich um und rannten davon.

Kapitel 16

„Wieso sind sie uns nicht weiter gefolgt?", keuchte Ben, nachdem wir über die Schwelle gehetzt waren und Simeon ablösten, der Alfonsus gestützt hatte.

„Sie scheinen vor irgendetwas Angst zu haben. Wir müssen vorsichtig sein", erwiderte ich schwer atmend. Dabei sah ich mich im Inneren des Tempels um. Nach der schwülen Hitze des Dschungels war es hier angenehm kühl und roch leicht nach Staub. Wir waren in einem breiten steinernen Korridor gelandet, der geradeaus in eine Art Innenhof zu führen schien. Die Mauersteine an den Wänden waren mit zahlreichen Verzierungen versehen, die mich an Gesichtszeichnungen erinnerten. Sie hatten unterschiedliche Farben und ich fragte mich, ob es vielleicht die Zeichnungen der Inseleinwohner waren, die hier abgebildet waren.

„Wir müssen einen Ort zum Ausruhen finden", ächzte Simeon, der zuvor das meiste Gewicht von Alfonsus getragen hatte. Dabei machte er ein paar Schritte in den Tempel hinein und wurde in einer fließenden Bewegung wieder an seinen Ausgangspunkt zurückversetzt. „Wir müssen einen Ort zum Ausruhen finden", ächzte Simeon und hielt dann erschrocken inne. „Habe ich das nicht gerade eben gesagt?"

„Die Zeitanomalien scheinen auch hier stattzufinden", murmelte ich alarmiert.

„Das gefällt mir gar nicht", knurrte Ben, der aktuell Alfonsus am meisten stützte. Seit er von dem Geschoss aus dem Blasrohr getroffen worden war, hatte sich der Zustand des Angstgestalters kontinuierlich verschlechtert. Inzwischen war er kaum noch bei Bewusstsein und ich registrierte besorgt, dass sich die lila Verfärbung rund um die Einstichstelle des kleinen Pfeiles weiter ausgedehnt hatte.

„Meint ihr, wir sitzen hier fest?", fragte Simeon und machte erneut einen vorsichtigen Schritt in den Korridor hinein, als ein lautes Donnern durch die steinernen Gänge wehte. Es klang so mächtig, dass ich unwillkürlich den Atem anhielt.

„Hey, seht mal, die Zeitanomalie scheint aufgehoben worden zu sein", sagte Simeon in dem Moment und ging noch ein paar Schritte weiter, als plötzlich eine Steinplatte unter seinen Füßen nach unten aufklappte und er mit einem erschrockenen Schrei in die Tiefe stürzte.

„Simeon!", brüllte ich und rannte zu der Stelle, wo unser Freund verschwunden war.

„Nein, Lee!", schrie Ben hinter mir, doch ich hörte nicht auf ihn. Hektisch kniete ich mich vor der Falltür auf den Boden und brüllte erneut Simeons Namen in die pechschwarze Dunkelheit, in der er verschwunden war. Doch bis auf ein leises Wasserrauschen erhielt ich keine Antwort. Dann bewegte sich die Bodenplatte knirschend wieder zurück an ihren Platz und verschloss das Rechteck, sodass es aussah, als hätte es das Loch im Boden nie gegeben.

„Nein", flüsterte ich kraftlos und spürte, wie mir die Tränen in die Augen stiegen. „Nicht auch noch Simeon." Schluchzend drehte ich mich zu Ben um. „Er ist weg, Ben. Er ist einfach weg."

Ben sagte kein Wort, doch in seinen Augen tobten

die unterschiedlichsten Gefühle. „Es tut mir leid", stieß er schließlich hervor. „Ich hätte nicht zulassen dürfen, dass wir zu diesem Wahnsinn aufbrechen. Ich hätte es verhindern müssen."

In seinen Augen stand solch ein unbeschreiblicher Schmerz, dass ich schluckte. Wieder sah ich Kays abgetrennten Arm durch die Luft segeln und Simeon mit einem Schrei in der Fallgrube verschwinden. An ihn zu denken, fühlte sich an, als würde mir jemand ein Messer in die Brust rammen, und ich schob meine Emotionen mit Gewalt beiseite. Ich musste fokussiert bleiben.

„Wir haben das Richtige getan", sagte ich leise und blickte Ben nachdrücklich an. „Selbst wenn wir sterben." Ich sah, wie er widersprechen wollte, und stand rasch wieder auf. „Und wir haben noch nicht verloren. Wir haben es bis hierher geschafft und werden dafür kämpfen, damit dieser verdammte Mistkerl nicht gewinnt." Ich holte tief Luft. „Und jetzt konzentrieren wir uns darauf, dass ich damit recht behalte."

Ohne Bens Antwort abzuwarten, ging ich zu ihm und schlang mir Alfonsus' Arm über die Schultern. Dann wagten wir uns vorsichtig weiter und ich achtete darauf, jede Bodenplatte erst mal zu prüfen, bevor wir sie mit unserem kompletten Gewicht belasteten.

Nachdem wir den Korridor hinter uns gebracht hatten, erreichten wir einen quadratischen Innenhof. Zarte Sonnenstrahlen fielen schräg auf den Platz, der ursprünglich einmal wunderschön gewesen sein musste. Dicke Steinsäulen waren rechts und links wie bei einem Spalier angeordnet und bestachen durch ihre penible Symmetrie. Dahinter führte eine steinerne Treppe zu einer höheren Ebene des Tempels hinauf und wir schleppten Alfonsus Schritt für Schritt weiter. Der Dschungel hatte diesen Ort bereits wieder für sich in Anspruch genommen und Vogelgezwitscher erfüllte die Luft, als wir über den grasbewachsenen Boden zwischen den steinernen Säulen stolperten. Dicke Schlingpflanzen mit fleischigen Blättern rankten sich daran nach oben und verdeckten größtenteils die schadhaften Stellen, die der Zahn der Zeit in den Stein gefressen hatte.

„Wir sollten sehen, dass wir einen sicheren Raum zum Ausruhen finden", flüsterte Ben mir zu, als Alfonsus leise stöhnte. Ich nickte und wir schleiften den Angstgestalter so lautlos und schnell wie möglich über die breite Treppe nach oben. Von hier aus hatte man einen umfassenden Blick über die Insel und ich erstarrte, als ich nach rechts sah.

„Was?", fragte Ben, dem mein Entsetzen aufgefallen war, und folgte meinem Blick. Dann schluckte er und ließ Alfonsus' Arm langsam von seiner Schulter gleiten. Der Angstgestalter sank auf dem obersten Treppenabsatz zu Boden und wirkte erleichtert über die kurze Pause.

„Nein", hörte ich Ben flüstern, als er einen Schritt zur Kante des Tempelplateaus machte und von dort hinunter starrte. Ich trat zu ihm und nahm seine Hand in meine. Dabei versuchte ich, die Angst zurückzudrängen, die mich wie eine Bestie von allen Seiten attackierte. Denn während wir hier so erschöpft standen, blickten wir auf die Kulisse einer zerstörten Stadt, deren Häuser verbrannt worden waren.

„Wir kehren um", stieß Ben hervor und drückte meine Finger so fest, dass es beinahe wehtat. „Ich habe genug gesehen. Wir verschwinden hier."

Müde schüttelte ich den Kopf. „Wir können jetzt nicht gehen."

„Doch, das können wir!", blaffte Ben und umschloss meine Handgelenke. „Hast du es denn nicht gesehen, Lee?" Seine Stimme kippte und die Verzweiflung darin war unüberhörbar. „Der Spiegel hat uns tatsächlich die Zukunft gezeigt. Die schwarze Sonne, der brennende Turm, der rauchende Westflügel, die zerstörte Stadt. Alles geschieht genau so, wie es dieses verdammte Ding vorausgesagt hat. Und ich werde nicht zulassen, dass …" Er brach schwer atmend ab.

„Ich werde nicht sterben."

„Das weißt du nicht!", herrschte er mich an. „Ich bringe dich jetzt von hier weg."

„Und was ist mit dem Schwarzen Meister? Und dem Gespaltenen?"

„Scheiß auf die beiden!", stieß Ben hervor und griff nach meiner Hand, um mich mit sich zu ziehen.

„Stopp!" Ich riss mich von ihm los. „Wir können doch Alfonsus nicht hierlassen!"

Ben zögerte und ihm war anzusehen, dass er mich am liebsten gepackt und sofort von dieser verfluchten Insel gebracht hätte.

„Ben", sagte ich und zwang ihn dazu, mich anzusehen. „Wenn es mein Schicksal ist …"

„Nein!", fuhr er mich an und ich zuckte erschrocken zusammen, während gleichzeitig einige Vögel aus der Tempelruine in den Himmel hinaufstoben. „Ich lasse nicht zu, dass das passiert."

„Wir haben keine Wahl." Ich legte ihm eine Hand auf die kratzige Wange und sah ihm tief in die Augen. „Es gibt keinen Weg zurück."

Ben presste die Lippen aufeinander und ich sah

all die unausgesprochenen Widerworte in seinen Augen, obwohl er tief in sich wusste, dass ich recht hatte. Alfonsus war zu schwach für einen weiteren Marsch durch den Dschungel – und selbst wenn wir ihn zurückgelassen hätten, waren da noch immer die Ureinwohner mit den Masken. Ganz abgesehen von der Tatsache, dass ich keine Ahnung hatte, wie wir von dieser Insel jemals hinunterkommen sollten. Alles in mir wehrte sich dagegen, ohne die Bücher der Macht zu verschwinden.

„Ich lasse nicht zu, dass dir etwas passiert", flüsterte er rau und ich nickte.

„Ich weiß, Ben."

In diesem Moment drang ein gequälter Schrei aus dem Inneren des Tempels, der nach kurzer Zeit abriss. Wir fuhren beide herum und hetzten zurück zu Alfonsus, der schwankend versuchte, auf die Beine zu kommen. Dann blickten wir in den düsteren breiten Korridor vor uns. Hierbei handelte es sich offenbar um den richtigen Eingang des Tempels und ich fühlte eine machtvolle Präsenz daraus hervordringen.

„Er weiß, dass wir kommen", hauchte Alfonsus und die würfelförmige Zeichnung auf seiner linken Wange glühte violett auf.

„Und wir wissen, dass er da drin ist", erwiderte ich und legte den Arm des Angstgestalters über meine schmerzenden Schultern. Ben packte Alfonsus fester unter den Achseln und dann marschierten wir vorsichtig in den breiten Korridor, dessen staubige Stille aus einer anderen Zeit zu sein schien.

Als wir etwa die Hälfte des steinernen Tunnels durchquert hatten, stieß Ben mit dem Fuß gegen einen Kieselstein, der mit einem leisen Klackern gegen die Wände rollte.

Mein Puls schoss in die Höhe und im nächsten Moment marschierten wir vorsichtig in den breiten Korridor, dessen staubige Stille aus einer anderen Zeit zu sein schien.

Hektisch warf ich einen Blick über die Schulter und sah, dass uns eine Zeitanomalie wieder an den Anfang des Tunnels zurückversetzt hatte.

„Es ist genau wie bei Simeon, bevor die Bodenplatte unter ihm weggebrochen ist", hauchte ich und spürte, wie mein Sinn meinen ganzen Körper durchflutete. Die Wachsamkeit erfüllte jeden Zentimeter von mir, doch außer unserem keuchenden Atem gab es keinerlei Geräusch.

„Langsam", sagte Ben und dann tasteten wir uns Schritt für Schritt durch den Tunnel.

Als wir etwa die Hälfte durchquert hatten, wich Ben dem Kieselstein aus und ich registrierte erleichtert, dass uns unser nächster Schritt nicht wieder an den Anfang zurückwarf. Offenbar traten diese Anomalien jeweils nur einmal auf. Unendlich vorsichtig erreichten wir schließlich das Ende des Korridors, ohne dass eine der Steinfliesen unter uns wegbrach. Mit rasendem Herzen blickte ich mich um.

„Als sich das Mahnmal der Urgestalter noch im Palastgarten befunden hat, sagte Wura einmal, Azrael hätte Experimente mit der Zeit durchgeführt", flüsterte ich. „Ich habe bisher nicht daran gedacht, doch offenbar ist es wahr."

Wir hatten nun einen quer verlaufenden Gang erreicht, der sowohl nach links als auch nach rechts tiefer in den Tempel hineinführte. Einem Impuls folgend, wandte ich mich nach links und Ben folgte mir. Inzwischen spürte ich die Anstrengung, Alfonsus mitzuschleppen, bei jedem Schritt. Als der Korridor eine Biegung machte, entdeckte ich dahinter eine schwere steinerne Tür, die halb offen stand.

„Hier hinein", flüsterte ich und warf einen raschen Blick in den Raum. Es war eine große Kammer mit einer dicken Staubschicht auf dem Boden. So leise wie möglich schleppten wir Alfonsus über die Schwelle und ließen ihn dann an der gegenüberliegenden Wand zu Boden gleiten. Ben ging rasch zurück und zog ächzend die schwere Tür zu, während ich mich umsah und dabei meine schmerzenden Schultern bewegte. Der Raum war bis auf einen steinernen Tisch in der Mitte leer und schien schon ewig nicht mehr betreten worden zu sein.

Nachdem ich mich kurz umgesehen hatte, ging ich vor Alfonsus in die Hocke. Er lehnte an der schmucklosen Wand und war unnatürlich bleich im Gesicht. Das einzig Gute war, dass sich die lila Verfärbung auf seinem Hals nicht weiter ausgebreitet hatte. Als ich ihn sanft an der Schulter berührte, fuhr er erschrocken zusammen und seine würfelförmige Zeichnung flackerte auf.

„Was willst du?", stieß er hervor und es dauerte einen Moment, bis er mich erkannte und der erschrockene Ausdruck in seinen Augen verschwand.

„Ich wollte Euch fragen, ob ich etwas für Euch tun kann", antwortete ich leise. „Wir sind jetzt im Tempel und scheinen vorläufig sicher zu sein." Rasch blickte ich zu Ben, der lauschend an der Tür stand und mir mit einem Kopfschütteln bedeutete, dass im Moment keine Gefahr drohte.

„Ich habe …" Alfonsus befeuchtete sich die Lippen

mit der Zunge. „Ich habe ein Heilelixier", flüsterte er dann schwach. „Für den Notfall. Es ist eingenäht in meinen Umhang."

„Wo?", fragte ich und betastete vorsichtig Alfonsus' grauen Umhang.

Er deutete kraftlos nach links und ich ließ meine Hände über den Stoff gleiten, bis ich eine schmale Phiole ertastete. Rasch riss ich den dünnen Stoff darüber zur Seite und reichte Alfonsus das Glasröhrchen, das mit einer glitzernden milchig-weißen Flüssigkeit gefüllt war. Dabei wünschte ich spontan, Simeon wäre bei uns. Vielleicht hätte er auch noch irgendein Elixier aus der Tasche gezaubert, das uns helfen konnte. Doch so war das Einzige, was ich noch von ihm hatte, die grüne Verwirrbombe, die er mir vor dem Angriff im Dschungel gegeben hatte.

„Die Vorsicht der Angstträger", murmelte Alfonsus und wirkte, als würde er jeden Moment das Bewusstsein verlieren.

Rasch entkorkte ich die Phiole für ihn und setzte sie an seine Lippen. Kaum hatte er die milchig-weiße Flüssigkeit geschluckt, kehrte wieder etwas Farbe in seine Wangen zurück.

„Besser", keuchte Alfonsus. „Ich werde mich etwas ausruhen."

Ich nickte und stand auf, um zu Ben zu gehen. Er befand sich vor dem steinernen Tisch und betrachtete mit zusammengezogenen Brauen die eingeritzten Symbole.

„Was hast du da gefunden?", fragte ich und versuchte, mich einzig und allein darauf zu konzentrieren, anstatt über die Ausweglosigkeit unserer Situation nachzudenken. Kay war tot, Simeon vermutlich auch, Alfonsus verletzt und nur noch wir beide übrig. Ich konnte nicht besonders lange auf meine Magie zugreifen und Ben hatte seine magische Fähigkeit schon vor Urzeiten bei dem Duell gegen Jesper eingebüßt. Irgendwo in diesem Tempel warteten aller Wahrscheinlichkeit nach der Schwarze Meister und der Gespaltene nur darauf, dass wir zu ihnen kamen, um sie davon abzuhalten, mit den Büchern der Macht die Sinnliche Welt zu zerstören. Aber nach dem Verlust unseres Magiebegabten erschien mir dieses Vorhaben geradezu lächerlich, wenn nicht vermessen.

„Ich weiß es nicht", antwortete Ben auf meine Frage. „Aber von diesem Tisch strahlt Magie aus – dunkle Magie. Ich kann es spüren."

Ich richtete meinen Blick auf die eingravierten Symbole auf dem grauen Stein. Sie glitzerten lilafarben und schienen für verschiedene Ereignisse zu stehen. Bei dem Symbol einer Flamme begannen meine Finger zu prickeln und ich musste wieder an die verbrannten Häuser der zerstörten Stadt denken, die wir gerade noch gesehen hatten. Einem Impuls folgend, strich ich mit den Fingern über das Symbol und im nächsten Moment verschwanden der steinerne Tisch und der Raum rings um uns.

Stattdessen fanden Ben und ich uns am Rande der Stadt wieder, die wir heute vom Tempel aus gesehen hatten. Hinter uns war dichter Dschungel und neben uns stand Azrael, der Urgestalter der Angst. Er hielt sich extrem gerade und blickte emotionslos auf die wüsten Szenen, die sich vor uns abspielten. Sowohl Männer als auch Frauen brachen vor unseren Augen auf der Straße zusammen und wanden sich schreiend vor Qual, während ihre Gesichtszeichnungen so heftig pulsierten, als würden sie jeden Moment platzen.

„Oh ja. Leidet. Findet durch meine Hand den Tod", sagte Azrael neben mir und wandte sein schmales Gesicht mit der Hakennase in Richtung eines Pärchens, das verzweifelt aus der Stadt zu fliehen versuchte. *„Ihr seid nichts als Schandflecke auf dem Antlitz der Sinnlichen Welt. Eure Dunkelheit strahlt aus euch heraus und vergiftet meine Insel mit ihrer Pestilenz."* Er trat einen Schritt zur Seite, als ein Sinnträger einen magischen Feuerstein auf den Boden warf und sich halb verrückt vor Schmerzen in die Stichflamme stürzte. *„Aber ich werde eurer hässlichen Dunkelheit beikommen und euch alle ins Licht zurückführen."* Dabei wischte er sich seine Hand an der Hose ab, als könne er sich auf diese Weise von der Schuld reinwaschen, all diese Sinnträger auf dem Gewissen zu haben. Ein paar Sekunden später setzte das Feuer eine strohgedeckte Hütte in Brand und breitete sich in rasender Geschwindigkeit auf die umliegenden Häuser aus.

„Wir müssen hier weg", sagte Ben und wich mit mir zurück. *„Sofort."*

„Es ist nur ein Blick in die Vergangenheit", widersprach ich, obwohl sich mir beim Anblick der Gräueltaten ebenfalls der Magen umdrehte. *„Ich glaube, wir sehen hier die Experimente, die Azrael auf seiner Insel durchgeführt hat. Wura sprach von biologischen Waffen und Skellan …"* Ich stockte. *„Skellan sagte bei dem Spiel der Bücher in den Katakomben des Schreckens, dass er alle Dunklen auslöschen müsse. Er wollte sie mit einem Virus töten, damit sie auf einen Schlag gemeinsam starben."*

Ben riss mich zurück, als ein schreiender Sinnträger an uns vorbeitaumelte. *„Das ist verrückt. Warum hat er das gesagt?"*

„*Weil er bei dem Spiel in Azraels Rolle geschlüpft ist.*" Ich atmete tief ein. „*Aber es ist wirklich geschehen. Azrael hat damals vor der Vereinigung der Bücher tatsächlich versucht, die Dunklen auszulöschen.*"

In diesem Moment endete die Szene und wir fanden uns in dem steinernen Raum wieder. Rasch warf ich einen Blick auf Alfonsus. Er hatte die Augen geschlossen und atmete regelmäßig. Sein Elixier schien gewirkt zu haben, denn auch die lila Verfärbung auf seinem Hals war deutlich zurückgegangen.

Als ich mich wieder umdrehte, blickte Ben mich auf eine Art an, die mir nicht gefiel.

„Von hier aus gehe ich allein weiter", erklärte er mir bestimmt. „Du bleibst mit Alfonsus hier. Das alles ist … zu verrückt. Es ist zu gefährlich."

„Was? Nein!", stieß ich hervor. „Du kannst mich doch nicht einfach hierlassen."

„Ich kann dich aber auch nicht mitnehmen." Kaum hatte er das gesagt, begann der Raum zu beben und kleine Steinchen lösten sich von der Decke. Erschrocken starrte ich nach oben, als sich plötzlich ein großer Felsbrocken löste und donnernd neben mir auf den Boden stürzte.

„Soll ich jetzt noch immer hierbleiben?", rief ich Ben zu, der fluchend mit mir zu Alfonsus eilte und den alten Angstträger in die Höhe riss. In der Zwischenzeit stürzten immer größere Teile der Decke ein und wir rannten geduckt zu der Tür, durch die wir hineingekommen waren.

„Drück mit aller Kraft!", rief Ben mir zu und ich drückte so fest gegen die schwere Tür, wie ich konnte. Knirschend schabte der Stein über den Boden, bis der Spalt breit genug war, um hindurchzuschlüpfen. Mit vereinten Kräften zogen wir Alfonsus aus dem Raum und erstarrten alle beide, da wir uns nicht mehr in dem Korridor von vorhin wiederfanden.

Stattdessen standen wir in einer riesigen Halle von solch gigantischem Ausmaß, dass ich sie auf einen Blick gar nicht ganz erfassen konnte. Violette Lichtsteine steckten in den Wänden und beleuchteten das düstere Ambiente, das mich ein wenig an die Höhle der Totaa erinnerte. Ein schmaler Wasserlauf wand sich quer über den Steinboden und wurde von einigen violetten Gewächsen gesäumt, deren Blätter im sanften Schimmer der Lichtsteine geheimnisvoll funkelten. Hoch über uns an der Decke existierte eine kreisrunde Auslassung, die etwas Tageslicht in die gigantische Halle fallen ließ – allerdings zu wenig, um die Düsternis zu durchbrechen. Und direkt darunter standen acht violette Säulen aus Kristall und bildeten einen perfekten Kreis, dessen Inneres im Dunkeln lag.

„Willkommen", erklang in diesem Moment eine machtvolle Stimme, die von überall gleichzeitig zu kommen schien, und mein Körper erstarrte zu Eis, als ich sie erkannte. „Ihr kommt spät."

Mit heftig klopfendem Herzen scannte ich den Raum und sah, wie Bens Linien aufflackerten, als der Schwarze Meister aus dem Kreis der violetten Kristallsäulen heraustrat. Sein schwarzer Kapuzenumhang war so tief ins Gesicht gezogen, dass dahinter nichts als Finsternis zu erkennen war. Eine unglaubliche Aura der Macht ging von ihm aus und in diesem Moment war ich mir sicher, dass wir alle sterben würden.

„Ich nehme an, ihr seid gekommen, um die Bücher zurückzuholen", sagte er ruhig und blieb etwa zwanzig Schritte von uns entfernt stehen. Seine kraftvolle

Stimme rollte mühelos durch den Saal, der immer düsterer zu werden schien. Die Lichtsteine flackerten und erfüllten mich mit einer Furcht, die keinen natürlichen Ursprung hatte.

„Das sind wir", sagte Alfonsus in diesem Moment und löste sich von Ben und mir. Dann machte er einen Schritt auf den Anführer der Totaa zu. „Es ist vorbei. Dein Krieg ist verloren. Gib uns die Bücher zurück und lass die Sinnliche Welt in Ruhe."

Auf seine Worte herrschte eine kurze Stille, bevor der Schwarze Meister leise zu lachen begann. „Ein mutiger Angstträger. Wer hätte das gedacht."

Im nächsten Moment wurde Alfonsus von einer unnatürlichen Gewalt nach vorn gezerrt. Seine Beine schleiften über den steinernen Boden und es sah aus, als würde sein gesamter Körper an Fäden hängen, die ihn unerbittlich zum Anführer der Totaa zogen.

„Nein!", schrie ich und wollte Alfonsus nachlaufen, aber Ben hielt mich so eisern zurück, dass ich mich nicht bewegen konnte.

„Mut ist jedoch eine überschätzte Eigenschaft", fuhr der Schwarze Meister ruhig fort. „Viele Sinnträger führt er einfach nur …", dabei wandte er den Kopf in meine Richtung, „… in den Tod."

„Du wirst sie nicht bekommen", knurrte Ben und ballte die Fäuste, während er sich vor mich stellte. „Eher sterbe ich."

„Nein, Ben. Mit dir habe ich anderes vor", entgegnete der Anführer der Totaa ruhig, während Alfonsus noch immer wie an Marionettenfäden vor ihm in der Luft hing. Die ganze Situation erinnerte mich so schmerzlich an Caprice' Tod, dass mir Tränen in die Augen traten.

„Was willst du von mir?", stieß Ben hervor. „Ich gebe es dir, wenn du sie dafür gehen lässt."

„Das wird nicht passieren", erklang in diesem Moment eine weitere Stimme und ich erstarrte, als der Gespaltene aus dem Schatten trat.

Kapitel 17

Von seiner entstellten linken Gesichtshälfte tropfte das Blut und auf seinen Zügen lag dasselbe sadistische Lächeln, das ich auch von Urgestalter Fredomir kannte.

„Ihr habt euch Zeit gelassen", bemerkte er und der Klang seiner tiefen Stimme ließ mir einen Schauer über die Haut laufen. Mit einer Hand schleifte er jemanden hinter sich über den violett schimmernden Boden und ich keuchte erstickt auf, als ich den Leichnam von Coel erkannte.

Mit einer mühelosen Bewegung schleuderte der Gespaltene den toten Achtsamen in unsere Richtung und grinste sadistisch. „Zum Glück hatte ich jemanden zum Zeitvertreib dabei. Der selbstgefällige Idiot hat mich überrascht, als ich gerade die letzte Wache getötet hatte, und ich fand es reizvoll, ihn als Sündenbock mitzunehmen. Leider hat er nicht besonders lange bei meinen Spielen durchgehalten, aber dafür seid ja nun ihr hier."

Schaudernd wich ich einen halben Schritt zurück und dachte an den gequälten Schrei, den wir vorhin gehört hatten. Offenbar war es Coels Todesschrei gewesen. Aber wenn Coel nicht der Schwarze Meister war, wer war es dann?

„Ah. Man kann richtig sehen, wie die Zahnrädchen in deinem Hirn ineinandergreifen", spottete der Gespaltene und verschränkte die Arme vor der muskulösen Brust. „Wenn Coel nicht mein Dunkler Anführer ist – wer steckt dann unter dieser Kapuze,

Lee?" Dabei sah er lächelnd zu dem Schwarzen Meister, der Alfonsus noch immer in der entwürdigenden Stellung festhielt und keine Eile zu haben schien, ihn zu töten.

„Hör auf, mit ihr zu sprechen, du verdammtes Arschloch", stieß Ben hervor und stellte sich entschlossen vor mich. „Lass sie gehen und du kannst mit mir machen, was du willst."

„Ich kann mit dir ohnehin machen, was ich will", sagte der Gespaltene und machte einen Schritt auf Ben zu, wobei seine Stiefel leise knarrten. Ich tastete nach der Verwirrbombe, die Simeon mir gegeben hatte. Es war nicht viel, aber es war gerade das Einzige, was mir zur Verfügung stand.

„Und was Lee betrifft", sagte der Gespaltene und kam mit großen Schritten näher. „Ich spreche mit ihr, wann immer ich es will. Ich sehe sie an, wann immer ich es will. Und ich nehme sie mir, wann immer ich es ..."

Der Rest seines Satzes ging in einem spöttischen Lachen unter, als Ben hasserfüllt auf ihn zustürmte und mit sich zu Boden riss.

„Du hast keine Chance, Reisender", keuchte der verwandelte Jesper, als sich die beiden über den Boden wälzten. „Aber um das Spiel nicht zu schnell zu beenden, werde ich in diesem Kampf vorläufig auf meine Magie verzichten." Damit versetzte er Ben einen Fausthieb, den dieser im nächsten Augenblick knurrend erwiderte. Mein Herz machte einen schmerzhaften Satz und meine Linien brannten hell auf.

Innerhalb eines Sekundenbruchteils übernahm mein Sinn die Herrschaft über mich und überflutete mich mit Informationen. Alfonsus war in der Gewalt des Schwarzen Meisters, Ben trat ohne Waffen oder magische Fähigkeiten gegen den Gespaltenen an und ich hatte nichts als eine einzige Verwirrbombe. Mein rasender Herzschlag vermischte sich mit meinem keuchenden Atem und ich kalkulierte unsere Chancen bei der Berücksichtigung unserer Möglichkeiten.

Das Ergebnis war niederschmetternd.

Wir konnten diesen Kampf nicht gewinnen.

„Genug jetzt", hallte die dunkle Stimme des Schwarzen Meisters in dem Moment durch die weitläufige Halle. „Ihr werdet nacheinander sterben. Und mit dir fange ich an, Angstträger."

„Nein!", brüllte ich, als vor Alfonsus in der Luft ein glühender schwarzer Dolch erschien. Die Angst um den Gestalter schnürte mir die Kehle zu und ich sah, wie über sein vornehmes Gesicht ein merkwürdiger Ausdruck glitt. Obwohl er noch immer in der Gewalt des Schwarzen Meisters war, suchten seine grauen Augen den Blickkontakt zu mir, als ob sie hofften, etwas in mir zu finden. Ich hatte das dringende Gefühl, dass Alfonsus etwas von mir wollte. In dem Moment tat ich das Einzige, was mir einfiel: Ich benutzte Simeons Bombe.

Mit einem Schrei schleuderte ich die grüne Kugel auf den Boden und wurde von der folgenden Explosion von den Beinen gerissen. Auch der Gespaltene und Ben wurden von der Druckwelle erfasst, als eine hellgrüne Stichflamme in die Höhe schoss und sich danach in rasender Geschwindigkeit über den Boden ausbreitete. Dabei zerfiel jede violette Pflanze, mit der das Feuer in Berührung kam, zu Bergen von Sand, bis wir in einer funkelnden Dünenlandschaft standen, die von den schimmernden Lichtsteinen erhellt wurde. Mit rasendem Herzen schaute ich mich um und fühlte einen Stich der Hoffnungslosigkeit, als der Schwarze Meister kurz innehielt und sich ebenfalls umblickte.

„Das war alles?", fragte er dann mit leisem Spott und ich starrte keuchend auf Alfonsus, der plötzlich wieder in der Lage war, seine Arme zu bewegen. Der glühende Dolch hing noch immer vor ihm in der Luft und Alfonsus zögerte keine Sekunde, sondern presste seine Finger auf die leuchtenden Linien seiner linken Wange, um die magische Fähigkeit der Angstträger zu nutzen. Im nächsten Moment verschwand er aus dem Saal.

„Sieh, was du angerichtet hast", sagte der Schwarze Meister zu mir, während Ben noch immer verbissen gegen den Gespaltenen kämpfte und der glitzernde Sand bei ihrem brutalen Kampf in die Höhe spritzte. „Deinetwegen hat sich der Angstträger in sein Versteck teleportiert, während du ein paar Pflanzen in Sand verwandelt hast." Der Schwarze Meister erklomm eine kleine Sanddüne und richtete von dort seinen Blick auf mich. „Lass dir gesagt sein, dass ich schon *ganze Städte* in Sand verwandelt habe!"

„Und das hat dich unvorsichtig werden lassen", zischte Alfonsus und trat hinter einer der violetten Kristallsäulen hervor. Dabei rammte er der schwarzen Gestalt von hinten einen Dolch ins Herz, der vorn aus seiner Brust wieder heraustrat.

Der Schwarze Meister schnappte ungläubig nach Luft und starrte auf die Klinge, die aus seiner Brust ragte. Dann fiel er auf die Knie und ich beobachtete entsetzt, wie Alfonsus ihm mit einer schnellen Bewegung die Kapuze vom Kopf riss und Vandora zum Vorschein kam. Trotz ihrer dunklen Hautfarbe war die Gestalterin des Vertrauens blass geworden und ein dünnes Rinnsal Blut sickerte über ihre hell geschminkten Lippen.

„Nein!", brüllte der Gespaltene und stieß Ben mit einer so kräftigen Bewegung von sich, dass dieser quer durch die Halle geschleudert wurde. „DU HAST IHN GETÖTET!" Dann sprang er mit einem Brüllen auf die Beine und der Schock in seinen blauen Augen vermischte sich mit seinem lodernden Zorn.

Ich sah, wie die dicken Adern an seinem muskulösen Hals hervortraten, als er beide Fäuste ballte und röhrend quer über den Sand zu Alfonsus rannte. Dieser wischte sich mit unbewegtem Gesicht die Hand an der Hose ab und schien nicht im Mindesten beunruhigt zu sein. Als er seine gerade Nase in Richtung des Gespaltenen wandte, sickerte eine Erkenntnis durch mich hindurch, die mein Herz einen Schlag aussetzen ließ.

In diesem Moment hatte der Gespaltene Alfonsus erreicht und versetzte ihm einen wutentbrannten Stoß gegen die Brust, der den aristokratischen Angstträger gegen eine der violetten Kristallsäulen katapultierte. Durch die Wucht des Aufpralls erzitterte die fünf Meter hohe Säule und Alfonsus sackte bewusstlos zusammen.

Dann drehte sich der Gespaltene herum und ihm war anzusehen, dass er jetzt nicht mehr auf seine Magie verzichten würde, um länger etwas von dem Katz-und-Maus-Spiel zu haben. Stattdessen setzte er seinen Umhang mit nichts weiter als einem Gedanken in Brand und orangefarbene Flammen züngelten über den schweren Stoff.

„Und jetzt zu euch", fauchte er voller Zorn.

„Ben, du musst vorsichtig sein!", schrie ich, doch statt auf mich zu hören, rannte Ben brüllend auf den Gespaltenen zu und warf ihn erneut zu Boden. Innerhalb weniger Atemzüge loderten die Flammen rings um die beiden hoch.

„BEN!", schrie ich ein zweites Mal, während nackte Panik meine Linien so hell aufbrennen ließ, dass ihr gelber Schein einen Lichtkreis um mich warf. Mit rasendem Herzen presste ich meine Finger auf meine Wange, um den Sand zu beherrschen. Die Magie jagte durch mich hindurch und ließ einen Sturm aus Sandkörnern in der Halle fauchend in die Höhe fahren. Es kostete mich immens viel Kraft, aber ich wusste, dass ich noch nicht aufhören durfte. Mit meinem ganzen Willen und all meiner Magie formte ich aus dem Sand einen gläsernen Dolch und schickte ihn in Bens Richtung.

„Fang!", schrie ich und Ben wälzte mit dem Gespaltenen herum, bis er über ihm war. In einer einzigen Bewegung fuhr Ben in die Höhe, fing den Dolch im Flug und presste die gläserne Spitze an den Hals des Gespaltenen.

„Mach sofort das Flammending aus", presste er schwer atmend hervor und das lodernde Feuer auf dem Umhang des Gespaltenen erlosch, als ein einzelner Blutstropfen aus seinem Hals quoll. „Ich habe mir das schon so lange gewünscht", knurrte Ben und verstärkte den Druck gegen seine Haut. „Du hast den Tod aus so vielen Gründen verdient."

Ein hässliches Grinsen zeichnete sich auf Jespers Gesicht ab. „Auch wenn du mich tötest, wird es noch nicht vorbei sein, du Narr."

Ich hielt den Atem an, als Bens zerrissene Linien tiefschwarz zu leuchten begannen und er Jesper voller Hass anstarrte. Schließlich zog Ben den Dolch ruckartig zurück, doch statt ihn damit zu töten, stieß er die Klinge mit einem Schrei in Jespers linke Handfläche und nagelte ihn damit auf dem Boden fest. Brüllend bäumte sich der Gespaltene auf und verstummte jäh, als Ben ihm so hart ins Gesicht schlug, dass er bewusstlos wurde. Reglos sackte sein Kopf zur Seite, sodass nur noch seine entstellte Gesichtshälfte zu sehen war.

Angewidert stieß Ben sich von ihm ab und wandte sich mir zu. Seine Haare hingen ihm wild in die Stirn und ich hätte mir so sehr gewünscht, dass es jetzt einfach vorbei wäre.

„Was ist los?", fragte Ben, als er meinen Gesichtsausdruck bemerkte, und kam rasch auf mich zu.

„Jesper hat recht, es ist noch nicht vorbei. Der Schwarze Meister", stieß ich hervor. „Es war nicht Vandora, es ist …"

In diesem Moment schlug der Gespaltene die blauen Augen auf und riss sich in einer einzigen fließenden Bewegung den Dolch aus seiner Handfläche. Fassungslos starrte ich in sein halb verbranntes Gesicht, als er sich aufsetzte und zum Wurf ausholte. Mein Sinn schaltete sich ein und ich starrte mit geweiteten Augen in sein wutverzerrtes Gesicht. Die Blutstropfen aus seiner verletzten Hand spritzten in die Höhe und vermischten sich mit den Schweißtropfen aus seinen kurzen schwarzen Haaren, als er sich mit zusammengepressten Lippen zurückbeugte und dabei seine Muskeln anspannte, bevor er den gläsernen

Dolch voller Entschlossenheit in meine Richtung schleuderte. Ich sah die blutige Klinge durch die Luft sausen und wusste, dass sie bei dieser Flugbahn Ben treffen würde, der nur noch zwei Schritte von mir entfernt war. Vor meinem inneren Auge sah ich bereits, wie das geschliffene Glas in seinen Rücken eindrang und seine Lunge durchbohrte, obwohl es noch gar nicht geschehen war.

Und es würde auch nicht geschehen, denn in diesem Moment sprang ich nach vorn und stieß Ben zur Seite, woraufhin mich der gläserne Dolch traf. Es geschah mit einer solchen Wucht, dass ich einen Schritt zurücktaumelte. Dann blickte ich nach unten. Helles Blut sickerte aus meiner Brust und ich spürte, wie Ben mich auffing, während das schadenfrohe Lachen des Gespaltenen durch den Saal hallte. Er lachte so sehr, dass sich sein Kopf nach hinten bog und seine hässliche Freudezeichnung hell aufleuchtete.

„Nein", flüsterte Ben und starrte mich an. Dabei hielt er mich in seinen Armen und ich fühlte, wie das Leben aus mir wich, während sich mein Sinn ein letztes Mal aufbäumte. Stöhnend legte ich meine Finger auf meine Wange und drückte den gläsernen Dolch mit meiner magischen Fähigkeit aus meiner Brust heraus. Sofort floss noch mehr Blut nach und benetzte meine Haut.

„Nein!", schrie Ben verzweifelt und legte mich sanft auf dem Rücken im Sand ab, während der Gespaltene noch immer lachte. In diesem Moment fuhr Ben herum und schleuderte den gläsernen Dolch mit einer solchen Kraft auf ihn zurück, dass er bis zum Heft in Jespers Brust eindrang.

Mit einem Mal erstarb das Lachen und es wurde

so still, dass Bens schwerer Atem umso lauter zu hören war. Er hatte sich über mich gebeugt und ich versuchte, nach seiner Hand zu greifen, aber meine Glieder waren so schwer, dass ich es nicht schaffte.

„Du musst mir zuhören", presste ich hervor. „Der Schwarze Meister ... er ist nicht tot." Ich schluckte und merkte, wie es mir zunehmend schwerer fiel, zu sprechen, da das Blut weiterhin aus meinem Körper strömte. „Der Schwarze Meister ist ... Alfonsus. Er hat ... dieselbe Geste ... wie ..." Ich rang nach Atem.

„Nein", keuchte Ben und zog mich an sich. Seine dunklen Augen waren vom Schmerz verzerrt und ich sah die pure Verzweiflung darin – aber ich sah noch so viel mehr. Ich sah auch seinen nicht enden wollenden Mut und seinen Gerechtigkeitssinn, den er vor der Welt zu verstecken versuchte. Doch vor mir konnte er es nicht verstecken.

Und ich sah ... seine Liebe. Sie leuchtete mir entgegen, sie spiegelte sich in so vielen Kleinigkeiten wider und sie war der Grund, dass ich jetzt nicht sterben wollte.

Ich wollte ihn noch nicht verlassen. Doch meine Lider wurden immer schwerer und es war so verlockend, einfach loszulassen.

Seufzend gab ich nach.

„Nein!", schrie Ben und legte seine Hand auf meine Wange. „Tu das nicht! Verlass mich nicht!"

Ich wollte etwas darauf erwidern, aber es war so schwierig. Ich war so müde. So unendlich müde.

Ein letztes Mal atmete ich aus. Mir war kalt, aber es war nicht so schlimm. Ich musste nur ein wenig schlafen. Mein Kopf war nun so schwer, dass ich ihn nicht mehr halten konnte. Er rollte zur Seite und ich hörte Ben unmenschlich brüllen.

Die Dunkelheit umfing mich sanft mit ihren schwarzen Armen. Es war so leicht, sich hineingleiten zu lassen. Wieder hörte ich Ben schreien, aber diesmal hörte es sich schon wie aus weiter Ferne an. Und dann hörte ich nichts mehr.

Ben

Sie war tot. Sie war einfach tot.

Blinzelnd starrte ich in ihr wunderschönes Gesicht. Die zarten Linien ihrer Zeichnung waren erloschen und sie hatte aufgehört, zu atmen.

Es war wie einer meiner beschissenen Albträume und ich wartete darauf, aufzuwachen, aber es passierte nicht. Meine Pumpe knallte schmerzhaft gegen meine Rippen und ich verstand nicht, wieso mein Herz einfach weiterschlug, wenn ihres aufgehört hatte.

Ungläubig starrte ich auf ihren Körper. Sie sah genauso aus, wie der Spiegel sie mir in dem verdammten Kubus gezeigt hatte. Ich schluckte trocken. Meine Kehle war noch heiser vom Brüllen und ich war mir sicher, dass ich jeden Moment aufwachen musste.

Es konnte nicht wahr sein, es durfte nicht wahr sein. Dieser beschissene Spiegel durfte nicht recht haben.

Es ergab keinen Sinn.

Ohne sie ergab nichts einen Sinn.

Kraftlos stützte ich mich in dem Sand auf und wollte sterben. Ich wusste nicht, was nach dieser Welt geschah, ich wusste nur, dass ich ohne sie nicht mehr hier sein wollte.

Aber er würde es auch nicht sein. Langsam hob ich den Kopf und starrte ihn aus brennenden Augen an. Er richtete sich gerade auf und strich seinen verdammten grauen Umhang glatt, der unter seiner Berührung pechschwarz wurde. Dabei blickte er zu mir hinüber.

Lee hatte an einer Geste erkannt, wer er wirklich

war – ich erkannte es an seinem mitleidlosen Gesicht. Seine harten grauen Augen und die schmale Nase strahlten noch immer etwas Aristokratisches aus, doch der Typ hatte nichts Edles an sich. Die ganze Zeit über hatten wir ihm vertraut, dabei hatte er uns vom ersten Moment an hintergangen.

Ein unbändiger Hass tobte durch mich hindurch, als ich ihn da stehen sah. Blind vor Zorn tastete ich nach dem Glasdolch, aber der steckte ja in der Brust des anderen Arschlochs.

„Beruhige dich, Ben."

Meine zerrissenen Linien loderten vor Hass und schon allein für diesen Satz hätte ich den widerwärtigen Drecksskerl am liebsten getötet. Ja, ich würde ihn töten und ich würde es genießen, das verdammte Blut aus ihm herausfließen zu sehen, das wir uns angeblich teilten.

Alfonsus schüttelte den Kopf. „Ben, Ben, Ben. Was würde Lee zu solch düsteren Gedanken sagen?"

„Sie würde gar nichts sagen, weil dein Handlanger sie getötet hat!", stieß ich hervor.

„Bist du dir da ganz sicher?" Die Augen des Drecksskerls richteten sich auf sie. „Es gibt einen Weg, sie zu retten."

„Nein!", fuhr ich ihn an. „Erspar dir deine Lügen, sie ist tot!"

„Denkst du, ich würde lügen, wenn es um meine Seelenverbundene geht?"

„SIE WAR MEINE SEELENVERBUNDENE!", brüllte ich ihn an und sprang auf. Dann stürmte ich auf ihn zu. Alles in mir brannte darauf, ihn leiden zu lassen für das, was er getan hatte. Er sollte den gleichen Schmerz spüren, der auch in meiner Brust tobte, und dafür büßen, was er getan hatte.

Voller Hass raste ich auf ihn zu, doch der Dreckskerl machte nur eine beiläufige Handbewegung und schleuderte mich damit zur Seite. Ich landete auf einem Sandhaufen und richtete mich hustend auf, während meine Augen von den Körnern brannten.

Seine schmalen Lippen zuckten kurz, als er mich ansah. „Ich kann sie dir zurückbringen, Ben."

„Bullshit", stieß ich hervor. „Sie ist tot. Du müsstest schon die Zeit zurückdrehen, um sie mir wieder zurückzubringen."

„Und wer sagt dir, dass ich das nicht kann?" Der widerliche Angstträger zog eine silberne Münze aus der Tasche, die er über seine dünnen Finger tanzen ließ. Beim Anblick dieses Taschenspielertricks hätte ich ihn am liebsten getötet. Ich fühlte mich, als hätte man mir mein Herz herausgerissen und es in eine Million Teile zerfetzt, und er spielte hier mit einer gottverdammten Münze.

Dennoch ließ das, was er gesagt hatte, eine wilde schwarze Hoffnung in mir aufflackern, obwohl ich wusste, dass es Wahnsinn war, auf ihn zu hören.

„Sprich weiter", sagte ein Teil von mir, den ich nicht unter Kontrolle hatte.

Ein feines Lächeln glitt über seine Züge. Der Verlust des Gespaltenen schien ihn nicht zu kümmern, denn er schob den Arsch einfach mit dem Fuß beiseite, während er auf mich zuging. „Du bist von meinem Blut, Ben." Seine grauen Augen bohrten sich in meine und ich erinnerte mich wieder an den Moment, als er mit mir verschmolzen war und mich gezwungen hatte, die Macht der Acht mit meinen eigenen Händen auszuweiden. „Du weißt, wozu ich imstande bin. Meine Macht hat dich töten lassen, aber sie kann auch das Leben schenken." Er hob eine schmale Augenbraue. „Tatsächlich habe ich dir schon öfter das Leben gerettet, als du ahnst, Ben. Oder glaubst du wirklich, es wäre so einfach gewesen, der Hinrichtung zu entgehen, wenn ich nicht meine Finger im Spiel gehabt hätte? Oder danach … eure Flucht aus dem Lager der Totaa. Ich wusste genau, dass ich dich noch brauchen würde. Auch bei der Sprengung des Kubus habe ich dafür gesorgt, dass die Achtsame Kay die Sprengkapseln im Auge behält."

Bei seinen Worten stieg bittere Galle in meiner Kehle hoch, doch ich versuchte, mir nichts anmerken zu lassen.

„Ich kann in der Zeit zurückgehen, Ben", sagte Alfonsus nun und ließ die Münze über seinen Handrücken gleiten. Bei jeder Umdrehung änderte sich die Farbe und ich spürte die machtvolle Magie, die von diesem beschissenen winzigen Ding ausging.

„Wenn du das tatsächlich kannst, wieso hast du deine Fähigkeit dann nicht dazu verwendet, den Krieg zu gewinnen?", fragte ich und richtete mich auf.

Alfonsus lächelte leicht. „Wer sagt dir denn, dass ich den Krieg gewinnen wollte?"

Bei seinen Worten schienen die Lichtsteine dunkler zu werden und flackerten unheilvoll.

„Und was wolltest du dann?", fragte ich abfällig. „Ein beschissenes kleines Spielchen mit uns spielen?"

„Ich biete dir an, es zu verstehen", sagte Alfonsus und machte noch einen Schritt auf mich zu. Schon allein der Klang seiner Stimme erweckte in mir den Wunsch, ihm die Kehle aufzuschlitzen. „Das Einzige, was du dafür tun musst, ist, mich in unsere Vergangenheit zu begleiten."

„Es ist nicht *unsere* Vergangenheit", widersprach ich frostig, da sich jede schwarze Zelle in mir gegen den Gedanken wehrte, mit dem Psychopathen verwandt zu sein.

„Es ist deine und meine Blutlinie, Ben." Seine Stimme klang beinahe sanft, so wie zu dem Zeitpunkt, als er uns noch vorgespielt hatte, ein simpler Angstträger zu sein. „Folge mir und ich bringe dir Lee zurück."

Er sah mich ernst an und streckte mir seine Linke entgegen, in der eine schwarze Phiole lag, während die magische Münze in einem immer schneller werdenden Tempo über die Fingerknöchel seiner anderen Hand tanzte.

„Du versuchst, mich reinzulegen."

Alfonsus schüttelte sachte den Kopf. „Ich bitte dich, Ben. Sieh dich doch an. Du bist ein gebrochener Mann. Ich habe dich bereits besiegt, wieso sollte ich das Bedürfnis verspüren, dich reinzulegen?"

„Wieso hast du das Bedürfnis verspürt, Tausende in den Tod zu führen?", gab ich zurück. „Wieso versprichst du mir, sie zurückzubringen? Was hast du davon?"

Er blieb knapp vor mir stehen und das Schlimmste war, dass ich diesen Mann früher einmal respektiert hatte. „Du wirst es zu gegebener Zeit verstehen. Alles, das verspreche ich dir." Noch immer hielt er mir die schwarze Phiole entgegen. „Komm jetzt und trink das – oder verabschiede dich für immer von deiner Seelenverbundenen."

Voller Hass starrte ich ihn an. Noch nie hatte ich jemanden so sehr töten wollen, aber wenn auch nur die geringste Chance bestand, dass er recht hatte, konnte ich es nicht tun. Mit dem größten Widerwillen griff ich nach der Phiole und kippte ihren Inhalt hinunter, während der Mistkerl die Münze mit einem Fingerschnippen in die Luft warf, wo sie sich rasch um sich selbst drehte. Immer schneller und schneller, bis die Farben miteinander verschmolzen und die Zeit ihren beschissenen Atem anhielt.

Alles erstarrte, selbst die hochgeworfene Münze blieb in der Luft hängen und leuchtete dabei dunkelviolett auf. Das Licht breitete sich in der gigantischen Halle aus und dann spürte ich einen Sog, der sich anfühlte, als ob mir jemand einen Angelhaken in die Eingeweide rammen und mich daran durch die Jahrhunderte zerren würde.

Wüst wechselnde Bilder aus den beiden Welten flogen an mir vorüber und brachten mich immer tiefer und tiefer in die Vergangenheit. Schließlich landeten wir in einer alten Scheune und ich wusste sofort, wo wir waren.

Angespannt blickte ich mich um. „Was tun wir hier?"

Alfonsus streckte den Rücken durch. „Sieh einfach selbst." Dann trat er zur Seite und im selben Moment flog die Scheunentür auf. Ein kleiner Junge stürzte herein, kaum älter als vier Jahre alt. Sein schmales Gesicht war vom Rotz verschmiert und seine Kleider starrten vor Dreck. Als ich in seine aufgerissenen Augen schaute, sprang mir daraus eine solche Angst entgegen, dass ich den Dreckskerl am liebsten umgebracht hätte, der ihm das antat.

„Ich kenne diesen Jungen", presste ich hervor. „Du hättest mich nicht herbringen müssen."

Alfonsus betrachtete mich reglos. „Sieh dir einfach seine Lebensgeschichte an."

Mein erster Impuls war, zu widersprechen, doch dann dachte ich an sie und hielt meine Klappe. Stattdessen folgte ich dem Jungen zu einem Bretterverschlag im hintersten Winkel der Scheune. Der Verschlag sah schon recht alt aus und Nägel standen überall aus dem morschen Holz, doch der Junge achtete nicht darauf, sondern krabbelte panisch hinein. Dann umschlang er seine Knie mit den Armen und blieb zitternd sitzen.

„Pass auf", sagte Alfonsus, als einen Augenblick später die Scheunentür mit einem lauten Knarren aufschwang. Wimmernd rutschte der Junge zurück und drückte sich mit dem Rücken an die Bretterwand seines Verstecks.

„Wieso muss ich das sehen?", stieß ich hervor, als der dunkle Schatten eines breitschultrigen Mannes über den Kleinen fiel und dieser hysterisch zu schreien anfing.

„Weil es ein Teil unserer Geschichte ist."

Der bullige Mann riss den Verschlag auf und zerrte den Kleinen heraus. „Na warte, du verdammte Missgeburt, dir werde ich das Lügen schon noch austreiben!", schrie er und löste dabei seinen Gürtel. Ich konnte sein Gesicht nicht erkennen, aber es musste sich um Hasso handeln, den ich bereits zweimal in der Vergangenheit gesehen hatte.

In diesem Moment holte der Arsch aus und Karls schriller Schmerzensschrei katapultierte uns in eine neue Szene.

Hier war Karl einige Jahre älter. Er sah ein wenig anders aus, als ich ihn in Erinnerung hatte, aber das mochte an der Dunkelheit liegen. Er lag in einem kalten Raum auf einer Matratze aus Stroh und starrte die Wand an. Dahinter war das grunzende Stöhnen eines Mannes zu hören, vermischt mit dem haltlosen Weinen einer Frau. Der verstörte Gesichtsausdruck des Jungen schnürte *mir die Kehle zu und ich wandte den Blick ab.*

Alfonsus trat neben das Bett des Jungen. „So ist er beinahe jede Nacht eingeschlafen. Die Schreie seiner Mutter haben ihn bis in seine Träume begleitet."

„Es reicht", sagte ich und stellte mich vor den Angstträger. „Ich kenne diese Vergangenheit. Ich muss nicht noch mehr davon sehen."

„Doch, das musst du", erwiderte er bestimmt und die Szene wechselte wieder.

Karl war hier noch älter, ich schätzte ihn auf fünfzehn. Bei seinem Anblick stockte ich erneut. In meiner Erinnerung hatte er tatsächlich ein wenig anders ausgesehen. Der Begleiter hatte mir den Jungen einmal in der Küche mit seiner Mutter und ein anderes Mal in der Scheune gezeigt, in der dieser beschissene Hasso ihn mit der Peitsche verfolgt hatte. Die Misshandlungen der letzten Jahre hatten offenbar tiefe Furchen in Karls Gesicht gegraben und trotz seines jungen Alters wirkte er innerlich wie tot. Er saß auf einer schäbigen Bank und schnitzte an einem Holzstück herum, als eines der Hühner auf dem Hof in seine Richtung lief. Als es ihm zu nahe kam, gab Karl dem Tier einen Tritt, der die Federn hochstieben ließ. Mit einem erschrockenen Gackern flatterte das Huhn davon und über Karls Gesicht huschte ein kurzes Lächeln.

„Und das ist es also?", fragte ich Alfonsus gepresst. „Du zeigst mir, was jahrelange Misshandlungen mit einem Jungen wie Karl anstellen können? Dafür hättest du mich nicht herbringen müssen."

Alfonsus wandte sich mir zu und hob eine Augenbraue. „Einem Jungen wie Karl?", wiederholte er dunkel. „Oh nein, Ben, du irrst dich. Bei diesem Jungen handelt es sich nicht um Karl."

Kapitel 18

„Wieso zeigst du mir das alles?", presste ich hervor. Ich wollte hier nicht in der beschissenen Vergangenheit feststecken. Alles, was ich wollte, war, dass er sie zurückholte.

„Interessiert es dich gar nicht, wer dieser Junge ist?"

„Ist es dir denn wichtig, dass es mich interessiert?"

Alfonsus kniff die Augen zusammen und begann dann leise zu lächeln. „So starke Gefühle. Beinahe wie er hier." Er nickte mit dem Kopf auf den Jungen, der noch immer an seinem Holzstück herumschnitzte.

„Hasso? Bist du hier draußen?", rief in dem Moment seine Mutter durch das Küchenfenster und ich spürte, wie sich meine Pumpe beschleunigte.

„Hasso?", wiederholte ich ungläubig. „Das ist nicht Karl? Das hier ist der Arsch, der Karl misshandelt hat?"

Alfonsus wandte sein Gesicht dem Jungen zu, der nun widerwillig aufstand und sein Messer über die Bank zog. „Hasso hieß ich als Mensch, bevor ich in der Sinnlichen Welt wiedergeboren wurde."

Angewidert starrte ich ihn an und Alfonsus richtete seinen Blick auf mich.

„Ich verstehe deine Abscheu", erklärte er. „Ich verstehe deine Abscheu nur zu gut, Ben. Du selbst hast in deinem Leben als Mensch etwas Dunkelheit erfahren, aber ich bin von meinem Vater hineingeführt worden und habe die Finsternis in jeder Zelle meines Körpers gespürt." Er machte eine kurze Pause. „Ich habe fünf Generationen vor dir als Mensch auf der Erde gelebt und du hast selbst gesehen, was mein Vater mit mir angestellt hat. Hast du dabei auch die Angst in meinen Augen gesehen, als ich versucht habe, mich vor ihm zu verstecken?" Er machte einen Schritt auf mich zu. „Angst hat mich zu dem Mann gemacht, der ich war. Sie hat die Dunkelheit in mir genährt, bis ich so voll davon war, dass ich selbst aus nichts anderem mehr bestand." Bebend wandte er sich wieder Hasso zu. „Ich verabscheue, was die Angst aus mir gemacht hat, ich verabscheue, was ich als Mensch getan habe."

„Und was du in der Sinnlichen Welt getan hast? Das verabscheust du nicht?", knurrte ich.

Alfonsus straffte die Schultern und sah mich auf eine Weise an, dass ich den Schwarzen Meister wieder in ihm erkennen konnte. „Du wirst es schon noch verstehen, Ben." Mit diesen Worten warf er die Münze in die Luft und die Menschenwelt verschwand.

„Wo sind wir hier?", rief ich gegen den Sturm an, der übers Land fegte. Riesige Bäume mit spitz zulaufenden Ästen bogen sich unter der Gewalt des Windes, der die gläsernen Blätter von den Zweigen riss und über die Ebene trieb. Sie stießen klirrend gegeneinander und ich erkannte, dass es sich um die Bruchstücke von Amethystblättern handelte, deren scharfe Kanten einem die Haut von den Knochen reißen konnten.

„In meiner Heimat", erwiderte Alfonsus und betrachtete einen schlanken jungen Typen, der sich in mehrere Lagen Stoff gewickelt gegen den Wind stemmte. Von seinem Gesicht war kaum etwas zu erkennen, da der dunkle Stoff nur einen schmalen Schlitz für die Augen frei ließ.

„Bist du das?", fragte ich abfällig und duckte mich, als

der Sturm einen der beschissenen Bäume entwurzelte und ihn knapp neben uns vorbeifegte.

„In einer früheren Version meiner Selbst", antwortete Alfonsus, als der gebeugte Sinnträger zu Boden stürzte und einige Sekunden liegen blieb, bevor er sich aufrappelte und weiter gegen den Sturm ankämpfte.

„Ich wünschte, du wärst schon damals in dieser verdammten Hölle umgekommen", spie ich ihm entgegen.

„Das wäre ich auch beinahe. Doch das Schicksal hatte andere Pläne mit mir."

In diesem Moment torkelte der vermummte Typ auf eine windschiefe Behausung zu, die sich gegen den heulenden Wind behauptete. Mit letzter Kraft trommelte er gegen die Tür und taumelte kurz darauf ins Innere.

Alfonsus und ich folgten ihm. Drinnen brannte ein erbärmliches Feuer im Kamin und erhellte die hässliche Bude, die nur aus einem einzigen Raum bestand. Ein großer Angstträger hatte den vermummten Typen reingelassen und schloss nun schnell die Tür hinter ihm. Mit seinen grauen Augen und der schmalen Nase wirkte er wie eine jüngere Version von Alfonsus.

„Danke", flüsterte der dünne Typ und wickelte die ekelhaften Lumpen von seinem Gesicht. „Ich dachte … ich müsste da draußen sterben."

„Während der Scherbenstürme sollte man auch nicht draußen unterwegs sein", erwiderte der Angstträger, dem die Hütte offenbar gehörte, und wandte sich einer Feuerstelle zu. „Wie heißt du?"

„Tom", erwiderte der dünne Typ und fuhr sich durch seine rotblonden Haare. „Und du?"

„Olafssun", antwortete der andere lächelnd. „Schön, dich kennenzulernen, Tom."

„Was soll das?", knurrte ich Alfonsus an. „Wer ist der

Typ?"

Alfonsus presste die Lippen aufeinander. „Olafssun war mein Seelenverbundener, als ich noch Tom genannt wurde", antwortete er schließlich. „Der Einzige, der das Licht in mir gesehen hat, als ich nur von Dunkelheit erfüllt war."

„Dann hatte der Typ wohl was an den Augen", murrte ich. „Denn ich kann keinen Funken Helligkeit in dir erkennen."

„Damals hätte ich dir recht gegeben", gab Alfonsus unbeeindruckt zurück. „Nachdem ich mein Leben als Hasso beendet hatte, wurde ich mager und schwach in diese Welt hineingeboren. Ich hasste mich selbst instinktiv für das, was ich als Mensch getan hatte, ich hasste meinen neuen Körper. Doch Olafssun sah mehr in mir als ich in mir selbst."

Er ließ die Münze tanzen und das Bild mit der erbärmlichen Hütte verschwand. Stattdessen tauchte eine Festung vor uns auf. Es war ein hässliches Ungetüm aus grauem Stein, das auf den Klippen eines aufgewühlten Meeres kauerte.

„Einige Sonnenläufe nachdem Olafssun mich bei sich aufgelesen hatte, brach der Zweite Sinnliche Krieg aus", erklärte Alfonsus ruhig. Unzählige Angstträger strömten auf die Festung zu und der Lichtschein magischer Explosionen erhellte den Himmel. „Damals kämpfte Sinn gegen Sinn und Land gegen Land."

„Ich brauche keine Auffrischung im Geschichtsunterricht", fuhr ich den verdammten Angstträger an. In seinen grauen Augen flackerte etwas Dunkles auf und plötzlich wurde ich mit einem Ruck in die Höhe gezogen. Graue Rauchfäden wickelten sich um mich und krochen mir in den Hals, bis ich das Gefühl

hatte, an dem ekelhaften Zeug zu ersticken.

„Ich habe dein Leben schon öfter gerettet, als du verdient hast", hörte ich seine zischende Stimme. „Das Mindeste, was ich dafür erwarte, ist Respekt."

Mit Armen und Beinen versuchte ich, mich gegen die Rauchschwaden zu wehren, doch sie waren zu stark.

„Reize mich nicht, Ben", sagte Alfonsus, während ich noch immer in der Luft hing und gegen die grauen Nebelschwaden ankämpfte. „Ich bin so viel mächtiger, als du dir vorstellen kannst."

Im nächsten Moment zogen sich die hässlichen Rauchkringel zurück und ich fiel hustend auf die Knie. Neben mir ging gerade Tom vorüber, der mit violett flackerndem Gesichtsmuster zu der Festung hochstarrte.

„Ich habe Angst vor diesem Krieg, Olafssun", gestand er seinem Seelenverbundenen. „Ich fürchte, dass er die Dunkelheit in mir mehrt. Seit die Bücher der Macht die Hellen und Dunklen geeint haben, wünschte ich, ich könnte diesen düsteren Teil in mir loswerden und wieder so sein, wie ich war."

Olafssun legte Tom den Arm über die Schultern, während sie sich auf die weit geöffneten Tore der Festung zubewegten. „Ich weiß genau, was du meinst, mein Freund." Auch andere Angstträger waren unterwegs und er warf einen misstrauischen Blick nach rechts und links, bevor er weitersprach. „Ich hasse die Dunkelheit ebenso wie du. Doch es liegt noch immer an uns, welcher Angst wir den Vorzug geben. Wir selbst müssen dafür sorgen, dass nicht die dunkle Seite unseres Sinns gewinnt, die uns paranoid werden lässt und das Schlechte in uns zum Vorschein bringt. Nur du selbst, Tom, bist dafür verantwortlich, welchen Weg du wählst." Olafssun straffte die Schultern. „Und gar nichts zu tun, ist keine Option.

Wir müssen unser Land schützen. Stell dir eine Welt ohne Angst vor. Unser Sinn hindert uns daran, uns leichtsinnig in Gefahr zu begeben. Er schärft unsere Instinkte, macht uns schneller, macht uns besser. Sowohl hier als auch in der anderen Welt ist die Angst unverzichtbar. Sei stolz, dass wir für sie kämpfen.“

„*Olafssuns Idealismus war das Licht, an dem ich mich orientierte*“, sagte Alfonsus nun und wischte mit der Hand über die Szene, sodass sie vor unseren Augen verschwamm.

Ich hob abfällig eine Augenbraue. „Und dennoch hast du das Buch geklaut und damit das Angstportal erschaffen, wodurch nur noch euer beschissener violetter Sinn in die andere Welt getragen werden konnte. Wo war dein anständiger Seelenverbundener denn da?“

„Er hat versucht, mich zu warnen. Aber mein junges Ich war zu versessen darauf, auch die Anerkennung der anderen Angstträger zu erfahren – jener, in denen die Dunkelheit stärker war als das Licht. Deshalb ließ ich mich aufstacheln, das Buch zu stehlen.“

Er ließ die silberne Münze tanzen und erschuf damit in rascher Folge neue Bilder. Ich konnte sehen, wie Tom in eine runde Kammer einbrach und lautlos nach dem Violetten Buch der Macht griff, das auf einem Tischchen neben dem Bett des schlafenden Urgestalters Azrael lag. Ich sah, wie er durch die Nacht damit floh und immer wieder hektische Blicke über die Schulter warf, während er das Buch der Macht fest an seine Brust drückte. Dann stolperte Tom über die Wurzel eines Baumes, schrie erstickt auf und fiel der Länge nach ins Gras. Das Buch blieb ein paar Schritte neben ihm aufgeschlagen liegen und Tom tastete mit fest zusammengekniffenen Augen danach.

„Sie hatten mich davor gewarnt, in dem Buch zu

lesen", erklärte Alfonsus nun und betrachtete sein junges Ich emotionslos. „Aber wir alle hatten die Intelligenz und den Willen des Buches unterschätzt."

In diesem Moment bewegte sich das violette Ding und rutschte einen kleinen Abhang hinunter. Tom öffnete fluchend die Augen und schlitterte hinterher. Dann klappte er die Buchdeckel zu und Alfonsus sog tief die Luft ein.

„Das war der Moment. Hier las ich ein Wort. So wurde der erste Kontakt hergestellt."

„Wie interessant", bemerkte ich kalt.

„Dir scheint nicht viel an der Rückkehr deiner Seelenverbundenen zu liegen", erwiderte Alfonsus ruhig.

Seine Worte pressten die Luft aus meinen Lungen und ich biss die Zähne zusammen. Dabei sah ich Lee wieder vor mir liegen und der Schmerz darüber brachte mich fast um den Verstand.

„Nachdem wir eine Verbindung zueinander hatten, warnte mich das Buch davor, es den anderen Angstträgern auszuhändigen. Stattdessen floh ich mit ihm aus der Festung und gemeinsam schufen wir das wunderbare Angstportal."

Alfonsus atmete tief ein und ich sah die schmächtige Silhouette des rothaarigen Typen vor einem gewaltigen Portal, dessen Form eine riesige Acht bildete. Als das violette Licht aus beiden Kreisen ihren widerwärtigen Schein über das Land warf, brach der schmächtige Typ vor dem Portal auf die Knie und presste das Buch der Macht an seine Brust.

„Und wo war dein Seelenverbundener, während du mit dem Buch das verbrochen hast? Warum hat er dich nicht abgehalten?", zischte ich, da von dem anderen Typen jegliche Spur fehlte.

„Olafssun versuchte, mich vor der Magie des Buches zu warnen", erwiderte Alfonsus mit einem Blick auf das Angstportal, dessen violettes Glühen mir eine beschissene Gänsehaut bescherte. „Es war eine schwierige Zeit für uns beide." Alfonsus machte eine kurze Pause. „Nachdem die Angst die Sinnliche Welt überflutet hatte, begannen die Länder, Allianzen zu schmieden. Vertrauen, Wachsamkeit, Freude und Erstaunen verbündeten sich gegen Ekel, Wut, Trauer und Angst. Trotz ihrer neuen Vormachtstellung in der Sinnlichen Welt hatten diese elenden violetten Feiglinge jedoch solch eine Panik vor dem Buch, dass sie es in der Nacht von mir stahlen und in den tiefsten Kerker warfen. Und dann ...", seine Stimme wurde immer gefährlicher, „kam Victoria."

Mit einer ruckartigen Bewegung drehte Alfonsus die Münze und ich sah die unsympathische Vertrauenstante gemeinsam mit Tom auf den Klippen neben der Festung stehen. Die Wellen brachen sich krachend an den Felsen und der Wind toste um die beiden herum und zerrte an Victorias blonden Haaren, als sie beide Hände auf seine Wangen legte.

„Bist du zu einer Entscheidung gelangt?", flüsterte sie und sah ihm tief in die Augen.

Tom schluckte und nickte schließlich. „Ich tue, was du willst."

Sie schüttelte den Kopf. „Es ist nicht nur, was ich will, Tom. Es ist das, was wir beide wollen. Dieses Portal vernichtet unsere Welt. Schließe es und ich verspreche dir, dass ich dir helfe, das Buch zu verstecken. Sie hatten kein Recht, es dir wegzunehmen."

„Ich weiß." Tom strich ihr über die gefälschte lila Zeichnung, die sich in hässlichen Kreisen über ihr verlogenes Gesicht wand. „Ich sehne mich so sehr danach, endlich mit dir zusammen zu sein. Und auch … mit ihm. Ich höre es schreien, Victoria. Es ruft nach mir."

„Du wirst uns beide bekommen", hauchte Victoria und legte ihre Hand auf seine Brust. „Aber zuerst musst du das Portal schließen."

„Und es ist dir nicht aufgefallen, dass die Tussi lügt?", fragte ich mit zusammengekniffenen Augen.

Alfonsus schnippte die Münze in die Höhe, woraufhin die Szenerie wechselte. „Nein", erwiderte er kalt. „Olafssun half mir, das Violette Buch aus dem Kerker zu befreien und damit das Portal zu schließen. Er wusste, dass ich eine Verbindung zu Azraels Schöpfung hatte, und er fürchtete sie. Aber seine Verbundenheit zu mir war tiefer als seine Furcht, auch wenn ich ihn mit Victoria hintergangen hatte. Und dafür musste er bezahlen."

Die letzten Worte presste Alfonsus hervor und ich sah, wie Victoria aus der Festung der Angstträger rannte. Ihr blonder Dutt löste sich, als sie zu den Klippen hastete und dabei etwas an ihre Brust gedrückt hielt, das sie in ein paar Lumpen gewickelt hatte.

Alfonsus' Augen wurden dunkel vor Hass, als er auf die Vertrauensträgerin blickte, die sich in die Festung der Angstträger eingeschleust hatte, um ihn zu täuschen.

„Victoria hatte von Anfang an geplant, mich zu betrügen. Mein junges Ich war zu blind gewesen, das zu erkennen, doch Olafssun hatte es geahnt. Als mein Seelenverbundener hatte er eine Vorahnung, was mein Schicksal betraf. Deshalb stellte er sich Victoria auf den Klippen des Schreckensmeeres entgegen."

„Halt!", rief Olafssun und trat aus der Spalte eines Felsen oberhalb des schäumenden Wassers ins Mondlicht. „Wohin willst du?"

Victoria erstarrte mitten in der Bewegung auf der

Klippe und der ertappte Ausdruck auf ihrem Gesicht war nicht zu übersehen. Schließlich straffte sie die Schultern. „Ersparen wir uns das. Geh mir aus dem Weg.“

Der hochgewachsene Angstträger schüttelte den Kopf. „Gib mir das Buch. Du hast es Tom versprochen.“

Victoria schnaubte leise. „Tom hat mit seinem Portal beinahe das Gleichgewicht zwischen den Welten zerstört und hat nur gehört, was er hören wollte. Es hätte ihm klar sein müssen, dass er damit nicht davonkommt.“

Olafssun presste die Lippen zu einem Strich zusammen. „Er hat dir vertraut.“

„Und ich vertraue mir selbst und meinem Urteilsvermögen. Die Sinnliche Welt ist dem Untergang geweiht, wenn ich das Buch nicht vor einem naiven, leicht zu lenkenden dummen Jungen wie ihm beschütze!“

Während sie sprach, schob sie ihren Körper immer näher an den Abgrund heran. Unter ihr tosten die Wellen des Schreckensmeeres und Olafssuns Zeichnung in Form eines Kubus begann zu glimmen.

„Bleib stehen. Solltest du versuchen, ein mobiles magisches Portal zu nutzen, dann wisse, dass ich nicht zulasse, dass du mit dem Buch verschwindest.“

Die falsche Angsttante hob eine Augenbraue. „Ach nein?“

„Nein“, sagte Toms Seelenverbundener und sprang unerwartet nach vorn, um sie zu packen. Sie duckte sich unter seinen zupackenden Händen hinweg, schlitterte über den Felsen und versetzte ihm einen Stoß, der ihn über die Kante der Klippen ins schäumende Meer warf. Olafssun wurde von einer Welle gegen den Felsen katapultiert und versank ohnmächtig im Wasser. Victoria presste das Buch an sich und sah Olafssuns Untergang zu, bevor sie sich umdrehte und weiter einen schmalen

Pfad entlanghastete, der in Serpentinen hinunter zum Strand führte. Auf halber Höhe waberte dort tatsächlich ein mobiles magisches Portal und sie stürzte sich mit dem Buch in den Fingern in den weißen Nebel.

„In dieser Nacht starb nicht nur mein Seelenverbundener, sondern auch ein Teil meiner Selbst", sagte Alfonsus und blickte zur Angstfestung, deren zerbombte Mauern inzwischen deutliche Spuren des Krieges aufwiesen. „Das Buch hatte nach mir gerufen und ich hatte Victorias Verrat von meinem Fenster aus beobachten müssen – genau wie seinen Tod."

„Und deswegen hast du dich jetzt auf Victoria eingelassen?", fragte ich kalt. „Um dich als Alfonsus an ihr zu rächen?"

Ein düsteres Licht glomm in den Augen des Angstträgers auf. „Ja, denn bevor ich sie töte, soll sie fühlen, wie es ist, zu lieben und verraten zu werden."

Ich schnaubte. „Es ist mir egal, was du mit Victoria machst, aber es ist mir nicht egal, was mit Lee passiert. Sind wir hier jetzt endlich fertig? Du hast mir etwas versprochen."

Alfonsus lächelte boshaft. „Nur Geduld, Ben. Ich möchte sie ebenso gern wiedersehen wie du."

Mit diesen Worten schnippte er seine Münze hoch und die zerbombte Angstfestung verschwand endlich. Stattdessen zeigte die Umgebung eine tropfenförmige Behausung in einer funkelnden blauen Höhle. Meine zerrissenen schwarzen Linien glommen bei dem Anblick auf.

„Nach Olafssuns Tod war mein junges Ich verzweifelt", sagte Alfonsus. „Ich zog mich in mich selbst zurück und überlegte mehr als einmal, meiner Existenz ein Ende zu setzen."

„Schade, dass diesen Gedanken keine Taten folgten", knurrte ich, während uns der Mistkerl ins Innere des Glitzertränenhäuschens brachte, wo sich der dünne rothaarige Kerl zitternd auf einer Liege hin und her warf.

„Das hätte das Buch nicht zugelassen", sagte Alfonsus. *„Victoria hatte es tief in die Berge zu einem Hüter gebracht, doch die Verbindung zwischen uns konnte sie nicht trennen. Ich spürte es genauso, wie es mich spürte, und wir öffneten uns einander."* Er trat näher an Toms Lager heran, auf dem er sich ruhelos hin und her wälzte. *„Auf dieser Liege verlor ich mehr und mehr von der Schwäche Toms und lernte die Stärke Azraels kennen, dessen Persönlichkeit im Violetten Buch der Macht gespeichert war."*

Bei seinen Worten verschwanden die Wände der Behausung und es fühlte sich an, als würde ich im Auge eines verdammten Sturms stehen, während Bilder von Hasso, Tom und Olafssun an uns vorbeijagten.

„Ich war verloren in meinen Erinnerungen und ertrank in meinem Kummer, weil ich meinen Seelenverbundenen verloren hatte." Alfonsus bedachte mich mit einem kalten Blick. *„Das hätte Potenzial, sich zu einer weiteren Gemeinsamkeit zu entwickeln, findest du nicht auch, Ben?"*

Ich biss die Zähne zusammen, während wüste Erinnerungsfetzen an uns vorüberflogen. *„Du hast versprochen, sie zu retten."*

„Ja, das hatte Azrael auch", sagte Alfonsus und ließ die verdammte Münze tanzen, bis sich alles um uns herum drehte. *„Dies sind Azraels Erinnerungen, die er in das Violette Buch der Macht einfließen ließ."*

Im nächsten Moment fand ich mich in einer Art Taverne wieder. Zyklamfarbener Rauch stieg zwischen den dreckigen Tischen nach oben und es herrschte eine angespannte Atmosphäre. Bei jedem Donnern von draußen zuckten die Träger, die hier hauptsächlich violette Gesichtsmuster hatten, in der Erinnerung des Urgestalters zusammen.

„Wie weit ist es noch bis zum Lager der Krieger des Lichts?", flüsterte eine hübsche Sinnträgerin mit wilden roten Locken. Sie hatte ein blasses Gesicht mit markanten Wangenknochen und eine orangefarbene Zeichnung auf ihrer rechten Wange, die an züngelnde Flammen erinnerte.

„Nur noch ein halber Tagesmarsch", antwortete ein junger Sinnträger ebenso leise. Er hatte eine Hakennase und hielt seinen Rücken extrem gerade. Auf seiner Wange prangte eine violette Acht, die anhaltend glitzerte.

„Azrael", stellte ich fest. Ich hatte den Urgestalter bislang nur mit Vollbart gesehen, als er schon etwas älter gewesen war.

„Ja, das ist Azrael mit seiner Seelenverbundenen Enja. Es war zur Zeit des Ersten Sinnlichen Krieges, als die Hellen gegen die Dunklen gekämpft haben."

Kaum hatte Alfonsus das gesagt, flog die Tür der Taverne auf und eine Gruppe dunkel gekleideter Sinnträger betrat den Raum. Augenblicklich verstummte das Stimmengewirr und Enja krallte sich in Azraels Ärmel fest.

„Das sind Schattenkrieger", flüsterte sie und ihre grünen Augen weiteten sich.

„Das weißt du nicht", versuchte Azrael, sie zu beruhigen, während die Linien seiner Gesichtszeichnung gleichzeitig violett aufflackerten.

Einer der Typen ließ seinen Blick durch die Taverne schweifen und reckte den Nacken nach links, bis ein leises

Knacken ertönte. „Na sieh mal einer an. Da fürchtet sich offenbar jemand vor uns", bemerkte er und schlenderte auf Azrael und Enja zu, während ein paar seiner Begleiter dreckig lachten.

„Wir sind nur auf der Durchreise und suchen keinen Streit", erwiderte Azrael gedämpft und tastete gleichzeitig unter dem Tisch nach Enjas Hand.

„Auf der Durchreise also." Er betonte die Worte spöttisch. „Doch wohl nicht zu den Kriegern des Lichts, um ein paar Dunkle abzuschlachten?"

„Nein, wir sind keine Kämpfer", sagte Azrael schnell und einer der Typen zerrte die hübsche Freudeverbundene in die Höhe. Enja schrie und Azrael sprang auf, wurde von einem anderen jedoch gleich wieder hinunter auf seinen Sitz gedrückt.

„Keine Kämpfer. Das klingt gut. Das heißt, es wird uns nicht zu viel Mühe kosten, diesen hellen Abschaum hier zu beseitigen."

„Nein!", schrie Azrael und obwohl ich nichts auf sein verdammtes Schicksal gab, wuchs der Hass in mir, als ich sah, wie die Schattenkrieger mit seiner Seelenverbundenen umsprangen.

„Bitte", wimmerte sie. „Wir haben euch nichts getan. Ich hatte selbst dunkle Freunde vor dem Ausbruch des Krieges!"

„Vermutlich, bevor ihr Hellen entschieden habt, eure prachtvollen Villen zu bauen und uns in gekennzeichneten schwarzen Häusern zusammenzupferchen, als wären wir nicht mehr als Dreck", knurrte der Anführer der Gruppe und zog einen schimmernden Dolch aus seinem Gürtel. „Ihr habt den Tod verdient, ihr alle."

„Azrael!", schrie Enja und streckte die Hand nach ihm aus, während er wie paralysiert auf dem Stuhl saß

und seine Zeichnung grellviolett leuchtete. Im nächsten Moment zog der Anführer der Dunklen sein Messer über ihre Kehle und hellrotes Blut sprudelte daraus hervor.

„Verdammte Mistkerle", fluchte ich und machte einen Schritt auf die höhnisch grinsenden Typen zu, während Azraels Seelenverbundene sich an den Hals griff und dann zu Boden fiel.

„Enja!", schrie der Angstträger und stürzte zu ihr.

Ihre roten Locken breiteten sich um ihren Kopf aus und ihre Lippen versuchten, Worte zu formen. Bei jedem hektischen Atemzug drang ein neuer Schwall Blut aus ihrem Mund und lief über das kleine Muttermal neben ihren Lippen, während sie mit zitternden Fingern nach seinem Gesicht griff.

„Mein Leben ... mit dir ... war nichts als ... Freude", presste sie gurgelnd hervor. Dann wich das Leben aus ihren Augen und ich stolperte einen Schritt zurück, da mich die Szene so sehr an Lees Tod erinnerte, dass ich das Gefühl hatte, in meinem Hass zu ertrinken.

Kapitel 19

Alfonsus stellte sich neben mich und legte mir die Hand auf die Schulter. „Wir alle haben unsere Seelenverbundenen verloren, Ben", flüsterte er mir zu. „Wir alle kennen den Schmerz."

Angewidert schüttelte ich seine Berührung ab. „Du bist schuld daran, dass ich sie verloren habe."

„Dafür kann ich sie uns auch wieder zurückgeben", erwiderte er und wischte mit der Hand über die Szene. „Nach Enjas Tod prügelten die Schattenkrieger Azrael halb tot und überließen ihn danach seinem Schicksal. Doch anstatt im Niemandsland zwischen den hellen und dunklen Truppen zu sterben, überlebte er und in ihm wuchs der Wunsch, die Dunkelheit in unserer Welt ein für alle Mal zu besiegen."

Rasch wechselnde Bilder zogen nun an uns vorbei und ich sah abwechselnd Tom, der sich auf seiner Pritsche im Trauerland hin und her warf, sowie Azrael, der sich einen Bart wachsen ließ und mit einem glühenden Lichtstein in der Hand den verdammten Tempel erforschte, in dem Lee gestorben war.

„Azrael lebte nur noch für sein Ziel, die Dunklen ein für alle Mal auszulöschen", fuhr Alfonsus fort. „Dazu zog er sich auf eine abgeschiedene Insel zurück und schützte sie mit seiner Magie, um ungestört seinen Forschungen nachgehen zu können."

Ich sah dem Urgestalter der Angst dabei zu, wie er Tag und Nacht über seinen Arbeiten brütete und der Ausdruck in seinen Augen dabei immer fanatischer wurde.

„Er führte auch Experimente mit der Zeit durch, um den Tod von Enja ungeschehen zu machen, doch es gelang ihm nicht, so weit zurückzuspringen. Was ihm jedoch gelang, war, seine Tage immer wieder an den Anfang zu setzen, sodass er über Jahre an seinen Forschungen arbeiten konnte, während in der Sinnlichen Welt kaum Zeit verging."

„Und wann fasste er den Entschluss, ein ganzes Dorf niederzumetzeln?", knurrte ich und dachte an die Bilder, die Lee und ich im Tempel gesehen hatten.

Alfonsus lächelte leicht. „Es war so viel mehr als das, Ben. Es war eine besondere Magie, die bis ins Innerste der Sinnträger blicken konnte und dabei prüfte, ob die Dunkelheit oder das Licht stärker in ihnen strahlte. Eine Magie, welche die Dunkelheit mit all der brennenden Qual verband, die auch wir durch den Verlust unserer Seelenverbundenen erlitten hatten."

„Aber hätte Azrael dann nicht selbst auch schreiend verbrennen müssen?", fauchte ich.

Alfonsus kniff die Augen zusammen. „Dein Denken ist beschränkt, Ben. Glaub mir: Manchmal ist eine tiefschwarze Finsternis notwendig, um all das Übel mit Stumpf und Stiel aus der Welt zu reißen und den Boden zu bereiten für das wahre Licht." Alfonsus' Stimme klang tadelnd und ich erkannte in ihr das tiefe Timbre des Schwarzen Meisters.

Voller Kälte ließ er die vermaledeite Münze erneut hochspringen und die Insel mit Azraels widerwärtigen Experimenten verschwand. Stattdessen waren nun alle acht Urgestalter zu sehen, die gemeinsam auf einer kahlen Plattform vor dem Eingang eines Berges standen.

„Während Azrael seinen Forschungen nachgegangen war, hatte der Krieg in der Sinnlichen Welt weiter gewütet", erklärte Alfonsus. „Und als er zurückkehrte, hatte er so viel Magie und Weisheit gewonnen, dass die Angstträger ihn, ohne zu zögern, zum Urgestalter ihres Landes ernannten. Doch anstatt seiner Empfehlung zu folgen, das Dunkle ein für alle Mal auszulöschen, propagierte die erste Macht der Acht eine Lösung, um die Dunkelheit mit dem Licht zu verschmelzen."

Tiefster Widerwille klang aus seinen Worten und die Münze brachte uns in eine funkelnde Höhle, die von glitzernden Kristallen in allen acht Sinnesfarben durchzogen wurde. Diffuse Lichtscheine erhellten die Umgebung und ich ließ meinen Blick zur Höhlendecke schweifen, in dem eine achteckige Aussparung klaffte, die wie ein Stern aussah. Dahinter war der funkelnde Sternenhimmel zu erkennen.

„Haben sie hier die Bücher der Macht benutzt, um den Krieg zu beenden?"

„Das haben sie", erwiderte Alfonsus kalt. „Doch ihr gemeinsamer Wunsch nach Frieden war nicht der einzige Herzenswunsch, den sie hegten."

Angespannt sah ich zu, wie die acht Urgestalter ihre Bücher der Macht auf hüfthohen Kristallblöcken ablegten und in der Mitte aufschlugen. Ein heller Lichtstrahl in der jeweiligen Sinnesfarbe schoss aus den Büchern und traf sich in der Mitte des Kreises knapp unterhalb der Höhlendecke zu einem strahlenden Energiepunkt.

„Die Urgestalter hatten bei der Verfassung der Bücher der Macht ihre Persönlichkeit, ihre Wünsche und ihre Überzeugungen in die Seiten fließen lassen. Diese Essenz trat nun hervor, um dem gemeinsamen Wunsch nach einem Ende des Ersten Sinnlichen Krieges Ausdruck zu verleihen."

Während Alfonsus sprach, traten tatsächlich die acht

durchscheinenden Figuren der Urgestalter aus den Büchern und stellten sich vor den Kristallblöcken auf, während die echten Urgestalter mit geschlossenen Augen hinter den Büchern standen.

„Was sind das für Vögel?", fragte ich widerwillig, da jeder der Typen einen schwarz-weißen Vogel auf seiner rechten Hand sitzen hatte.

„Das war die Manifestation ihres gemeinsamen Wunsches, den Krieg zu beenden."

Ich verschränkte die Arme vor der Brust und nickte mit dem Kinn zu den Urgestaltern des Erstaunens und der Angst, die beide in der linken Hand hinter dem Rücken noch einen weiteren Vogel sitzen hatten. „Scheint, als ob Ernesto und Azrael noch eigene Wünsche hatten."

„Nun, auch Azrael wünschte sich ein Ende des Krieges. Doch statt Hell und Dunkel zu einen, wollte er die Dunkelheit komplett vernichten. Und Ernesto war in eine Tierverbundene verliebt und wünschte, mit ihr zusammen zu sein."

„Und das ist keinem der Urgestalter aufgefallen? Dass die Typen noch andere Herzenswünsche hatten?", fragte ich abfällig, während ich mir Ernestos versteckten Vogel genauer ansah. Er hatte einen grünen Bauch und ein helles Gefieder mit funkelnden Diamanten auf beiden Seiten seines Kopfes.

„Nein, die Magie hat ihre ganze Aufmerksamkeit beansprucht."

Im nächsten Moment war zu sehen, wie die Essenzen der Urgestalter immer heller leuchteten und die ganze Höhle zu beben begann. Ein wüstes Seitengeraschel erhob sich und der ganze Ort summte vor Magie. Dann streckten die acht durchscheinenden Urgestalter ihre Hände gleichzeitig in die Luft und schleuderten ihre schwarz-

weißen Vögel in Richtung der Höhlendecke. Auf dem Weg nach oben floss die schwarze und weiße Farbe ineinander, bis es nur noch hässliche graue Vögel waren, die auf den Knotenpunkt zusteuerten, wo sich die Lichtstrahlen aus den Büchern der Macht trafen. Auch der grüne und der violette Vogel flatterten hoch, aber sie waren kleiner als die anderen und wurden erbarmungslos abgedrängt. Schließlich erreichten die grauen Vögel den Lichtstrahl und vervielfachten sich zu einer riesigen Schar, bevor sie aus der sternenförmigen Luke in den Nachthimmel stoben und unsichtbar wurden. Danach senkte sich tiefste Finsternis über die Szene.

„All das bin ich", hörte ich die Stimme des Schwarzen Meisters rings um mich wie ein Flüstern. „Zuerst war ich Hasso, dann Tom und schließlich Azrael. Und dann, Ben, wurde ich zu Alfonsus."

Bilder blitzten rings um mich auf, Bilder, in denen Tom brüllend vor dem Spiegel in seiner tränenförmigen Behausung stand und seine Gesichtszüge ineinanderflossen. Die grauen Augen Azraels thronten über der geraden Nase von Olafssun und verschmolzen mit dem schmalen Gesicht von Tom. Seine Metamorphose schien ihm fürchterliche Schmerzen zu bereiten, denn die ganze Zeit über brüllte Tom wie am Spieß, während zu hören war, wie seine Knochen brachen und sich neu anordneten, bis nicht mehr Tom im Spiegelbild zu sehen war – sondern ein junger Alfonsus, der die Züge von drei Persönlichkeiten in sich vereinte. Und während ich auf das veränderte Bild des Angstträgers starrte, begann ich, ebenfalls zu brüllen, denn mit einem Mal war ich es selbst, der mir entgegenstarrte.

„Ja, Ben. Auch du bist ein Teil davon geworden",

hauchte mir seine kalte Stimme ins Ohr. „An dem Tag, als du das Violette Buch der Macht berührtest, knüpfte ich eine Verbindung zwischen uns. Es war so leicht, zu verschmelzen. Und es war so berauschend."

„Nein!", schrie ich und taumelte nach hinten. Dabei fühlte ich, wie die Dunkelheit an mir zog.

„Doch", flüstere der Schwarze Meister. „Erinnerst du dich an das Blut an unseren Händen? Erinnerst du dich an die Gedärme, die wir aus ihren elenden Körpern rissen? Ich habe dich die Macht kosten lassen – und auch du hast mich etwas kosten lassen. Dank dir, Ben, durfte ich es endlich wieder fühlen. Dank dir, Ben, konnte ich wieder fühlen, wie es ist, jemanden zu lieben. Wie es ist, nicht mehr allein zu sein auf dieser Welt. Dank dir werde auch ich wieder eine Seelenverbundene haben – und ich werde die Fehler der Vergangenheit mit Lee nicht wiederholen. Sie ist so liebreizend und ein Segen für meine Seele."

„Nein!", schrie ich und hieb in die absolute Dunkelheit rings um mich. „Du bekommst sie nicht!"

„Oh doch, das tue ich. Und mit ihr ist auch der Fluch unserer Blutlinie gebrochen, denn die dunkle Magie wirkt nur bis zur achten Seelenverbundenen. Es ist vorherbestimmt, Ben."

Keuchend blickte ich mich um und sah doch nichts als Finsternis. „Du sagst, der Fluch endet mit der achten Generation?"

„So ist es. Elizabeths Hass auf Emma war stark, aber kein Fluch hält für die Ewigkeit. Nachdem sie ihn ausgesprochen hatte, kehrte sie in die Sinnliche Welt zurück und starb dort wenige Jahre später in einsamer Verbitterung. Die Dunkelheit in ihr, ihr dunkler Hass, hat sich ausgebreitet und sie letztendlich getötet."

„Und was ist mit dir?", fauchte ich. „Was ist mit der Dunkelheit in dir?"

Alfonsus antwortete nicht sofort. „Meine dunklen Taten waren notwendig, Ben. Betrachte sie als ein Mittel zum Zweck, das ich nur genutzt habe, um die Helligkeit in die Welt zurückzuholen. Man muss Opfer bringen. Es hat mir auch kein Vergnügen bereitet, diesen Krieg zu führen."

„Lügner."

„Fragen wir doch einfach Lee", antwortete Alfonsus seidenweich. „Sie wird es verstehen, du wirst sehen."

„Du bist krank", stieß ich hervor.

Alfonsus' Stimme war plötzlich so nah an meinem Ohr, dass ich zusammenzuckte. „Wusstest du, dass Lee meinen Sinn empfunden hat, Ben? Als sie dachte, dass Vandora mich töten würde, habe ich die *Angst* in ihrem Gesicht gesucht – und gefunden. Und da wir durch unsere gemeinsame Reise nun miteinander verschmolzen sind, wird sie mich lieben, genau wie sie dich geliebt hat."

In diesem Moment wurde es rings um mich wieder hell und ich war wieder im Hier und Jetzt und kniete über dem Gespaltenen. Brüllend bäumte sich das Arschloch auf und verstummte jäh, als ich ihm so hart ins Gesicht schlug, dass er bewusstlos wurde.

Dann stieß ich mich angewidert von dem Sack ab und drehte mich zu ihr um. Sie war wunderschön und meine Pumpe knallte heftig gegen meinen Brustkorb, als ich sie da stehen sah.

Der Mistkerl hatte recht gehabt. Er hatte es tatsächlich geschafft, die Zeit zurückzudrehen und sie mir wiederzugeben.

„Lee", flüsterte ich und machte einen Schritt auf sie

zu.

Entsetzt sah sie mich mit ihren wunderschönen Augen an. „Was ist mit dir passiert, Ben?"

Verwirrt schüttelte ich den Kopf, doch in dem Moment fiel mir ein, weshalb wir hier waren, und ich fuhr herum. Der Gespaltene riss sich in diesem Augenblick den gläsernen Dolch aus seiner eigenen Hand und ich stürzte mich auf ihn. Noch bevor er sich aufrichten konnte, schnappte ich mir den Dolch und versenkte ihn so tief in seiner Brust, wie ich nur konnte.

„Du wirst sie mir kein zweites Mal nehmen, Arschloch", stieß ich hervor und genoss den erschrockenen Ausdruck in seinem Gesicht. Dabei spürte ich etwas Dunkles in mir, das sich nicht damit begnügte, ihm den Dolch in die Brust zu rammen, sondern auch noch dafür sorgte, dass ich die Waffe mit all meiner Kraft herumdrehte, um den bodenlosen Schmerz in seinen beschissenen Augen zu sehen.

Lee

Sein Anblick erweckte in mir den Wunsch, zu schreien, aber ich atmete tief durch und zwang mich, ruhig stehen zu bleiben. „Was ist mit dir passiert, Ben?"

Er runzelte die Stirn, bevor er plötzlich herumfuhr und dem Gespaltenen den Dolch entwand, den dieser sich gerade in einer fließenden Bewegung aus der Hand riss. Dann rammte Ben die Waffe bis zum Heft in Jespers Brustkorb und drehte die Klinge ächzend herum.

Ungläubig schlug ich mir die Hand vor den Mund und wich zurück. „Ben, was hat er mit dir gemacht?"

Ben stemmte sich in die Höhe und wischte sich mit einer angewiderten Geste das Blut an seinem Anzug ab. Die Bewegung war so typisch für ihn, dass mir Tränen in die Augen stiegen. Denn obwohl ich seinen Körper hier vor mir sah, war er es nicht mehr.

Zumindest nicht nur.

Es war, als hätte jemand Alfonsus' Züge über Bens Gesicht gelegt und ihn auf diese Weise verändert. Bens Nase war etwas länger geworden, sein Gesicht schmaler und die Augen heller. Auch seine zerzausten Haare wirkten gebändigt und ich entdeckte graue Strähnen an den Schläfen, die zuvor noch nicht da gewesen waren. Als er nun einen Schritt auf mich zu machte, wirkte es noch ein wenig ungelenk, als müsste sich jemand anderes erst in seinem Körper zurechtfinden. Und ich wusste auch, wer dieser andere war.

Mit einem Gefühl, als würde mir jemand die Luft

abschnüren, glitt mein Blick hinüber zu Alfonsus' zusammengesunkener Gestalt. Ich hatte keine Ahnung, wie das so schnell hatte passieren können, aber offenbar war der Schwarze Meister mit Ben verschmolzen.

„Hey. Es ist in Ordnung", sagte Ben und kam auf mich zu. „Es ist auch für mich noch etwas neu, aber du wirst sehen, wir gewöhnen uns schnell daran."

Seine Stimme hatte diesen fremdartigen Klang und ich schluchzte auf, während ich zurückwich.

„Nein", flüsterte ich und presste meine Finger gegen meine Zeichnung, obwohl ich ganz genau spürte, dass ich im Moment zu schwach war, um meine Magie erneut zu rufen.

„Schhh", sagte der Schwarze Meister in Bens Gestalt und griff nach meiner Hand.

Als ich zurückzuckte, ging ein Ruck durch Bens Körper und für einen Moment waren es wieder seine Augen, in die ich sah, bevor sich das helle Grau erneut durchsetzte.

„Du wirst lernen, damit zurechtzukommen", sagte der Schwarze Meister nun und drehte sich zu den acht Kristallsäulen um, die hoch in die Höhle hinaufragten. „Doch zuerst haben wir noch etwas Wichtiges zu erledigen."

Ohne mich weiter zu beachten, marschierte er in den Kreis der violetten Kristallsäulen und ich spürte, wie ihm mein Körper Schritt für Schritt folgte, obwohl ich mich am liebsten umgedreht hätte und aus der riesigen Halle gestürzt wäre.

„Wieso tust du das?", presste ich hervor und versuchte, die Kontrolle über meine Gliedmaßen zurückzugewinnen.

„Was genau meinst du, Wächterin?"

Seine Stimme klang wie eine Mischung aus Ben und Alfonsus und es wäre so viel einfacher gewesen, wenn nur Alfonsus mit mir gesprochen hätte.

„Das alles", flüsterte ich und sah von der Leiche Coels zum Gespaltenen und weiter zu Vandora, die noch immer den schwarzen Kapuzenumhang trug. Dann schweifte mein Blick zu Alfonsus. Der Körper des vornehmen Angstträgers lag mit geschlossenen Augen auf dem Boden neben dem gewundenen Wasserlauf und bewegte sich nicht. Wenn ich mich konzentrierte, konnte ich jedoch noch leise seinen Herzschlag vernehmen.

Ben folgte meinem Blick. „Willst du wissen, warum wir Vandora getötet haben?"

„Sag nicht *wir*", bat ich ihn erstickt.

„Gut, dann ein Teil von uns."

Ben schritt nacheinander die acht violetten Kristallsäulen ab und berührte sie hüfthoch auf der Innenseite. Daraufhin knickten ihre oberen Teile mit einem leisen Klirren kontrolliert nach außen, bis ihre Spitzen sanft den Boden berührten und es aussah, als würde ein riesiger achtzackiger Stern in der Halle liegen.

„Die Antwort darauf ist einfach, Wächterin. Sie trug zu viel Dunkelheit in sich. Aber sie spielte ihre Rolle perfekt. Wobei ihr nicht bewusst war, dass es ihre letzte sein würde."

„War es dem Gespaltenen auch nicht bewusst?"

„Nun, er war in den Plan eingeweiht – zumindest teilweise. Er wusste so viel, wie er wissen musste, und dieses Wissen nimmt er nun mit in den Tod."

In diesem Moment stockte mir der Atem, als auf der Bruchstelle jeder Säule ein Buch der Macht sichtbar wurde.

„Oh nein", flüsterte ich, als ich alle acht Bücher versammelt sah. „Wie hast du das geschafft?"

Bens Körper war gerade auf dem Weg zum Violetten Buch, als ihn ein Ruck durchfuhr. Es sah aus, als würde er sich gegen die Verschmelzung mit dem Schwarzen Meister wehren, doch es dauerte nur einen Wimpernschlag, bevor er weiterging, als wäre nichts gewesen.

„Hast du dich nie gefragt, wieso die Bunte Stadt von so vielen Zeitanomalien heimgesucht worden ist?" Ben warf mir einen kurzen Blick über die Schulter zu und schlug das Violette Buch auf, woraufhin ein amethystfarbener Lichtstrahl mit einem leisen Summen hinauf zur Höhlendecke schoss.

„Du hast damit Simeons Sicherheitssystem umgangen", flüsterte ich.

Er nickte bedächtig. „Die magische Sicherung des Bücherturms erlaubte es, die wahren Bücher der Macht nur dann zu finden, sobald alle Gestalter gleichzeitig anwesend waren. Und durch meine Zeitmanipulationen konnte ich ihm genau dieses Szenario vorgaukeln. Es hat etwas gedauert, bis es letztendlich geklappt hat, aber es hat sich gelohnt."

Mein Blick irrte zu Alfonsus' Gestalt und ich wollte mir nicht vorstellen, wie viel Macht in diesem Körper gesteckt hatte – Macht, die nun von Ben beherbergt wurde.

„Ich kann verstehen, wenn dich meine neuen Fähigkeiten im ersten Moment einschüchtern, Lee. Aber du kannst mir glauben, dass ich sie nicht unüberlegt einsetze. Von Anfang an habe ich nur auf dieses Ziel hingearbeitet."

„Welches Ziel?", hauchte ich. Der Großteil meines Körpers war noch immer unter seiner Kontrolle, aber zumindest konnte ich meinen Kopf frei bewegen.

„Endlich das Böse auszumerzen." Ben blieb stehen und sein brennender Blick erinnerte mich so sehr an sein wahres Ich, dass es mir den Atem nahm. „Ich habe mein schwarzes Herz schon immer gehasst", erklärte er mir gequält. „Du warst von Anfang an das Licht, das mich angezogen hat. Alle unsere Seelenverbundenen waren so – sie waren so wie du, Lee. Sie waren rein."

„Dafür hast du also gemordet? Um das Böse zu besiegen?", fragte ich und dachte fieberhaft nach, wie ich ihn aufhalten konnte.

Ben ging zum Buch des Vertrauens und schlug es auf. Kurz darauf schoss ein summender weißer Lichtstrahl zur Decke und traf sich dort mit dem amethystfarbenen Strahl.

„Es mag paradox klingen, doch die Opfer waren notwendig. Sie sind notwendig, wenn man etwas Großes, etwas Weltveränderndes erreichen möchte. Ich erwarte nicht, dass du es jetzt schon verstehst, aber du wirst es verstehen. Sobald wir mit den Büchern der Macht die Hellen und Dunklen wieder voneinander getrennt haben, werden wir Azraels Forschungen dazu verwenden, die Dunkelheit ein für alle Mal von der Sinnlichen Welt zu tilgen."

Ben schlug das Buch der Freude auf und ein orangefarbener Strahl schoss nach oben und vereinte sich mit den anderen beiden unter dem runden Loch in der Decke.

„Stell dir eine Welt vor, in der es keine negativen Emotionen mehr gibt. Wenn Wut eingesetzt wird, um zu beschützen, statt zu zerstören. Wenn Angst uns dazu bringt, vorsichtig zu sein, statt paranoid. Wenn Ekel uns davor warnt, uns zu vergiften – und nicht dazu führt, dass uns der Hass selbst von innen vergiftet."

Er öffnete das Gelbe Buch der Macht, dessen heller Lichtstrahl sich knisternd mit den anderen vereinte. Eine Gänsehaut bildete sich auf meinen Armen und ich versuchte, meinen rasenden Herzschlag unter Kontrolle zu bekommen. Vier Bücher hatte er bereits geöffnet und ich hatte noch keinen Plan, wie ich es schaffen sollte, dass er mit diesem Wahnsinn aufhörte.

„Der Erste Sinnliche Krieg hat gezeigt, dass die Hellen auch nicht besser waren als die Dunklen", versuchte ich es mit logischer Argumentation. „Sie haben die Dunklen ausgeschlossen und aus ihren Städten verbannt, haben sich selbst als etwas Besseres gesehen …"

„Weil wir etwas Besseres sind!", fuhr mich der Schwarze Meister an und der Zorn in seiner Stimme brachte die Lichtsteine in den Wänden zum Flackern. „Oder findest du Schadenfreude erstrebenswert? Und wie sieht es mit der dunklen Seite deines eigenen Sinns aus? Bist du lieber konzentriert oder misstrauisch, Wächterin?"

„So einfach ist es nicht."

„Doch. Genau so einfach ist es", erwiderte Ben und klappte das Buch der Wut auf. Sofort schoss ein grellroter Lichtstrahl zur Decke hinauf und verband sich dort mit den anderen.

Ich schüttelte den Kopf. „Hast du dir schon mal überlegt, welche Konsequenzen es auf die andere Welt hat, wenn du nur noch die positiven Emotionen zulässt? Du bringst damit das Gleichgewicht in Gefahr. Abgesehen davon, dass du vorhast, etwa die Hälfte aller Sinnträger zu töten!"

Ben blieb stehen und trotz seiner veränderten Züge war es noch immer er, der da stand – und ich fühlte entgegen jeder Vernunft, dass ich ihn immer noch liebte.

„Wir töten nur die, die es verdient haben."

„ABER DU HAST ES DOCH AUCH VERDIENT!", schleuderte ich ihm entgegen und sah, wie er einen Moment stockte, bevor er das Schwarze Buch der Macht aufklappte und der pechschwarze Strahl sich mit den anderen verband.

„Ich habe das Morden nicht genossen. Das unterscheidet mich von ihnen."

„Lügner!", zischte ich, da ich mich noch genau an den Moment in Simeons Arbeitszimmer erinnern konnte, als ich für einen Moment ihre Verschmelzung gefühlt hatte. „Du hast ihm gesagt, dass es sich genau so anfühlen soll. Dass sich die Dunkelheit gut anfühlen soll."

„Du bist verwirrt", antwortete Ben und klappte das Blaue und das Grüne Buch rasch hintereinander auf, bis alle acht Lichtstrahlen sich unter der offenen Decke trafen.

In diesem Moment lief ein Zittern durch den düsteren Saal und ich keuchte auf, als die geballte Macht der Bücher wie eine gewaltige Woge durch die riesige Halle brauste. Mit einem Mal flackerten die violetten Lichtsteine in den Wänden strahlend hell auf und ihre Magie war überall im Raum zu spüren. Der trostlose Wasserlauf, der sich quer über den Steinboden wand, erwachte sprudelnd zum Leben und schwemmte eine Welle frischen Wassers durch seinen Kanal, während gleichzeitig die violetten Gewächse wieder erblühten und ihre saftigen Blätter durch den funkelnden Sand nach oben reckten.

„Sieh her", flüsterte Ben ehrfürchtig, als die acht durchscheinenden Urgestalter erschienen und ihre schimmernden Körper vor den Büchern der Macht einen Kreis bildeten.

„Nein, Ben. Du musst es aufhalten!", rief ich, als die Urgestalter einander zunickten und ich einen Blick auf die verschlossene Miene Azraels erhaschte. Aus dem Augenwinkel sah ich etwas Grünes aufblitzen, doch meine Aufmerksamkeit lag auf dem Urgestalter der Angst. Er hielt einen weißen Vogel mit einem violetten Bauch auf seiner rechten Hand, die er ausgestreckt in die Mitte hielt. Das Tier erinnerte mich an den Wunschvogel vom Marktplatz, nur dass ich selbst auf die Entfernung spüren konnte, welch ungeheure magische Energie von ihm ausging.

Das hier war nicht einfach nur ein magischer Wunsch – es war ein Herzenswunsch. Es war Azraels Herzenswunsch.

Mit klopfendem Herzen blickte ich zu Ernesto, dem Urgestalter des Erstaunens. Seine langen grauen Haare bewegten sich sanft in einem imaginären Wind und auch er hielt einen Vogel in der ausgestreckten rechten Hand. Seiner hatte einen grünen Bauch und ein helles Gefieder sowie funkelnde Edelsteine auf beiden Seiten seines Kopfes.

Die anderen Urgestalter hatten keinen Vogel in der Hand und bis auf das leise Platschen des Wasserlaufes wurde es ganz still in der Höhle.

„Dies ist ein historischer Augenblick", sagte Ben in diesem Moment und es war einzig und allein der Schwarze Meister, der aus ihm sprach. „Nach so vielen

Sonnenläufen erfüllt sich nun endlich mein Schicksal mit meiner neuen Seelenverbundenen an meiner Seite."

Er warf mir einen zärtlichen Blick zu, in dem noch immer so viel von Bens Liebe mitschwang, dass es mir das Herz zusammendrückte. Dann schritt er zu Azrael und je näher er dem Urgestalter kam, desto größer wurde der weiße Vogel mit dem violetten Bauch auf dessen Hand.

„Die Zeit ist nun endlich reif", flüsterte Ben und strich dem gigantischen Wunschvogel über sein Köpfchen. „Gemeinsam werden wir die Dunkelheit ein für alle Mal besiegen und das strahlende Licht zurück in die Sinnliche Welt holen."

Dann warf er einen abfälligen Blick auf Ernesto, der einen viel kleineren Wunschvogel auf seiner Hand sitzen hatte.

„Was ist sein Wunsch?", fragte ich in der Hoffnung, den Prozess noch irgendwie hinauszögern zu können.

„Er möchte mit seiner Tierverbundenen zusammen sein", erwiderte Ben zynisch. „Aber sein Wunsch wird nicht in Erfüllung gehen."

Mit diesen Worten schloss er die Augen und legte die Stirn in Falten. Sofort setzte ein lautes Seitengeraschel ein und ich spürte die Magie wie eine knisternde Spannung auf meiner Haut. Verzweifelt versuchte ich, mich zu bewegen, doch meine Beine waren wie festgewachsen.

„Ben!", rief ich gegen den aufbrausenden Wind. „Du musst dich gegen seinen Einfluss wehren! Kämpf gegen seine Kraft!"

In diesem Augenblick bewegte sich Bens Körper ruckartig und ich sah kurz seine richtige Augenfarbe aufblitzen, doch es dauerte nur einen Moment, bis sich Alfonsus' Züge wieder über sein Gesicht legten.

„Es ist zu spät, Lee", rief er dann. „Der Prozess hat begonnen und lässt sich nicht mehr aufhalten."

„Das kannst du nicht tun!", schrie ich und nahm gleichzeitig aus dem Augenwinkel eine Gestalt wahr, die sich vorsichtig den violetten Kristallsäulen näherte. Seine grüne Robe und sein blonder Bart waren tropfnass, doch ansonsten sah er völlig okay aus. Bei seinem Anblick machte mein Herz einen Sprung und ich war so froh, ihn zu sehen, dass mir Tränen in die Augen traten.

Simeon.

Als er mich sah, legte er einen Finger auf die Lippen und entkorkte vorsichtig das grüne Fläschchen mit dem Korbgeflecht, während er sich näher an Ben heranschlich. Dieser stand nun mit dem Rücken zu ihm und ich wusste, dass der Schwarze Meister Simeon ohne Zögern töten würde, wenn er ihn hier entdeckte.

In diesem Moment schwenkte Ben herum und ich schrie auf, während Simeon die Phiole auf ihn warf, die in einer Wolke grünen Staubs explodierte.

Ben begann zu husten und krümmte sich unter dem Schwächungszauber, während die acht Urgestalter nun alle die Hände nach oben streckten.

„Ben, kämpf gegen ihn an!", brüllte ich über das magische Brausen und das Seitengeraschel der Bücher hinweg, während Simeon so schnell wie möglich rückwärts stolperte und versuchte, Abstand zwischen sich und den Schwarzen Meister zu bringen.

„Du ... hast ... nicht die Macht ... den Prozess jetzt noch aufzuhalten", keuchte Ben mit Alfonsus' Stimme.

„Wehr dich gegen ihn!", schrie ich und kämpfte ebenfalls gegen meine mentalen Fesseln an, während Bens Augen kurz seine richtige Farbe annahmen und er sich entsetzt in dem Kreis der Urgestalter umsah.

„Nein", flüsterte Alfonsus in diesem Moment außerhalb der Säulen. Der Angstgestalter war durch Simeons Schwächungszauber wieder zurück in seinen Körper geschleudert worden und ich wusste nicht, wie lange dieser Zustand anhalten würde.

„Simeon, töte ihn!", schrie ich, als Alfonsus' alter Körper wieder erschlaffte und Bens Augen erneut grau wurden.

„Verräterin!", brüllte der Schwarze Meister in meine Richtung und ich schrie auf, als ein grausamer Schmerz durch meine Eingeweide raste. Er war so stark, dass das Heulen der Magie in den Hintergrund trat und ich auf der Stelle sterben wollte.

„Lass sie in Ruhe!", schrie Ben voller Hass und ich erkannte an seiner Stimme, dass er es war. Im nächsten Moment stöhnte Alfonsus in seinem alten Körper auf und dann gab es einen grellgrünen Blitz, der so hell war, dass ich geblendet die Augen schloss.

Als ich sie wieder öffnete, stand Simeon mit ausgestreckten Händen vor Alfonsus, der ein rauchendes Loch in der Brust hatte. Gleichzeitig fiel Ben zwischen den Urgestaltern auf die Knie und ich erkannte das Entsetzen im Gesicht von Azrael, der Alfonsus' Tod offenbar ebenfalls spürte. Die Essenz des Urgestalters begann zu flackern und der Wunschvogel auf seiner ausgestreckten Hand schrumpfte rapide, während Simeon zu Ben lief.

„Wir müssen das irgendwie stoppen!", rief Simeon, während Ben nur schwach den Kopf schüttelte.

„Zu spät. Es lässt sich nicht mehr aufhalten", presste er hervor.

Ich rannte ebenfalls auf den Kreis der Urgestalter zu, als Azrael und Ernesto ihre Vögel gleichzeitig in die Höhe schleuderten und die Magie der beiden Herzenswünsche zu dem gleißenden Lichtpunkt hochflatterte, an dem sich die bunten Lichtstrahlen aller acht Bücher der Macht trafen. Es war so hell, dass mir die Augen davon tränten, und ich konnte nicht sehen, welcher Vogel es zuerst schaffte. Ich hörte nur einen leisen Knall und sah unzählige Vögel durch die offene Luke in die Nacht hinausflattern, bevor sie alle auf einen Schlag unsichtbar wurden und ihre Schwingen den Herzenswunsch des Urgestalters in die Sinnliche Welt hinaustrugen.

Erschöpft fiel ich neben Ben auf die Knie und umfasste seinen Kopf mit beiden Händen. „Ben! Geht es dir gut?"

Dabei nutzte ich meinen Sinn, um in seinem Gesicht nach Spuren von Alfonsus zu suchen, doch die Verschmelzung war durch den Tod des Schwarzen Meisters offenbar vollständig aufgehoben worden, denn es war nur er, der mich anschaute.

„Ich hab mich schon besser gefühlt", ächzte Ben und versuchte, sich aufzurappeln, was ihm nur schwer gelang.

„Sachte, Kumpel", sagte Simeon. „Mein Schwächungszauber hat dich voll erwischt, normalerweise verwendet man nur eine kleine Prise davon."

Ich drückte Ben einen sanften Kuss auf die Lippen, bevor ich Simeon in die Arme schloss, der noch immer ganz nass war. „Danke", flüsterte ich. „Danke, dass du ihn gerettet hast."

„Hey, dafür sind Freunde doch da", murmelte Simeon verlegen. „Blöd nur, dass ich so spät gekommen bin."

„Wie hast du es überhaupt geschafft, hierherzukommen?", fragte Ben stöhnend.

„Nun, der Sturz durch die Falltür hat mich erstaunlicherweise nicht getötet, sondern in eine Art Abwassersystem des Tempels befördert", erklärte Simeon und ich musste bei Bens angewidertem Gesichtsausdruck schmunzeln. „Dort hing ich eine Weile in einer Art Tunnel fest, bis plötzlich eine starke Welle kam, die mich direkt in diesen Saal schwemmte." Er zuckte mit den Schultern. „Trotzdem war ich leider zu spät."

„Nicht für mich", sagte Ben und warf Simeon einen dankbaren Blick zu, der diesen lächelnd erwiderte.

Wir blickten hinauf zu der offenen Luke, durch die einer der Wunschvögel geflogen war.

„Hoffentlich hat es der grüne Vogel vor dem violetten geschafft", sagte Ben. „Denn egal, was sich Ernesto gewünscht hat, es ist besser als die Spaltung von Hell und Dunkel."

Ich nickte und fühlte ein Zittern in meinem Bauch. „Ich will nicht wissen, wie viele Sinnträger dann sterben werden."

„Sehr viele", sagte Simeon und fuhr sich über seinen Bart. „Zu viele."

„Wann, denkt ihr, können wir spüren, welcher Herzenswunsch in Erfüllung gegangen ist?", fragte ich, als Ben plötzlich aufschrie. „Was ist mit dir?", stieß ich hervor, als er die rechte Hand auf seine zerrissenen schwarzen Linien presste und sich unter Schmerzen wand.

„Oh nein", flüsterte Simeon entsetzt. „Ist Ben der erste Dunkle, der stirbt?"

„Das darf nicht passieren", gab ich zurück, als meine Gesichtszeichnung plötzlich ganz heiß wurde. Und auch Simeon griff sich ins Gesicht, während die spiralförmige Zeichnung auf seiner rechten Wange ein wenig kleiner wurde und dafür auf der linken Wange weitere grüne Kreise hinzukamen.

„Lee! Deine Zeichnung! Was passiert mit uns?!", stöhnte Simeon in diesem Moment und ich fühlte, wie mich etwas durchströmte, das sich kaum mit Worten beschreiben ließ. Es war wie eine Flutwelle an Instinkten, die durch mich hindurchrauschte und meinen logischen Verstand ergänzte. Gleichzeitig spürte ich neue zarte Linien sich von meiner linken Stirn über die Wange hinunter verästeln und betastete ehrfürchtig meine neue Gesichtszeichnung, die nun beide Teile meines Gesichts bedeckte.

„Das war Ernestos Wunsch", hauchte ich. „Er war ein Menschverbundener und wollte mit einer Tierverbundenen zusammen sein. Sein Wunschvogel hat die Trennung zwischen Mensch- und Tierverbundenen aufgehoben!"

Simeon betastete aufgeregt sein Gesicht und seine Zeichnung begann, grell aufzuleuchten. „Was für eine Überraschung! Das ist zumindest besser, als gespalten zu werden."

„Verdammt", fluchte Ben und nahm die Hand von seinen schwarzen Linien. „Und wieso hat das so scheiße wehgetan?" Als Simeon und ich ihn beide anstarrten, hob er eine Augenbraue. „Was?"

„Deine … Zeichnung. Sie ist wieder ganz", flüsterte ich ungläubig und betrachtete Bens wunderschöne ornamentähnliche Gesichtszeichnung, deren schwarze Zacken jetzt auch bis zu seiner linken Wange hinüberreichten.

„Das bedeutet, dass du deine magische Fähigkeit wieder einsetzen kannst!", stieß Simeon hervor und klopfte Ben auf die Schulter. „Mann, ich hab dich geheilt!"

Ben betastete irritiert seine Linien. „Moment. Was soll das heißen, du hast mich geheilt?"

Simeon grinste und ein Strahlen legte sich über sein Gesicht. „Das liegt doch auf der Hand. Ernestos Wunsch ging nur deshalb in Erfüllung, weil Azraels Wunsch durch meinen Zauber und Alfonsus' Tod so geschwächt war. Ergo hast du es mir zu verdanken, dass du jetzt ein Mensch-Tier-Verbundener mit einer funktionierenden Gesichtszeichnung bist."

Ben kniff die Augen zusammen und schüttelte den Kopf. „Du hast mich nicht geheilt, Simeon. Es war reiner Zufall, dass das so passiert ist. Du wusstest doch gar nicht, was du mit deinem Pulver wirklich anstellst."

„Vielleicht nicht, aber das Ergebnis zählt", meinte Simeon und grinste uns an. „Und ich würde sagen, dass ich heute ein großartiges Ergebnis abgeliefert habe. Denn dieses eine Mal habt nicht ihr die Sinnliche Welt gerettet – sondern ich."

Epilog

„Ich glaub's echt nicht, dass du mich überredest hast, hierher mitzukommen", knurrte Ben, als wir die riesige Trauerhöhle erreichten, in der die Hochzeit von Viktor und Thaya stattfinden sollte. Die dunklen Klänge eines Trauerchors wehten zu uns herüber und umhüllten uns mit ihrem klagenden Gesang.

Ben blieb vor einem der drei Eingänge stehen und sah mich unbewegt an. „Willst du das wirklich?"

Lächelnd machte ich einen Schritt auf ihn zu. „Hey, du hättest mich vor ein paar Wochen fast verloren – da ist es doch das Mindeste, dass du mich zu der Zeremonie begleitest. Oder würdest du wollen, dass mich jemand anderes begleitet?"

„Das würdest du nicht tun."

„Wer weiß. Es ist noch nicht zu spät", sagte ich herausfordernd und hob die Augenbrauen.

Ben zog tief die Luft ein und ich richtete sein violett-blaues Einstecktuch, das aus der Brusttasche seines dunklen Anzugs hervorlugte. „Stimmt. Es ist noch nicht zu spät – um abzuhauen", meinte er und ich schüttelte nur leicht den Kopf.

„Wir haben es Thaya versprochen."

„Ich habe ihr gar nichts versprochen." Seine Stimme klang rau und sexy.

„Aber ich. Und ich halte meine Versprechen."

„Das wird sterbenslangweilig, Lee – und schrecklich. Und wenn die dort irgendwelche Trauer- oder Angstrituale abziehen, bin ich weg", murrte er und seine Gesichtszeichnung entfachte sich. Noch immer war der Anblick seiner intakten schwarzen Linien, deren spitz zulaufende Zacken nun auch seine linke Wange erreichten, neu für mich und erinnerte mich an das, was auf Azraels Insel passiert war.

Wir hatten den Schwarzen Meister besiegt.

Und wir hatten verhindert, dass er Dunkel und Hell wieder spaltete.

Ben zog mich an sich. „Bist du in Gedanken schon wieder dort, wo ich dich vermute?"

Ich nickte und blickte auf die festlich gekleideten Gäste, die an uns vorüberschritten. Die Angstträger entschieden sich für den rechten Eingang, über dem ein violettes Banner hing, die Trauerträger nahmen den linken Eingang mit dem dunkelblauen Banner – aber die meisten wählten den größeren torbogenförmigen Zugang, bei dem es sich um den neutralen Durchlass für die anderen sechs Sinne handelte.

Ich seufzte. „Ich bin so froh, dass wir es überlebt haben."

Ben strich mir zärtlich eine Haarsträhne hinters Ohr, die aus meiner eleganten Hochsteckfrisur gefallen war. Für Thayas Hochzeit hatte ich mich für ein langes dunkelblaues Kleid aus Trauerspitze entschieden, dessen schwingender Rock weiter ausfiel und von goldenen Sandfäden durchwirkt war.

„Alles ist wieder gut, Lee", sagte Ben mit sanfter Stimme.

„Und wem habt ihr das zu verdanken?", hörte ich plötzlich Simeon sagen, der gemeinsam mit Etienne aus einer grünen Rauchwolke heraustrat.

„Uns selbst?", fragte Ben trocken und drehte sich um.

„Also hör mal. Ich denke, dass meine Beteiligung nicht unermesslich war. Ganz und gar nicht." Simeon legte den Arm um Etienne und lächelte uns an. Seit wir von der Insel zurückgekehrt waren, hatte er Tag und Nacht an einer magischen Verjüngungskur getüftelt, bis er wieder sein gewohntes jugendliches Aussehen zurückgewonnen hatte. Und wenn ich ihn und Etienne so ansah, musste ich zugeben, dass die beiden ein wirklich schönes Paar abgaben.

Die rote Gestalterin trug ein enges Kleid aus dunkelroten Flammenblättern und ihre blonden Haare fielen weich über ihre Schultern. Nachdem Simeon Alfonsus' Plan in letzter Sekunde vereitelt hatte, war es ihm gelungen, die Neue Acht davon zu überzeugen, ihre Statuten zu überdenken und den Gestaltern zu erlauben, persönliche Beziehungen zueinander zu pflegen. Die Beziehung schien nicht nur ihm, sondern auch Etienne gut zu tun. Denn auch wenn Simeon sie nicht von dem Sinn der Angst hatte befreien können, schien sie sich mit ihm an ihrer Seite langsam damit zu arrangieren.

„Du hast Mensch- und Tierverbundene zusammengeführt", warf Ben ihm vor. „Dafür willst du gelobt werden? Jetzt muss ich bei meinen Reisen in die andere Welt auch diese Felldinger mit meinem Ekel erfüllen."

„Was dir grundsätzlich nicht schwerfällt", sagte ich und küsste Ben auf die Wange. „Deinen Ekel verbreitest du doch gern."

Simeon fuhr sich über seinen Bart und sein grüner Anzug sprühte ein paar Funken. „Wie oft reist du denn überhaupt noch in die andere Welt? Als mein Achtsamer hast du doch gar nicht so viel Zeit. Oder doch? Sollte ich dich mehr beschäftigen?"

„Ich habe noch andere Jobangebote, Simeon."

Simeon rümpfte die Nase. „Du bluffst doch."

Ben betrachtete den Erstaunensträger reglos. „Bist du dir da so sicher?"

Ein Schatten der Unsicherheit huschte über Simeons Gesicht und ich drückte lachend Bens Hand.

„Dieses Gespräch hatten wir doch schon mal", sagte ich. „Damals, als wir wegen der Verkündigung des Wahlergebnisses auf dem Weg zum Marktplatz waren. Ich habe gerade ein echtes Déjà-vu."

„Aber zum Glück ist es keine Zeitanomalie", warf Etienne ein und strich sich eine blonde Haarsträhne aus dem Gesicht. „Davon hatten wir in letzter Zeit genug. Ein für alle Mal." Sie stockte. „Es ist noch immer unglaublich, über welche Macht Alfonsus verfügt hat."

„Und dass ihm so lange keiner auf die Schliche gekommen ist", fügte ich hinzu und fühlte den Anflug von Wut in mir aufkommen. Ich hatte Alfonsus immer gemocht, doch er hatte uns die ganze Zeit etwas vorgespielt. Er war verantwortlich für den Krieg und hatte unzählige Sinnträger auf seinem Gewissen.

„Hast du schon einen neuen Achtsamen?", fragte Ben in dem Moment die Wutgestalterin. „Schließlich hast du Coel verloren."

Etienne nickte ernst. „Das stimmt. Ich hatte zuerst an Victoria als Ersatz gedacht, doch die Wahrheit über Alfonsus hat sie derart schwer getroffen, dass sie sich ins weiße Land zurückgezogen hat. Ich denke nicht, dass sie jemals wieder ein öffentliches Amt annehmen wird."

Ben zog eine dunkle Braue hoch. „Was bedeutet,

dass aktuell ein drastischer Mangel an Achtsamen herrscht, wenn man bedenkt, dass Furia auch auf der Suche nach neuen Achtsamen ist."

Ein Lächeln umspielte Etiennes Mund. „Das ist richtig. Interessierst du dich etwa für den freien Posten in meinem Team?"

Simeon schüttelte vehement den Kopf. „Das könnt ihr zwei gleich wieder vergessen", sagte er und machte mit der Hand eine schneidende Bewegung. „Nie im Leben."

„Kommt darauf an, was man bei dir als Achtsamer so machen muss", fuhr Ben fort und tat so, als hätte er Simeon gar nicht gehört. „Würdest du mich denn auch von einem seltsamen Ort zum nächsten schleppen und so tun, als ginge es dir um das Wohl der Sinnlichen Welt, auch wenn du nur deine persönlichen Ziele verfolgst?"

„Natürlich nicht", gab Etienne zurück. „Ich würde niemals mein Amt für persönliche Belange missbrauchen."

„Hört sich vielversprechend an."

„Bei mir sind Posten immer vielversprechend."

„Also hört mal, ihr zwei", mischte sich Simeon ein, „das hier funktioniert nicht. Ihr werdet euch nicht gegen mich verbünden." Er sah Etienne an. „Es reicht schon, mit Ben diesen Schlagabtausch zu führen, lass du dich da nicht mit reinziehen." Er machte eine kurze Pause und deutete wiederholt von sich zu Ben. „Auch wenn das noch immer unser Ding ist. Es ist Bens Art, mir seine Freundschaft zu demonstrieren."

Bens Augen verengten sich. „Ist es nicht."

„Doch, ist es", behauptete der Magiebegabte und Etienne und ich warfen uns amüsierte Blicke zu. Auch wenn Simeon und Ben die Sinnliche Welt gerettet hatten, würde sich das Spiel zwischen den beiden wohl nie ändern.

Simeon grinste. „Außerdem weiß ich Sachen über dich, die ich besser nicht erzählen sollte, nicht wahr?" Er betrachtete Ben herausfordernd, dessen Gesichtszüge sich schlagartig versteinerten.

„Wage es ja nicht", zischte er mit einem kurzen Seitenblick zu mir und ich fühlte mich schon wieder darin bestätigt, dass Ben irgendetwas vor mir verheimlichte.

In diesem Moment erklang leises Glockengeläut, das den Beginn der Zeremonie ankündigte.

„Ich glaube, wir sollten langsam reingehen", sagte ich rasch. Egal, was mir Ben nicht erzählen wollte, ich hatte nicht das Gefühl, dass es etwas Schlimmes war.

Gemeinsam schritten wir durch den breiten Durchgang und betraten die gigantische Höhle, in der es angenehm kühl war. Das Innere glitzerte in allen erdenklichen Blautönen und die Wände, die durch kleine Lichtsteine auf dem Boden erhellt wurden, schienen aus purem Kristall zu bestehen.

Insgesamt zählte ich achtundachtzig Sinnträger, die zu Thayas und Viktors Vermählung erschienen waren. Dabei hatte das Brautpaar den Veranstaltungsort in drei Bereiche geteilt: Rechts saßen die Angstträger, links die Trauerträger und in der Mitte, zu beiden Seiten des Mittelganges, waren alle Vertreter der anderen Sinne zu finden. Unter ihnen erkannte ich auch Logan und Kassandra, die in der zweiten Reihe auf den glitzernden Kristallbänken Platz genommen hatten.

„Es ist wunderschön", hauchte ich, als wir über den

Teppich des Mittelgangs schritten, dessen hellblaue und hellviolette Töne in kreisenden Bewegungen fließend miteinander verschmolzen.

„Es ist okay hier", murrte Ben. „*Noch* ist es okay."

Mein Blick schweifte weiter durch die gigantische Halle, die meterweit in die Höhe ragte. Am anderen Ende des schimmernden Gewölbes erkannte ich Edomir, der mit gefalteten Händen vor einem gläsernen Tisch stand, welcher am Boden von dunklen Rauchschwaden umwabert wurde. Hinter dem Tisch befand sich ein prächtiger Chor aus achtzehn Trauerträgern, die gerade leise in ihren dunkelblauen Gewändern summten.

„Was macht Edomir hier?", fragte ich, während wir genau wie die anderen Gäste auf unsere Plätze zusteuerten.

„Thaya hat ihn gebeten, die Zeremonie zu leiten", erklärte Simeon, der mit Etienne knapp vor uns ging. „Als Templer ist er dazu befähigt."

„Das ist aber nett", sagte ich und erntete einen kühlen Blick von Ben.

„Bist du sicher, dass du von dem Typen getraut werden wollen würdest?"

„Warum nicht?", gab ich zurück und bemerkte, wie Simeon seltsam schmunzelte.

„Die Templer haben uns in den letzten Wochen sehr geholfen", sagte Etienne und ihr Blick blieb an einer Angstträgerin hängen, die schlotternd in der vierten Reihe saß, bevor sie sich wieder uns zuwandte. „Einige Sinnträger hatten zuerst Probleme, mit ihrer zusätzlichen Verbundenheit zurechtzukommen. Die Templer haben gute Gespräche mit ihnen geführt und konnten sie dazu bringen, die neue Facette ihres

Wesens anzunehmen."

„Aber es waren nicht viele, oder?", fragte ich.

Etienne schüttelte den Kopf. „Die meisten Sinnträger empfinden die neue Verbundenheit eher als Bereicherung."

Ich konnte dies nur zu gut nachvollziehen. Auch wenn der Zusammenschluss von Mensch- und Tierverbundenen unabsichtlich passiert war und auf Ernestos Wunsch zurückging, der diesen Graben schon vor Urzeiten überbrücken wollte, war es doch eine Veränderung, die der Sinnlichen Welt guttat. Die Spannungen zwischen den ehemaligen Tier- und Menschverbundenen hatten sich dadurch aufgelöst und ich war wie viele andere Sinnträger in den letzten Wochen öfter in die andere Welt gereist. Ich hatte diese Reisen gemeinsam mit Ben unternommen und es genossen, eine Verbindung mit den Tieren aufzubauen.

Etienne, die wie Casimir und Furia einem speziellen Komitee angehörte, das sich mit der neuen Vereinigung beschäftigte, sprach weiter. „Wie ihr wisst, steht der Mondlicht- und Sonnenlichttunnel nun sowohl Tier- und Menschverbundenen zur Verfügung. Daher ist man bei Reisen nicht mehr zeitlich eingeschränkt und kann sowohl in der Nacht als auch bei Tag reisen. Wir arbeiten gerade an einem Programm, das jedem Sinnträger erlaubt, so oft wie möglich in die andere Welt zu gelangen, um seine Verbundenheit spüren zu können."

„Das ist eine gute Sache", meinte Simeon. „Aber das brauche ich nicht. Ben nimmt mich sicher in die andere Welt mit, nicht wahr?"

Ben schüttelte den Kopf. „Vergiss es."

„Hier sind unsere Plätze", sagte Etienne und wies auf eine Bank in der dritten Reihe. Unsere Namen tauchten direkt hinter Kassandra und Logan auf und wir setzten uns.

Die beiden drehten sich zu uns um und Kassandra, die ein rauchendes hochgeschlossenes Kleid anhatte, lächelte. „Siehst du, ich habe recht gehabt."

Logan nickte und presste die Lippen aufeinander. „Ich hätte nicht gedacht, dass er kommt – hey, ihr zwei."

Ben schnaubte. „Wenn es nach mir gegangen wäre, wären wir auch nicht gekommen."

„Aber zum Glück ist es nicht nach dir gegangen", sagte ich schnell und brachte damit Logan zum Grinsen.

„Gut so – du musst ihn unter Kontrolle halten."

Kassandra lächelte daraufhin und warf uns einen merkwürdigen Blick zu. „Eine schöne Hochzeit, nicht wahr?", fragte sie und fixierte Ben kurz.

„Die Neue Acht hat sich die Zeremonie auch einiges kosten lassen", bemerkte Logan. Der Ekelträger mit den kurz geschorenen blonden Haaren trug einen schwarzen Anzug, an dessen Ärmeln feine Rauchfäden tanzten. „Es war ein besonderes Zugeständnis von Skellan. Die Höhle ist normalerweise für mehrere Sonnenläufe ausgebucht und nachher gibt es auch noch ein riesiges Buffet mit Tänzern und Gesang."

„Und Skellan macht das nur, um euch bei Laune zu halten?"

Kassandra nickte. „Er hat das Gefühl, dass wir über wichtige Magie verfügen, die sich für die Neue Acht als nützlich erweisen könnte. Damit hat er nicht unrecht."

„Was für Magie? Deine Vorahnungen zum Beispiel?", fragte ich. „Du hast auf dem Empfang tatsächlich gespürt, dass etwas Großes auf uns zukommt."

Kassandra strich sich eine kastanienrote Haarsträhne aus dem Gesicht. „Ich habe Schwingungen aufgenommen, aber ich konnte sie nicht zuordnen. Ich bin nur froh, dass sich nun alles zum Guten gewendet hat. Auch wenn wir jetzt wieder vor Neuwahlen stehen – immerhin müssen ein Angstgestalter und eine Vertrauensgestalterin nachbesetzt werden. Wird es wieder eine Wahl über diese Nachrichtenwürfel geben?"

„Ich denke nicht", sagte Ben. „Nachdem Alfonsus auch die Würfel manipuliert hatte, um die Wahl zu gewinnen, greift die Neue Acht wieder auf traditionellere Systeme zurück. Jedes Land darf selbst bestimmen, wie es wählen möchte."

Logan nickte. „Das ist eine gute Sache. Ich war vor Kurzem erst auf einer Reise durch die Länder, um mich mit der Integration der Schattigen Unterwelt zu befassen. Dabei war ich auch im Land des Vertrauens und der Angst. Natürlich kursieren schon wieder Gerüchte, wer sich aufstellen lassen möchte. Es ist wohl wenig überraschend, dass es mehr Kandidaten für den weißen Gestalter als für den violetten gibt."

„Und von wem hast du gehört?", fragte ich, weil diese Gerüchte bislang noch nicht zu uns vorgedrungen waren.

„Ein blinder Vertrauensträger namens Morris und ein Wächter, der bis vor Kurzem im Eis eingefroren war. Sein Name ist …"

„Gabriel", schnaubte Ben. „Das kann doch nicht sein Ernst sein. Der Typ ist hohler als eine Ekelnuss."

„Er meint, er hätte einen besonderen Blick auf alles, weil er so lange eben nichts gesehen hat", erklärte Logan.

Kassandra schnippte einen Rauchfaden aus ihrem hübschen Gesicht. „Das ist gar nicht so dumm."

„Aber der Typ ist dumm", ätzte Ben.

„Nun, zumindest hat er schon erste Erfolge zu verzeichnen. Es heißt, dass er mithilfe einiger Magiebegabter, die sich auf Feuermagie spezialisiert haben und gerade ein neues Elixier erproben, die eingefrorenen Sinnträger vor den Toren von ..." Logan hielt kurz inne. „Wie heißt Sürpris in dieser Woche noch mal?"

„Lorelü?", kam ihm Kassandra zu Hilfe.

„Nein, Vittus", widersprach Simeon.

„Ihr Erstaunensträger seid verrückt", stellte Ben fest. „Jedenfalls taut dieser Gabriel gemeinsam mit den Magiebegabten nun eingefrorene Sinnträger auf. Angeblich hat er einige von ihnen danach sofort ins Gefängnis gesteckt, unter anderem eine Wachsamkeitsträgerin, die noch unter Quirin gedient hat."

„Nasela", sagte Ben nickend. „Die wollte er schon einbuchten, nachdem sie in Sürpris so einen fetten Kerl umgebracht hat."

„Ich denke, dass er sich mit der Aktion nicht nur Freunde machen wird", sagte Kassandra mit zusammengekniffenen Augen.

„Hat sich sonst noch jemand aufgestellt?", fragte ich und überlegte, ob mein alter Kollege Morris einen guten Gestalter abgeben würde.

„Ja, und zwar jemand Bekanntes. Anscheinend denkt Joost darüber nach, wieder in sein altes Amt zurückzukehren."

„Nicht der", murrte Ben.

„Du hast doch auch an jedem was auszusetzen, oder?", fragte ich.

„Nein, nur an den unfähigen Kandidaten."

Logan grinste. „Dann wird es dich besonders freuen, zu hören, wer den Posten des Angstgestalters übernehmen möchte."

„Wer?"

Logan grinste noch breiter. „Viktor."

„Nicht dein Ernst", sagte Ben.

„Doch, er meinte vorhin noch, dass ihm das ganz neue Möglichkeiten eröffnen würde."

Glockengeläut rollte durch die Halle und Kassandra und Logan drehten sich nach vorn, als der Chor zu singen begann. Es war ein melodisches Lied, das sanft um unsere Ohren schmeichelte. Mein Blick schweifte vom Chor zu Edomir, der noch immer mit gefalteten Händen vor dem Altar stand und nun jemandem am blauen Eingang zunickte. Die ganze Festgemeinde drehte sich daraufhin um und ich erkannte Thaya, die in einem hellblauen Traum aus Tüll und Spitze den Mittelgang entlanggeschritten kam. Ihr schwarzes Haar wurde von einem glänzenden Diadem geschmückt und das spitzenbesetzte Oberteil ging in einen weit ausfallenden Ballrock über, der mit Tausenden glitzernden Kristallen bestickt war.

Sie sah wunderschön aus.

Begleitet wurde Thaya von einem dünnen Trauerträger, den ich nicht kannte und der sie zum Altar führte. Seine schwarzblauen Haare glitzerten im Schein der Funkeldiamanten, die die beiden umgaben. Bei jedem Schritt, den Thaya machte, wirbelte ihr Kleid eine Welle an Glastränen hoch, die leise aneinander klirrten, bevor sie zersprangen und kleine Tränenpfützen auf dem hellen blau-violetten Teppich hinterließen.

„Wo ist der Bräutigam?", raunte mir Ben ins Ohr und ich zuckte mit den Schultern.

Als Thaya bei Edomir ankam und ihr Begleiter sich in die erste Reihe setzte, glitt der Blick der Trauerträgerin sorgenvoll zu dem violetten Eingang. Der Chor verstärkte seinen Gesang, der einen melodramatischen Touch bekam, und auch ich fragte mich, wo Viktor blieb.

Für ein paar Augenblicke lauschten wir alle den Sängern, bis ihr Lied von dem Ruf eines Angstträgers gestört wurde. Es war ein kleiner, dicklicher Träger, der am violetten Eingang erschienen war und am ganzen Leib zitterte.

„Ich soll eine Nachricht überbringen! Und bitte töte den Überbringer der Nachricht nicht!", brüllte er in Richtung von Thaya. „Viktor lässt sich für heute entschuldigen. Er lässt ausrichten, dass er als zukünftiger Angstgestalter seinen Freiraum braucht und hofft, dass du – nachdem du dich intensiv deinem Sinn hingegeben hast – erkennen wirst, was für eine bedeutende Erinnerung er dir heute geschenkt hat. Eine Erinnerung, die dich noch wachsen lassen wird!" Mit diesen Worten drehte er sich eilig um und rannte aus der Höhle.

Thayas Brustkorb hob und senkte sich schnell. „Dieser Mistkerl!", brüllte sie und ihr kantiges Gesicht wurde zu einer Maske der Wut. „Damit werde ich ihn nicht davonkommen lassen! Niemals!", schrie sie und raffte ihren glitzernden Rock, um mit enormer

Geschwindigkeit aus der Höhle zu stürmen. Das Training, das sie im Kriegslager der Beschützer absolviert hatte, schien sich noch immer zu rentieren.

Die anwesenden Gäste blickten Thaya verdattert nach, bevor sich alle in Richtung Edomir umdrehten, als würden sie von ihm eine Lösung erwarten. Die verschlungenen Linien des rothaarigen Angstträgers leuchteten violett auf und er knetete betreten seine Hände.

„Das ist nun aber sehr unglücklich", meinte er vorsichtig. „Immerhin ist das heute so eine teure Hochzeit." Er schluckte und sah sich Hilfe suchend im Raum um. „Will vielleicht jemand anderes heiraten?"

Gelächter brandete auf, wobei einige der Angstträger bereits aus der Höhle huschten und zwei Trauerträgerinnen lauthals zu schluchzen anfingen.

„Okay", meinte Edomir. „Ich habe den ausdrücklichen Auftrag erhalten, heute eine Hochzeit stattfinden zu lassen. Gibt es denn keine Freiwilligen?" Sein Blick tastete die Sitzreihen ab. „Lee, Ben – was ist mit euch?", fragte er verzweifelt.

Bei seinen Worten machte mein Herz einen Satz und ich glaubte, nicht richtig zu hören. Mein Puls schoss in die Höhe und meine Wangen röteten sich, als ich die Blicke aller Anwesenden auf uns spürte.

Ben neigte sich mir zu. „Keine schlechte Idee, oder?"

Ich sah ihn erschrocken an. „Meinst du das ernst?", flüsterte ich.

„Lauter!", hörten wir von weiter hin und ich warf dem Wutträger, von dem der Ruf kam, einen finsteren Blick zu.

Bens dunkle Augen bohrten sich in meine, als müsse er kurz überlegen. Dann stand er auf. „Okay!

Wir machen es!", schrie er und der ganze Saal begann lauthals zu applaudieren.

„Sag mal, spinnst du?!", fuhr ich ihn an und zog an seinem Ärmel.

Ben grinste mich an und holte eine kleine schwarze Samtschatulle aus seinem Anzug, während ihm seine dunklen Haare verwegen in die Stirn fielen. „Ich wollte dir schon die ganze Zeit einen Antrag machen, Lee. Aber es war nie der richtige Zeitpunkt", sagte er und ich dachte an den Moment, kurz bevor der Westflügel eingestürzt war und Ben seinen Anzug abgeklopft hatte, als würde er etwas Wichtiges bei sich tragen. „Es kam immer etwas dazwischen und selbst in den letzten Wochen hat sich unser Leben überschlagen – das wird sich wohl nie ändern. Warum also nicht gleich hier und jetzt?"

„Wollt ihr wirklich?", hörte ich Edomir fragen, der uns verzückt anlächelte.

„Ja, das wollen wir!", schrie Ben noch einmal.

Als Reaktion brandete tobender Beifall auf. Ich konnte mich nicht erinnern, Ben jemals derart enthusiastisch erlebt zu haben.

Ich schüttelte den Kopf. „Ich habe noch gar nicht Ja gesagt", zischte ich und hatte das Gefühl, von tausend Ohren belauscht zu werden.

Ben sah mich ungläubig an. „Lee, vor ein paar Wochen hast du gesagt, dass du für immer mit mir zusammen sein möchtest. Das ist meiner Meinung nach ein ziemlich definitives Ja."

„Ich möchte aber trotzdem gefragt werden", sagte ich und versuchte, das Rundherum zu ignorieren. Alle waren mucksmäuschenstill und beobachteten uns.

„Bei deiner ganzen Taffheit bist du immer noch ein

Mädchen, Wächterin", sagte Ben grinsend und ging vor mir auf die Knie. Ich fühlte, wie mir Tränen in die Augen stiegen und mein Körper leise bebte. „Lee, ich möchte keinen Tag mehr ohne dich verbringen", sagte Ben und seine dunklen Augen bohrten sich in meine. „Wir haben die Entstehung einer zweiten Sonne, den Krieg und meine Blutlinie überlebt – und genauso werden wir unsere eigene Hochzeit überleben. Lass uns also in unser nächstes Abenteuer aufbrechen." Er klappte die Samtschatulle auf und ein wunderschöner Ring mit einem schwarz-goldenen Diamanten kam zum Vorschein. Bens intensiver Blick ruhte auf mir. „Lee, willst du mich heiraten?"

Es war so still, dass man das Herunterfallen eines einzigen Tränenkristalls gehört hätte. Nur mein Herz trommelte wie verrückt gegen meine Brust, während in meinem Körper kleine Glücksfeuerwerke explodierten.

„Ja, ich will", sagte ich schließlich und die Sinnträger in der Kristallhöhle begannen, zu jubeln und zu klatschen.

„Was für eine Überraschung!", hörte ich Simeon schreiend lachen, der übers ganze Gesicht grinste und sich eine Träne aus den Augen wischte. Auch Logan und Kassandra lächelten uns herzlich an.

Im nächsten Moment stand Ben auf und nahm meine Hand, um mich zu sich zu ziehen. Der Beifall war noch immer nicht verebbt. „Küssen, küssen!", schrien ein paar Träger klatschend und auch Simeon fiel lauthals in diese Aufforderung mit ein.

„Wusste ich doch, dass du Ja sagst", erklärte Ben rau. „Schließlich bin ich perfekt."

„Ich hätte nicht gedacht, dass du in einer Trauerhöhle heiraten möchtest", flüsterte ich ihm ins Ohr.

„Ich möchte dich heiraten, ganz egal, wo, Lee", antwortete er. „Ich würde es selbst im Handkribblerland tun. Das ist doch ein Liebesbeweis, oder?"

„Und was für einer", erwiderte ich lächelnd und dann zog er mich an sich, um mich vor allen Leuten zu küssen.

Und dieser Kuss war wirklich perfekt.

Personenverzeichnis

Menschverbundene:

Lee, Wachsamkeit (gelb), Wächterin
Ben, Ekel (schwarz), Reisender
Simeon, Erstaunen (grün), Magiebegabter
Jesper, Wut (rot), Beschützer
Coel, Erstaunen (grün), Reisender
Victoria, Vertrauen (weiß), Reisende
Carinna, Wachsamkeit (gelb), Magiebegabte
Logan, Ekel (schwarz), Heiler

Tierverbundene:

Thaya, Trauer (blau), Naturverbundene
Edomir, Angst (violett), Templer
Casimir, Ekel (schwarz), Templer
Alfonsus, Angst (violett), Reisender
Etienne, Wut / Angst (rot / violett), Wechslerin
Gabriel, Vertrauen (weiß), Wächter
Kay, Wut (rot), Beschützerin
Quentin, Wachsamkeit (gelb), Naturverbundener
Kassandra, Wut (rot), Erinnerungsvampirin
Viktor, Angst (violett), Erinnerungsvampir

Die Neue Acht:

Alfonsus, Violetter Gestalter der Angst

Furia, Orangefarbene Gestalterin der Freude

Casimir, Schwarzer Gestalter des Ekels

Tyll, Blaue Gestalterin der Trauer

Etienne, Rote Gestalterin der Wut

Simeon, Grüner Gestalter des Erstaunens

Skellan, Gelber Gestalter der Wachsamkeit

Vandora, Weiße Gestalterin des Vertrauens

Liebe Leserin und lieber Leser!

Wir können es selbst noch nicht glauben, dass mit dem letzten Band der Acht Sinne nun eine magische Ära für uns zu Ende geht. Die Reise mit Lee und Ben war wunderschön, spannend und - einfach atemberaubend. Vielen Dank an euch, dass ihr uns auf dieser Reise begleitet habt, die „Acht Sinne" werden für uns immer etwas Besonderes sein.

Doch wie geht es nun weiter? Fest steht, dass ihr euch auch im Jahr 2018 auf viele neue Bücher von uns freuen könnt. Denn die Ideen tanzen schon seit Längerem durch unsere Köpfe – und wir können Folgendes versprechen: es wird wieder magisch, spannend und romantisch!

Wenn ihr keine Neuveröffentlichung von uns verpassen wollt, dann meldet euch gerne bei unserem Newsletter an: *www.rosesnow.de/newsletter*

Außerdem könnt ihr uns auch in unserer Facebook-Gruppe besuchen! Sie heißt „Eine magische Welt der Gefühle" und ist ein wunderbarer Ort, um sich mit uns und anderen Lesern auszutauschen oder an unseren Gewinnspielen teilzunehmen.

Wenn ihr jetzt sofort nach weiterem Lesestoff sucht, dann können wir euch unsere abgeschlossene Trilogie „3 Lilien – Die Bücher des Blutadels" ans Herz legen. Darin geht es nicht um Vampire, sondern um alte

Adelshäuser, geheimnisvolle magische Gaben und eine grenzenlose Liebe zwischen zwei Welten. Eine klitzekleine Anspielung darauf haben wir auch in unserem Epilog versteckt, als es um die Namensgebung von Sürpris ging … :)

Nun hoffen wir auf ein baldiges Wiederlesen und wünschen Euch bis dahin eine fantastische und gefühlsintensive Zeit!

Eure Ulli & Carmen alias Rose Snow

PS: Wir lieben Bens Ekel, Lees Wachsamkeit, Simeons Sinn des Erstaunens … doch ein Gefühl ist noch stärker als alle 8 Sinne! Deshalb heißen Lee & Ben auch so, wie sie heißen. Denn wenn man beide Namen schnell hintereinander ausspricht, hört man das Wort, das für uns alle am Wichtigsten ist und gerade in diesen Tagen besondere Bedeutung hat:: Wir dürfen nie aufhören, zu lie-ben.

Über die Autorinnen

Hinter dem Pseudonym Rose Snow stecken wir, Carmen und Ulli. Zusammen sind wir 73 Jahre alt, haben 2 Männer, 6 Kinder und einen Hund. Wir können ewig reden, lieben Pizza und Schokolade und lachen unheimlich gerne, vor allem über uns selbst.

Seit dem Sommer 2014 schreiben wir als Rose Snow Romantasy, darunter die vierteilige Bestsellerreihe „17 – Die Bücher der Erinnerung". Im Herbst 2016 ist mit „Für dich soll's tausend Tode regnen" unter Anna Pfeffer unser erster Jugendroman bei cbj erschienen. Seitdem veröffentlichen wir regelmäßig neue Jugendbücher und Romantasy-Reihen.

Kühn nachgerechnet sind wir schon seit unfassbaren 22 Jahren befreundet. Wir kennen uns aus unserer Schulzeit und schreiben trotz der Distanz Wien – Hamburg miteinander. Bedeutet: Unzählige Stunden via Skype, schallendes Gelächter und das Teilen tiefster Geheimnisse, auch wenn sie noch so peinlich sind.

Wenn ihr informiert werden möchtet, sobald ein neues Buch von uns erscheint, dann meldet euch gerne bei unserem Newsletter an:
www.rosesnow.de/newsletter

Und wenn ihr einfach mal quatschen oder Hallo sagen wollt, besucht uns doch auf unserer Autorenseite, auf Instagram oder auf Facebook. Wir freuen uns immer sehr über das Feedback und den direkten Austausch mit unseren Lesern.
www.rosesnow.de
www.instagram.com/rosesnow_annapfeffer
www.facebook.com/rose.snow.was.sich.liebt
www.facebook.com/groups/RoseSnow

Übrigens: Eine extra Portion Romantik gibt es auch jeden Dienstag und Freitag bei unserem kostenlosen Blogroman von Eric & Esther, den menschlichen Ichs von Ben & Lee aus den Acht Sinnen: www.rosesnow.de/blogroman

Weitere Romantasy-Reihen von uns:
17 - Die Bücher der Erinnerung
Was würdest du tun, wenn du plötzlich in fremde Erinnerungen sehen könntest?
17 - Das erste Buch der Erinnerung
17 - Das zweite Buch der Erinnerung
17 - Das dritte Buch der Erinnerung
17 - Das vierte Buch der Erinnerung

Die 11 Gezeichneten - Die Bücher der Sterne
Ohne Dunkelheit könntest du keine Sterne sehen ...
Die 11 Gezeichneten - Das erste Buch der Sterne
Die 11 Gezeichneten - Das zweite Buch der Sterne
Die 11 Gezeichneten - Das dritte Buch der Sterne

3 Lilien - Die Bücher des Blutadels
Ihn zu küssen hatte sich so richtig angefühlt, obwohl es so falsch gewesen war ...
3 Lilien - Das erste Buch des Blutadels
3 Lilien - Das zweite Buch des Blutadels
3 Lilien - Das dritte Buch des Blutadels

PS: Wir werden immer wieder darauf angesprochen, dass wir in unseren Büchern Anspielungen auf andere Reihen machen und die Welten auf diese Weise miteinander vernetzen. In „17" finden sich beispielsweise Verbindungen zu unserer Acht Sinne-Saga und den „11 Gezeichneten", die auch mit den „3 Lilien" und unserem Blogroman „Groupie wider Willen" verknüpft sind. Dennoch kann jede Reihe unabhängig voneinander gelesen werden! Viel Spaß beim Knobeln! :)

„17 - Die Bücher der Erinnerung"

Seit Jo denken kann, zieht sie mit ihrem Vater von Ort zu Ort, fast, als wären sie auf der Flucht. Als er ihr eröffnet, dass sie nun ausgerechnet im nasskalten Hamburg sesshaft werden sollen, hält sich ihre Begeisterung in Grenzen.

Bis sie in ihrer neuen Schule zwei gut aussehenden Jungs begegnet, die unterschiedlicher nicht sein könnten: Adrian, der Jo bewusst auf Distanz hält, und Louis, der sich offensichtlich für sie interessiert. Die zwei Jungs verbindet eine geheimnisvolle Rivalität, die Jo nicht zu deuten weiß - aber noch weniger versteht sie, was gerade mit ihr selbst los ist. Was für Bilder tauchen plötzlich in ihrem Kopf auf? Hat sie Halluzinationen? Oder sind das tatsächlich fremde Erinnerungen, in die sie kurz vor ihrem 17. Geburtstag auf einmal blicken kann?

„Die 11 Gezeichneten - Die Bücher der Sterne"
Seit jeher lieb Stella die Sterne – ohne zu ahnen,
wie tief ihre Verbindung zu ihnen tatsächlich ist. Das
erkennt sie erst, als sie mit ihrem Zwillingsbruder
Cas an eine geheimnisvolle Universität gelangt, auf
die schon ihre Eltern gegangen sind. Kurz nach der
Ankunft begegnet Stella dort dem selbstbewussten
Cedric, der nicht nur der heißeste Typ der Uni ist,
sondern Stella auch viel zu schnell viel zu nahe kommt
…

„3 Lilien - Die Bücher des Blutadels"

Seit Monaten wartet die 17-jährige Lorelai darauf, dass die alte Gabe des Blutadels bei ihr erwacht – wobei sie nicht mal ihrer besten Freundin von ihrer magischen Abstammung erzählen darf. Denn die Gesetze des Blutadels sehen vor, das geheime Wissen unter keinen Umständen mit Außenstehenden zu teilen. Doch das erweist sich als äußerst schwierig, als Lorelai den verwegenen Vitus kennenlernt. Zwischen ihnen knistert es gewaltig - und während Lorelai noch mit ihren Gefühlen kämpft, haben die Probleme gerade erst angefangen ...